# 異世界でチート無双して
# ハーレム作りたいのに
# 強すぎてみんな怖がるんですけど

YAGAMI KAGAMI
八神鏡

イラスト
風華チルヲ

「た、太陽くん？　似合ってる、かなぁ？」
――メイド服を着て太陽の前に出てきた。

「茶番じゃないですっ。なんですか？　恐れをなして状況も理解できないのですかっ？」
興奮しているのかアルカナのテンションが高かった。いつもは土下座して泣きべそばかりかいているのだが、今日はやけに態度がでかい。

# 異世界でチート無双してハーレム作りたいのに強すぎてみんな怖がるんですけど

YAGAMI KAGAMI

**八神鏡**

イラスト

**風華チルヲ**

CONTENTS

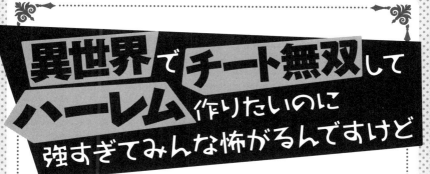

# 第一章　無双編
# ～主人公なのに暗殺対象!?～

## プロローグ　強すぎて話にならない

　魔王城《まおうじょう》に、魔族《まぞく》の絶叫が響き渡っていた。

「や、やめろぉおおおおおおお！」

「来ないで！　来ないでっ」

「化け物かよぉ……」

「魔王様……魔王様はどこだ!?　あいつが……チート野郎が来てるんですよぉおおおお！」

　城内は騒然となっている。三桁《けた》を超える数の魔族が、我先にと逃げ惑っているのだ。

　原因は先程侵入してきた一人の人間である。

ずっと前に侵入して、魔王を倒すために魔王城を攻略していた高ランク冒険者チームもいるのだが、彼らではない。

　たった一人の人間に魔族は恐怖していたのだ。

　予《あらかじ》め断っておくが、別に魔族が弱いわけではない。侵入してきた人物があまりにも強すぎるだけだ。

　この人間と戦っても勝負にすらならない。そう分かっているが故に、こうやって逃げていたのである。

　彼ら魔族の希望はただ一つ。

「魔王様なら、あのチート野郎を……っ！」

　魔族随一の実力を持つ王ならばと、彼らはそんな願いを抱いていたのだが。

「魔王様は逃げた！　ここにはいないぞ!!」

　まさかの、魔王逃亡。

　その一報に泣き叫んでいた魔族は表情を失う。

　誰もが絶望に冷や汗を流していた。

「え？　魔王いないの？」

　ちょうどそこで、彼が声を発した。魔王城大広間に今しがたゆっくりと歩いてきた少年は、この場にそぐわない気楽さを見せている。

その声の主こそ魔族から恐怖されていた人物に他ならなかった。

加賀見太陽《かがみたいよう》。元日本の男子高校生で、つい半年程前に異世界ミーマメイスにやってきた転生者である。

黒髪黒眼の、見た目はこれといって特徴のない平凡な少年だ。

そんな彼を見て……魔族は一斉に涙を流す。

「終わった」

「もう無理ぃ」

「俺、死んだ」

「最後に母ちゃんに会いたかったなぁ」

大広間のいたる所から響く諦《あきら》めの声。もちろん、全て魔族のものである。

「魔王いないのかぁ……じゃあもういいや。さっさと終わらせるかな」

一方、太陽は魔族の絶望なんて気にすることなく。

へたりこむ彼らに手を向けて、自らの力を発現させようとする。

「ま、待ってください！」

「太陽さん、ちょっと待って！」

「魔族も戦意喪失しています！　どうか、どうかご慈悲をっ」

「彼らは確かに敵ですが、無抵抗の敵を屠《ほふ》るのは戦士としてどうかと……」

と、ここで太陽を止めようとする声が上がった。

騎士のような甲冑《かっちゅう》に身を包む者や、それ鎧？と不思議に思うくらい面積の小さい鎧を着ている者、あとはローブや白衣などそれぞれ個性的な格好の人物たちだった。

彼らこそ高ランク冒険者チームである。人類が誇る強者一同なのだが、太陽に対しては何故《なぜ》かみんなおよび腰であった。

「えー？　でも、敵だし」

気勢を削《そ》がれて不服そうに唇を尖らせる太陽。

不機嫌そうな彼を見て、魔族は祈ったこともない神に祈りを捧げ始める。

「……それに、俺ってあれだから。人類の守護者だから！」

そう言いながら、太陽はチラリと女性冒険者の方に視線を向けていた。彼は女の子にいいところを見せたくて仕方なかったのである。

人類を口実に、俺凄《すご》いアピールをしたいようだ。

「うん、やっぱり殺そう。人類の敵は、死ぬべし」

そう言って彼は再び右手をかざした。その瞬間、魔族は大地に身を投げて生きることを諦める。幹部ですらお互いに今までの生を分かちあい、静かに抱きあっている始末。

「や、やばいっ。逃げるぞ、みんな！」

「ううん、もう遅いよ！　全力で防御魔法張って！」

「急げ、間に合わなくなるぞっ！」

「この化け物人間、絶対に頭おかしいよ！」

高ランク冒険者チームはすぐに太陽から離れ、彼の攻撃に備えて防御魔法を展開し始めた。人類最高峰の実力者たちが連携して張る防御魔法は、恐らく誰であろうと破ることなどできないだろう。

——彼を、除いて。

「っし、行くぞ……【火球《ファイヤ・ボール》】!!」

そして、魔法が放たれた。

階位は低級。通常なら小枝を一本燃やす程度にしか使えない低級魔法。

だが、太陽の放った火球は、まさしく太陽のように膨れ上がって——


全てを、燃やしつくした。


城内にいた魔族は声もなく消失していく。痛みなどない。圧倒的な熱量にただただ圧倒されるだけだった。それだけでなく、火炎は城そのものを燃やしつくし、あまつさえ周囲の森林さえも呑《の》み込んでいく。

たかだか低級魔法一つで、周囲数キロメートルが更地《さらち》になるほどの威力を太陽は発現させる。

これこそが、魔族と冒険者に恐れられていた理由だった。

加賀見太陽はつまるところ、チート級の能力を持つ人類最強の男なのだ。

いや、恐らくは人類のみならず、生物として最強と評した方が正しいだろう。

放つ魔法は地形を変え、生命を蹂躙し、見た者の心に恐怖を植えつける。そういった意味で彼は恐れられているというわけだ。ちなみにつけられた二つ名は【人類の守護者《じんるいのしゅごしゃ》】【炎神《えんしん》】【人間失格《にんげんしっかく》】【チート野郎《やろう》】である。

「くそっ、化け物め！」

「なんとか、耐えきった……」

「みんな、よく頑張ったね」

そんな加賀見太陽の魔法だったのだが、流石は高ランク冒険者一同。なんとか耐えきったようで、誰も死んでいなかった。

しかし、持てる力の全てをつぎ込んだのだろう。


「え？　みんな？　私を残して気を失わないでよぉ……」

一人の冒険者を残して、残りは力つきて気を失った。

後には、面積の薄い鎧……俗に言うビキニアーマーを着た女冒険者のみが残される。

「よーし、魔族倒したぞー。楽勝だったぜー。あ、この後時間あるなー。誰か一緒にお茶してくれないかなー」

一方の太陽は空気が読めていない。チラチラと彼女にアピールするばかり。

太陽は年齢で考えると元の世界の高校二年生だ。思春期真《ま》っ只中《ただなか》で、女の子にモテたくてしょうがないのである。

故に、ビキニアーマーを着た女冒険者と仲良くなりたくて、露骨にアピールしていたのだ。

「う、うぅ……そうだよね。みんな、頑張ったもんね。私も、頑張らないとねっ」

女冒険者もそれなりに経験を積んできた女の子

なのだろう。太陽の思惑《おもわく》には気づいているようで、すっと身を寄せてきた。

自らの身体を抱きしめながら、涙目で……何かに耐えるように、身を震わせている。

「う、うへへ？　何？　この後、お茶してくれるの？」

太陽は鼻の下を伸ばしている。

女冒険者は小動物のように震えながら、おもむろに膝をついて——

「私の身体は好きにして構いません。でも、どうか……仲間は、見逃してください！」

そして、彼女は土下座して懇願するのであった。

「助けていただいたのに、先程は失礼なことを言って申し訳ありません。どうか、どうか仲間だけはっ」

仲間たちの身の安全を、太陽から守るように……自らの身を捧げようとしていたようだ。

「あ、違う……そうじゃない。別に、そういうつもりないから！　そ、そんなに乱暴者じゃないぞ!?」

女冒険者の勘違いに太陽は首をぶんぶんと振るが、彼女は頭を下げたまま頑《かたく》なに上げようとしない。

泣いているようで、時折鼻をすする音が聞こえてきた。

ここまでされて何も感じないほど太陽は鈍感じゃない。

「あ、分かった。帰る！　帰るから、泣かないで？　お茶も別にいいから！　じゃ、じゃあねっ」

居心地《いごこち》が悪くなって、彼は逃げるように走り去るのだった。

今日もまた、女の子と仲良くなることができなかったようである。

「おいおい、神様……話が違うぞ」

走りながら彼もまた涙を流す。

「確かにこの力はチートだよ？　でも、でもさ、ハーレムができないんですけど！　俺、女の子と仲良くなりたくて異世界に来たのに、未《いま》だに怖がられてるんですけど!?」

とにかく女の子と仲良くなりたかった。

ハーレムを作ってうはうはしたかった。

しかし、力が強すぎるあまり……彼は全ての存在から恐怖されてしまうだけだ。

「つ、強すぎて話にならないっ」

ハーレムどころか友達すら一人もできない状況に太陽は涙を流す。

これは、そんなチート少年が主人公の物語である。

# 一話　人類の災厄《さいやく》級クエスト（笑）

なんでこんな状況になってるのだろう。

加賀見太陽はそう思って、引きつった笑みを浮かべていた。

「どうぞお納めください。今回の魔族討伐《とうばつ》の報酬です」

フレイヤ王国《おうこく》、王城の謁見《えっけん》の間にて。

ぼんやりと佇《たたず》む太陽の周囲には多くの人間が平《へい》伏《ふく》していた。

その中には豪奢なドレスを身に纏《まと》った女性もいる。

「わたくしのわがままを聞いてくださり、本当にありがとうございます」

「……いえいえ、っつーかあれだ。王女様まで頭下げる必要ないっていうか、そもそも立場逆じゃねーの？　っていうか」

「何をおっしゃいますか。我々フレイヤ王国を……いえ、人間種をお守りくださる守護者に無礼な態度などとれるはずもありません」

王女アルカナ・フレイヤに始まり、武官や文官一同、それから兵士や召使いまで、誰もが太陽に平伏していたのである。

「お受け取りください」

そうして差し出されたのは大量の金貨。

今回受けた『魔王討伐に向かった高ランク冒険者チームを助けてほしい』という依頼の報酬らしい。

「でも、魔王には逃げられちゃったし……お金はいいよ」

「な、ならば、何をお望みでしょうか？　権力ですか？　でしたら、すぐに国で最高の称号を……っ！」

「や、言い方が悪かったか。今回の任務は失敗ということでいいから。報酬は何も要《い》らない」

「そんな！　あれだけわたくし共が苦戦していた魔族を掃討して、失敗なわけがありません。どうか、受け取ってくださいっ」

「えっと……」

どこまでも下からくるアルカナに太陽はたじたじである。

正直なところ、もっと普通に接してほしかった。土下座されては顔も見えない。

黄金の髪の毛と透き通った碧眼が綺麗《きれい》な、美しい王女なのである。胸もふくよかだし、普通の男子高校生をしていた太陽にとって彼女は高嶺《たかね》の花とも言える存在だ。

仲良くなりたい。お近づきになりたいと思っているわけだが、畏怖《いふ》され恐怖されている現状では無理な話である。

「では、女ですか？　見立ての良い女を数名見つくろいましょうか？　それなら、ご満足いただけますか？」

「…………女、か」

女と聞いて太陽は涎《よだれ》が出そうになる。喉から手が出るほどほしい。めちゃくちゃほしい。特にこのミーマメイスという異世界の女性は美しいいし、その上国が直々《じきじき》に選抜する女性ときたら、これはかなり可愛《かわい》いと考えて間違いないだろう。

だが、それではダメなのだ。

「そ、そそそそういうので釣られるわけないだろ！　あまり、舐《な》めないでもらおうかっ」

そういった女性と構築できる関係は、せいぜいが従う者の意思を無視した主従関係だろう。太陽はイチャラブが大好きな童貞である。まだ女性に夢見る十七歳なので、せめて自分の意思がある女性と素敵な関係になることを夢見ていた。

なんともめんどくさい童貞である。

「そう、ですか……つまり、男が良いと？」

「そんなわけあるか！」

少し天然な発言をするアルカナに、太陽は思わず語気を荒くする。その瞬間城内の空気が変わった。

「王女様を守れ！」

「急げ、命を賭《と》して守るのだ！」

「嗚呼《ああ》、【炎神】よ……どうか、どうかお許しをっ」

「助けて！」

「殺さないでっ」

我先にとアルカナをかばうように多くの人間が太陽を取り囲む。

皆必死の形相《ぎょうそう》をしており、中には泣いてる者までいた。

「……どうしてこうなった」

その状況に太陽は嘆く。彼は普通に良識ある人間なので、アルカナがボケた程度で殺すことなどしない。単にツッコミを入れただけなのだが。

「こ、この国は終わりです。皆さん、ごめんなさい……わたくしの愚かさが終焉《しゅうえん》の要因です。どうか、どうか国民だけは、お助けください」

青ざめたアルカナが再び前に出て頭を下げてきた。

五体投地《ごたいとうち》の姿勢はそれふざけてんの？　と言いたくなるが、彼女本人は真面目《まじめ》なつもりみたいなのでツッコムこともできない。

「はぁ……そんなつもりないのに」

最強の少年は自らが恐れられていることにひたすら嘆くしかなかった。

そんな時。

「たいへんです！　炎龍《えんりゅう》が……炎龍が、現れました！」

城内に一人の兵士が走り込んできた。伝令係の彼は相当慌てた様子で、全身が汗だくである。

「無礼者！　【人類の守護者】を前に、頭《ず》が高いぞ！」

「……はっ！　し、失礼をお許しください！　この命を取るのは、せめて伝令をお伝えした後に、どうかっ」

「…………はいはい、許す。許すから、早く報告して」

その怯《おび》えた反応にこめかみを押さえながら、何やら慌てている伝令係に報告を促す。

兵士は余裕のない表情で声を上げた。

「北の炎龍山脈《えんりゅうさんみゃく》にて、炎龍の封印が解けたと報告がありました！　現在、近くにいた冒険者で炎龍を足止めしていますっ。至急応援を願うとのことっ」

炎龍――その単語を耳にして、太陽は記憶から一つの情報を思い出す。

「確か、災厄級クエストだっけ？　その中の一つに炎龍の討伐があったような……」

「はい、その通りでございます。人類の生存を試す災厄級クエスト……まさか今、出現するとは思ってもいませんでした」

太陽の言葉を補足するように、アルカナが呟《つぶや》く。

城内には途端《とたん》に重い空気が流れ、太陽は思わず帰りたくなった。

だが、それをアルカナは許さない。

「太陽様！　一つ、ご依頼してもよろしいでしょうか？」

「……だいたい察してるけど、一応言ってみて」

「炎龍の討伐を、お願いします」

災厄級クエストの達成。それを、個に依頼するという無謀《むぼう》。通常なら無理だと思うだろうが、しかしこの場において誰も笑うようなことはしなかった。

誰もが理解している。

この、人間を辞めた化け物なら……人間失格級のチート野郎なら、いとも容易く達成できることを。

（うーん……どうしようかなぁ）

その依頼に太陽は少しだけ考え込んだ。

正直なところ面倒《めんどう》だったのである。

（あ！　でも、ここで活躍したら、流石の王女様でも俺に惚《ほ》れるかも⁉　うん、その可能性があるなら悪くないか）

太陽は童貞だ。女の子を理由にできるなら面倒なことでも率先してやる童貞の鑑《かがみ》だ。

「分かった、軽くぶっ殺してくる」

そういうわけで、人類の命運がかかったクエストを太陽は呑気《のんき》に受けた。

緊張感などまるでない。お使いを頼まれた子どものような態度で、彼は気軽に引き受ける。

「じゃ、転移魔法かけて」

その言葉に、アルカナはとうとう泣きだすのだった。

「嗚呼……太陽様！　本当に、本当に、感謝の言葉もありませんっ」

「そ、そう？　うへへ、別にいいよ！　楽勝だしっ」

「心強い言葉です……ご武運を！」

太陽はアルカナの転移魔法によって炎龍山脈に向かう。

（これは、上手《うま》くいけばおっぱい触れるんじゃね？）

しかし、彼の頭は炎龍ではなく、おっぱいでいっぱいだった。


彼にとって炎龍退治など、さほど気にする必要のない出来事でしかないのである。


眠りについてから数百年。永き眠りから覚めた炎龍はお腹《なか》が空《す》いていた。

（食べたい。人間を、腹いっぱい食べたい）

炎龍山脈。火山口から姿を現した炎龍はふらつく身体で人里に下りようとする。

寝起き故にまだ身体が存分に動かせなかったが、軽く飛ぶくらいはできるだろうと翼を広げた。

しかし、そこで邪魔が入る。

（人間？）

複数の人間がこちらに向かって魔法を放っているのが見えた。

炎龍にとっては貧弱《ひんじゃく》な魔法でしかないが、動きが阻害されてしょうがない。

（仕方ない。覚醒するまで、暫《しば》し待つか）

一時間もすれば自由に身体が動くようになるは

ず。その時、手始めにこのあたりの人間を食べてから人里に下りればいいだろうと、炎龍はのんびり構えていた。

暫《しばら》くして、そろそろ動き出そうかなと考えた時。

「あ、炎龍発見。思ったよりでかいな」

一人の人間が姿を現した。

(なんだ？ この人間は)

黒髪黒眼の、これといって特徴がない人間である。

身体を黒いマントで覆ったその男に炎龍は酷《ひど》い苛立《いらだ》ちを覚えた。

(気に食わん)

なんだか無性に腹が立った。炎龍を前に緊張もせず、恐怖もしない食料ごときがと、プライドを刺激されて怒りを覚える。

(死ね！)

炎龍は衝動のままに攻撃をしかけた。

【灼熱吐息《ファイヤ・ブレス》】

あらゆる物質を溶かしつくす、炎龍のブレス。

地面の石が溶岩化するほどの高熱は、人間を一瞬で灰へと変える。

さあ、これで死んだだろうと、炎龍は満足気に鼻を鳴らすが。

「……え？ 何それ？ 嘘《うそ》だろ、お前炎龍だろ!? 炎の王者的存在だろ！ もっと頑張れよ、そんなブレスで満足すんなよ！」

炎が晴れて、しかし人間は消えていなかった。

骨どころか服まで残っている太陽に炎龍は目を見開く。

(人間がぁ!!)

炎龍は知能が高い。人間の言葉を話せはしないが、理解することはできる。故に、彼の侮辱はしっかり理解していた。

炎龍は灼熱《しゃくねつ》のブレスを咆哮《ほうこう》する。

(死ね、死ね、死ね!!)

殺意を溢《あふ》れさせて、ひたすらに。

人間の男を殺すことのみを考えて。

「温《ぬる》い……温いぞこら！」

だが、やはり……人間の男は無傷だった。

それどころか、炎を浴びながら言葉を発する余裕さえあるようで。

「せめて火蜥蜴《サラマンダー》の黒衣くらい燃やしてみせろよ！」

己の着ている衣服を示しながら、何やら熱く叫び始めた。

「もっと頑張れよ！　お前ならできるよ！　諦めんなよ……諦めんなよお前！　どうしてそこでやめるんだ！　やれる！　気持ちだ！　気持ちの問題なんだ！　頑張れ、頑張れ、頑張れ！　お前ならできる！　絶対できる　熱くなれよ！　もっと、もっとだ！　まだ足りない！　積極的に、ポジティブに行こうぜ！　そうだ、いいぞ！　その調子だ！　人間って熱くなった時にホントの自分に出会えるんだ！　お前人間じゃないけど、多分龍だって同じだろ！　だからこそ、もっと熱くなれよぉおおおおおおお‼」

これでもかというくらいバカにしてくる人間である。


（殺す。殺す、殺す殺す殺す殺す、殺す‼）

あまりの怒りに炎龍は全身の筋肉がはち切れそうになるくらい力み、彼を溶かさんと吐息《ブレス》を吐き出した。

（死ねぇええええええ‼）

殺意はもうこれ以上ないくらい膨れ上がっている。

その時、炎龍は限界を超えた。

【灼熱熱線《ファイヤ・ウェイブ》】

拡散していたブレスが収束し、一本の線となって太陽を射抜く。

一点に収束した熱線は凄《すさ》まじい熱量を有していた。

炎龍の怒りは攻撃のレベルを一段階上げたのである。より威力の高い攻撃を放つことができたのだ。

（これで、死んだ）

思わず炎龍自身が勝利を確信するほどの一撃。

脆弱な人間如《ごと》きには防ぎようのない、絶対的炎。

これで焼け死なないわけがないと炎龍は残虐《ざんぎゃく》に笑っていた。

しかし、その笑みは一瞬で凍りつくことになる。

「……よく頑張ったな。これでお前に教えることはない！　免許皆伝《めんきょかいでん》だ、炎龍よ」

人間が、姿を現した。

裸だった。炎を受けて衣服は燃えたようだが、その身には一切のダメージがなかった。

（こいつはなんだ……？）

炎龍はふと、背筋に寒いものを感じる。だが、それが恐怖だと気付くことはできなかった。

今まで最強の存在だったのだ。誰にも止められることなどなく、自由気ままに生きていた。

炎龍は恐怖など知らない。概念自体を理解できていない。経験すらしたことがない。

そんな自分が負けるわけないと思っていたのだ。だが、その不敗神話も今日この時が最後だったようで。

「じゃあな、炎龍。そこそこ頑張ったよ、お前」

右手をかざした人間の男を見て、炎龍は思わず絶叫してしまった。

ここで初めて、炎龍は恐怖の存在を知ったのである。

『グルァアアアアアアアアアアア!!』

「うるせぇよ。【火炎剣《ファイヤ・ソード》】」

そして、炎龍山脈が割れた。


——死。

炎龍は、一瞬で焼かれて命を落とす。

炎耐性に優れているはずの炎龍が、しかし人間の男——加賀見太陽の炎魔法には耐えきれなかったのだ。

突如として現れた火剣は炎龍を真っ二つに焼き斬る。

被害は炎龍だけに収まらない。山脈も砕け、亀裂《きれつ》を生み、更には溶岩が溢れて辺り一帯がマグマの海になっていた。

そこはまさしく、蹂躙された場だった。景色《けしき》が変わるほどの攻撃が容赦なく炎龍の命を奪ったのだ。

こうして、炎龍は命を落とす。

永き眠りから覚めた割には一瞬の生であった。


「…………よし、こんなもんだろ」

炎龍を退治して太陽は大きく欠伸《あくび》した。

周囲にはもう誰もいない。太陽が来るまで炎龍を足止めしていた冒険者たちは既に退散している。

恐らく、こうやって場が荒れ果てることを予測していたのだろう。

まぁ、太陽は裸になっているので好都合だなと思っていた。

「あー……衣服どうしよう」

裸でマグマの海を泳ぎながら、考えていたのは衣服について。

さっきまでは火蜥蜴《サラマンダー》の黒衣を着ていた。


太陽の適当な低級魔法程度なら焼けない、火炎耐性の高い衣服だった。

それが炎龍に焼かれたので、裸になっているというわけである。

「いい湯だなぁ……そういえば最近、お風呂《ふろ》に入っても熱くないんだよな。ちょうどいい感じかも」

彼は【火炎耐性】のスキルを持っているので、熱には強い。加えて、太陽は膨大な保有魔力量を持っているので、肉体強度も高かった。

この異世界ミーマメイスでは、保有魔力量に比例して身体能力や肉体強度が高くなる。それがあって、神様から膨大な魔力をもらった太陽は、絶大な膂力と頑丈な身体を手に入れていた。

だからこそ、自分の爆発魔法でダメージを受けることもないし、また焼けることもないのである。

「でも、衣服マジでどうしよう……このまま裸で山を下りるってわけにはいかないし」

悩んでいると、そこでふとマグマに浮かぶ何かを見つけた。

「ん？　これって……」

　赤黒くてゴツゴツしている。だが、マグマにも溶けていないし、太陽の魔法でも形を残していた。相当に火炎耐性が高いようである。

「あ、炎龍の皮か。肉と血は蒸発したみたいだけど、皮と骨は残ってるのな」

　具合を確認して、即座に正体を把握する。流石は炎龍、そこらの素材とは違ってかなり上質らしい。

「よし、とりあえずこれをマントみたいにして戻るか……本格的な加工は、街に戻ってから頼もう」

　とりあえず適当に焼き切って炎龍の皮をマントにした太陽は、そのまま城を目指した。

　炎龍討伐の報告のために、彼は戻っていく。

## 二話　加賀見太陽暗殺クエスト

災厄級クエスト。

数百年単位の間隔で行われる、人類の生存をかけたクエストである。

過去の記録によれば、災厄級クエストが行われるたびに国が一つか二つは滅び、死傷者は数えきれないほど出たとのこと。

人類が一丸とならなければ達成不可能とさえ言われている難度の高い超級クエストなのだ。

「炎龍殺してきたぞー」

だから、最初こんなことを言われた時、この男頭おかしいんじゃねぇの？　と誰もが思うのも無理のない話だった。

「これ、証拠。炎龍の皮と骨。骨は要らないからあげる。なんか頑丈そうだし売れるんじゃないか？　皮は俺の衣服にするから」

だが、炎龍のものと思われる龍皮と龍骨を見せられては、イヤでも信じざるを得なくなった。

王城の謁見の間にて。

その場にいた者の誰もが目を丸くする。

「ほ、本当に……炎龍、倒しちゃったのですか」

アルカナ王女も驚愕《きょうがく》にポカンとしていた。

「え？　倒せって言ったの、王女様じゃないすか」

太陽はあまりにもリアクションがなくて少し戸惑っていた。

みんな呆然《ぼうぜん》とするばかりで何も言ってくれない。

彼としては『すごいねー』とか『素敵！　抱いて！』とか『おっぱい触って！』とか、そんな労《ねぎら》いをちょっと期待していたというのに。

「あれ？　もしかして倒したらまずかったとか？」

「……そういうわけでは、ありませんけど」

まずいとかそういう話ではない。

むしろ死傷者ゼロで炎龍を倒してくれたことは

本当にありがたい話だった。一般の民《たみ》にいたっては炎龍が復活したことすら知らないだろう。

そういった意味で考えると太陽の手柄はとても大きい。

「……報酬、何を差し上げればいいのか分かりませんね」

アルカナ王女は頭を悩ませる。依頼した手前何かしらを与えなければ示しがつかないようだ。

「お言葉ですが、殿下。その……財政が」

「分かってます。ええ、分かってます。もう国に余裕がないことくらい、理解しています」

永きにわたる魔族との戦いに一瞬で終止符を打ち、加えて災厄級クエストの打破と立て続けにこられては対応も覚束《おぼつか》ない。

「国を……全てを、差し上げましょう」

「――――へ？」

もういっぱいいっぱいなのだろうか。

アルカナは唐突にそんなことを口にした。

城内の面々も初耳だったのだろう。誰もがあんぐりと口を開けていた。

中でも一番びっくりしているのは、他ならぬ太陽なのだが。

「いやいや。いやいやいやいや。国なんて無理だから。普通に要らないから」

彼はただハーレムを作りたいだけの童貞だ。

王になればそれに近いものができるだろうが、しかし太陽が望むものとは少し違うだろう。

強さに屈して跪《ひざまず》くような関係では物足りない。もっと対等な恋愛とか、もしくはそれこそ年上のお姉さんに弄《もてあそ》ばれるようなことを、太陽はされたい。というか見下されたい。

虐《しいた》げて喜ぶ性的嗜好《しこう》など持ち合わせていないし、むしろ虐げられたいとも言える。そんな童貞だから、王になりたいだなんて考えてなかったのだ。

「あの、無理すんな？　報酬も別にいいよ」

お金は使えきれないくらい持っている。ほしい物も思いつかない。

故に、何も要らないと言っているわけだが。

「もういいのっ。アルカナ、もう疲れたの！　王様やればいいじゃない！　お父様から王位を奪えばいいじゃない！　いいの、どうせお父様なんて女性を孕《はら》ませるだけのクズ野郎でしかないしっ」

アルカナはもう限界のようだった。今まで王女としての体裁を保っていたのに、途端に幼児化している。

突然の豹変《ひょうへん》に太陽はびっくりしていた。

「た、確かにあの王様とかクズでしかないけど、だからって俺は王様にはならないぞっ」

アルカナの父親であるニエルドは、【クズ王】の二つ名で有名だ。

どれくらいクズなのかというと、愛人が百人いて、子供が二百人いるくらいクズだ。

節操なしの種馬《たねうま》にして、年齢身分容姿関係なく気に入った女性を孕ませる正真正銘のクズである。

あまりのクズさに、王なのに公式の場に立つと暴動が起きるくらい悪評高いのだ。

だから現在、王に代わって第一王女のアルカナが国の顔として、あるいは象徴として、日々執務に励んでいる次第である。

まあ、アルカナも指導者としての能力はへっぽこなので、可愛いだけのマスコットだとしか見られていないが。

「王様になってよっ。お父様なんて暗殺しちゃえばいいじゃない！　あんなの生きてるだけで子供増やすしか能がないし、跡継ぎたくさんいるからもう用無しだもんっ。太陽様が王様になってよぉ……そうすれば国は平和なのにっ。ふぇえ、もう無理ぃ」

そう言って泣き崩れるアルカナ。突然の精神崩壊に周囲の臣下たちがあたふたと慌てていた。

「たいへんだ、王女様がご乱心だ！」

「ケーキだ！　王女様はケーキで機嫌が直る！　ケーキを持ってこいっ」

「……アルカナ、ビスケットが好き」

「ビスケットだぁあああ」

「シェフを呼べ！　すぐに作らせろっ」

なんぞこれ。

混沌《こんとん》と化した城内を太陽はぼんやりと見つめていた。あまりの惨状に口も挟めない。

仕方ないので、そのまま帰宅しようかなと背を向けた。

だが、そんな太陽を彼女が引き留める。

「ま、待ってください！　分かりました。王にはならなくても良いので、せめて今日だけはおもてなしさせてくださいっ」

「別にいいよ。俺、帰りたいんだけど」

「あ、怒ってますよね!?　ごめんなさい、怒らせて本当に反省していますっ。すみませんでした!!」

「……怒ってないんだけど」

「だったら不機嫌《ふきげん》ですよね!?　心からお詫びさせてください……機嫌を直すチャンスをアルカナにください!!」

アルカナが泣きながらしがみついてくる。

太陽の意思を無視して食い下がってくる。

「ああ、もうっ。早く帰らないと、家で待ってる奴が心配するんだって。だから放せ！」

太陽はどうにか引き剝《は》がそうとするが、アルカナはとてもしつこかった。

「ちょ、ちょっとだけ！　一晩だけですから……どうかお願いします！　この通りです、わたくしの土下座ですよ？　一国の王女の土下座なのですよ!?　ここまでしてるのに、言うことを聞かないなんて何事ですかっ」

「その言い分は理不尽だろ……」

押しつけがましい土下座をするアルカナに太陽は困惑するばかり。プライド皆無のアルカナにドン引きしていたとも言える。

「お願いしますぅううううう!!」

あまりにも必死にお願いしてくるので太陽は気後れしてしまった。

「……えっと」

彼は女性を乱暴にできない童貞なのである。

だから、はっきりと断れず。

「はぁ……仕方ない。一晩だけなら泊まっていく。

朝になったから帰るからな？」

結局、アルカナのお願いを聞き入れることになるのだ。

「本当ですか⁉　ありがとうございます‼」

その言葉にアルカナは更に頭を下げた。王女なのに綺麗な土下座を見せつける彼女は、明るい声を上げる。

「では早速、お部屋にご案内させます！　後でおもてなしさせていただきますので、それまで部屋でおくつろぎください」

壁際に控えていたメイドを呼んで、アルカナは太陽を案内するように指示を出した。

渋々ではあるが、太陽は大人しく従うことにする。

この一日は色々あった。魔族の掃討と炎龍退治……には別に疲れてなかったのだが、移動やアルカナとのやり取りに気疲れしていたのである。

（今日はもう休もう。屋敷のあいつは……まあ、一晩くらいなら大丈夫か）

そんなことを考えて太陽はメイドの後ろをてくてくと歩く。

「……くひひ。チョロイですねっ」

頭を下げるアルカナが、奇妙な笑みを浮かべていることには気付かないままに。

おもてなしは思っていたよりも普通だった。

キングサイズのベッドが置かれた豪華な部屋で、豪華な食事をして、豪華なマッサージを受けて、ただそれだけである。

確かにベッドは寝心地が良い。食事も美味《おい》しかった。マッサージも、綺麗なメイドさんがやってくれたのでかなり最高だった。

あのへっぽこアルカナが提案したおもてなしなのであまり期待はしていなかったが……想像以上に普通で、太陽は満足している。

（さて、寝るか）

夜も良い頃合いになってきた。キングサイズのベッドに横になった太陽は夢の世界に旅立とうとする。

うとうとしていた、そんな時。

「太陽様？　起きてますか？」

ガチャリと、扉が開いた。

許可を出していないというのに、その相手は勝手に入室してくる。

「お、王女様？　なんで、こんな夜中にっ」

やって来たのはフレイヤ王国の王女だった。

その恰好はいつもと全然違っている。

「……う、うぉ」

太陽が興奮に息を漏らすくらい、アルカナはエロい恰好をしていたのだ。

スケスケ。そう、衣服が透けているのである。

いわゆるベビードールという服で、アルカナの肢体が服の上からでも薄《う》っすらと見えていた。暗いので局部までは見えないが、それでも童貞の太陽にとっては十二分にエロい。

「にゃ、にゃんでっ」

エロすぎて舌がまわらないくらいに太陽は動揺していた。

一方のアルカナは、恥ずかしげもない様子でベッドに入ってくる。

「まだ起きてくれてて良かったです。その、おもてなしをしようかなと思いまして」

「おもて、なし？」

「はい。おもてなしは、わたくしの身体ですっ」

そうはっきりと言ったアルカナに太陽は目を大きくするのだった。

同時に、なんとなく納得もした。あんな普通のおもてなしを、この頭のおかしいアルカナがやるわけないのである。

やはりこれくらいぶっ飛んでいてこそ、アルカナ・フレイヤなのだ。

王女にしてマスコット。へっぽこにして無能と名高い、フレイヤ王国の象徴とはこんな人物なのである。

「ぐへへ……お覚悟を、太陽様！　わたくしは太陽様を王にしてみせますっ」

下卑《げび》た笑みを浮かべながら迫るアルカナ。

対して、太陽は緊張で硬直している。声を発するのがやっとの状態だった。

「そ、それは、断ったはず」

「いいえ、わたくしはまだ諦めていません。太陽様がそれをお望みになっていないのだとしても、強制的にそうさせてみせますっ。太陽様の子供を孕んで、事実上の王様にしてみせますから！」

アルカナの発想は狂っていた。

（やっぱりこいつ、頭おかしいだろ！）

わがままで自分勝手な一方で、自分の身体を道具としか思っていないそのどこか冷めた態度に背筋が震えた。

「じ、自分の身体は、大切にな？」

「わたくしは王女なのですよ？　国のためなら身体くらい誰にだって差し上げます」

ニッコリとした笑顔に邪気はない。

無垢《むく》なアルカナを説得するのは不可能だということを太陽は認識した。

「それとも……その、わたくしでは不足でしょうか？　太陽様は、わたくしの身体が好きではありませんか？」

四《よ》つん這《ば》いで、上目づかいに太陽を見るアルカナ。

顔の下に見える二つのマシュマロはボインボインと揺れていた。

太陽の視線が無意識に下へ動くのも無理はない。

「いいえ、大好きです」

嫌いなわけがあるものか。彼は童貞、何よりもおっぱいが好きな童貞である。

もっと言うなら子作り的な行為に憧《あこが》れだってあるのだ。

エッチなことが嫌いなわけがない。

「で、でも、こういうのには愛がないと……」

「愛など後で育《はぐく》めばいいのです。さあ、わたくしの身体を好きにしてください」

もう、アルカナとの距離はゼロだ。

太陽の肩に手を置くアルカナはかすかにうるんだ瞳《ひとみ》を閉じる。形の良い唇を突き出す彼女は、キスを求めているように見えなくもない。

「う、うぅ……」

太陽は己の欲望に負けそうだった。

アルカナからとはてもいい匂いがするし、もたれかかってくる体はとても柔らかい。

肩や腕でこんなに柔らかいのだ。おっぱいならどれほど柔らかいのだろうと、太陽は喉《のど》を鳴らす。

（お、俺の初めては、今なのか……か、神様ありがとう！）

もう難しいことはいいじゃないか。

今はただ、欲望に身を任せようではないか。

童貞故の後先考えない思考が太陽の頭を麻痺させる。

欲望のままに、アルカナの身体を貪《むさぼ》ろうとした――その瞬間だった。

「ご主人様、何をなさっているのでしょうか？」

部屋に、酷く冷たい声が響いた。

沸騰《ふっとう》しかけていた欲望を一気に冷却するその声に太陽は息を止める。

恐る恐る声のした扉の方向を見ると、そこには一体のメイドがいた。

「あ、ぁ……っ」

目元で切りそろえられた長く艶やかな紫紺《しこん》の髪の毛。綺麗な紫紺の瞳。服の上からでも存在を強調する胸。くびれのある腰。細くしなやかな下半身。

そして、その身を覆うのはメイド服である。

とはいっても、王城のメイドのような裾《すそ》が長くて露出の少ないヴィクトリアンタイプではなく、裾が短く胸元が露出されたフレンチタイプのものであった。

そう。このメイドは王城のメイドにあらず。

「屋敷に帰ってこないので、心配して魔力を追ってきたら……まったく、何をなさっているのですか？」

彼女は太陽の住まう屋敷で彼のお世話をしている『魔法人形《ゴーレム》』だ。名をゼータと言う。

「や、ちが、これは、そのっ」

ゼータの到来に、太陽はまるで浮気現場を見られた彼氏のように慌て始めた。

アルカナを押しのけて即座にゼータに言い訳を始めようとする太陽。

「いえ、別に怒ってはいません。ご主人様が性に飢《う》えた獣であることを、ゼータは理解しております。王女様を見る顔つきがとても気持ち悪いです」

「お、怒ってる？　ゼータ、怒ってるよな？」

「……？　ゼータは普通ですが」

「普通でそんなに罵倒《ばとう》されてるとか、それはそれで傷つくんですけどっ」

もうアルカナは眼中にない。太陽は必死にゼータのご機嫌をとろうとしている。

「とりあえずご無事なようで安心しました。お楽しみのところ誠に申し訳ありません。ゼータはもう帰りますので」

「や、待って！　俺も帰る、帰るからっ」

「へたれかと。ここはゼータを言い訳にせず、王女様を抱いてこそ男だとゼータは思います」

「も、もうそんな気分じゃないんだよっ。べ、別に勇気が出なかったとか、それは関係ないからなっ？」

愛想をつかされた夫のように、ゼータの後を追う太陽。

後には、アルカナが残るのみだった。

「…………むぅ。失敗、しちゃったか」

不満そうに唇を尖らせるアルカナ・フレイヤ王女。

子作り大作戦が失敗したことを悟って、彼女は大きく息を吐き出すのであった。


その後。私室に戻ったアルカナは騎士のエリスを呼び出していた。

「エリス！　お色気作戦が失敗しました……そんなにわたくしは可愛くないのでしょうか？」

「違う。童貞にはアルカナの魅力が強すぎただけ。アルカナは可愛い。これは間違いない」

騎士王エリス。彼女は女性でありながら騎士号の最高位を獲得した、フレイヤ王国でも五指に入る実力者である。

フレイヤ王族の家紋、戦乙女《いくさおとめ》の姿が刻まれた純白の甲冑を身にまとうエリスは現在、自らが仕えている主《あるじ》を一生懸命慰《なぐさ》めていた。

「アルカナは悪くない。悪いのは根性のないあの童貞」

王室にて二人はテーブルを挟んで会話を続ける。

「でも、これで太陽様を王様にすることはできなくなってしまいました……ふぅ。これからどうしましょうか」

憂鬱《ゆううつ》そうに頬杖《ほおづえ》をつくアルカナ。同情するようにエリスは頷《うなず》いていた。

「アルカナは頑張ってる。あんな人間を辞めた化け物なんて気にしないでいい」

「……でも、どう対応していいか分かりません。災厄級クエストを個人で達成する存在がすぐそこにいるのですよ？　あの方の怒りが少しでもこちらに向けば、王国はもう終わりです」

いつ太陽の気が変わって王国に牙を剝くか分からない。そうなれば最後、フレイヤ王国は終わりだ。

だからこそ彼女は太陽に怯え、その慈悲に縋《すが》ることにしたのだ。身体を捧げてでも、太陽が王になってその庇護《ひご》下に入れるのなら、安いものだと考えていたのである。

「あの方を王にすれば、他国に狙《ねら》われることもありません。魔物に怯えなくてもよくなります。それこそが最善です……わたくしが統治するよりも太陽様の方が良いに決まってます」

「弱気になっちゃダメ。あれが王になっても善政ができるかどうかは分からない。もしも暴君になったらそれこそ止めようがなくなる」

「でも、お父様よりかはきっと良い王様になります。知ってますか？　今度は村娘に種付けしたそうで、そろそろ産まれるとのことです……また家族が増えてしまいました」

「それは、うん。今の王様は、あれだけど……それでも、あの化け物よりはマシかもしれない」

現在、目の上のたんこぶは加賀見太陽である。

王国は彼の扱いに困っていた。

「今のところ民衆は彼の存在を知りません。でも、彼の存在が知れたら、きっと皆怯えてしまうでしょう。その前に、対策を打つ必要があるのです。王という立場を与えれば、民衆の不安も取り除けるはずでしたが……くっ」

「アルカナ。落ち着いて……よく考えて。そもそもあれは王の器《うつわ》じゃない。だって人間じゃないし」

エリスにしてみれば、加賀見太陽という人間は人間失格のチート野郎である。炎龍を個で圧倒できる存在を同じ生物とは思いたくなかった。

「でも……でもぉ」

アルカナが涙目でエリスの手を握ってくる。彼女の精神が外見の割に幼いことを知っているエリスは、その手をぎゅっと握り返した。

大丈夫と、安心させたくて。再び慰めの言葉を続けようとしたのだが。

「……よし、決めたっ。アルカナ、決めた！　太陽様を、殺すことに決めた！」

「え」

突拍子《とっぴょうし》のない言葉にエリスは言葉を失った。

先程まで色気で懐柔《かいじゅう》しようとしていたくせに、今度は殺すと言っているのだ。最初、エリスが自分の耳を疑ったのも無理はない。

だが、今の発言は聞き間違いなどではなかった。

「邪魔すぎっ。もうイヤ！　ぺこぺこするの、アルカナ嫌い。どうせだから殺しちゃえばいいんだよ。なんだ、簡単な話じゃないっ」

アルカナ・フレイヤという人物は王女でこそあるが、王女にあるまじきへっぽこさを持っている。

故に、時折こうして子供じみた理由で意味不明なことをしようとするのだ。

当然、エリスはその暴走を止めようとする。

「あ、アルカナ？　落ち着いて……」

「アルカナは冷静だよ？　あ、そうだ。高レベルの冒険者をたくさん雇っておいてね？　あと、騎士団も出撃させて、それからアルカナも戦いに出ます。これで勝てるもん」

「い、いや、えっと」

無理だ。エリスはそれなりの実力者なので太陽の化け物じみた力をきちんと理解している。

だが、アルカナはただの王女なので実力をきちんと把握できていないようだ。

あれは人間の手に負えないと、エリスはどうにか説得を試みようとする。

「……エリスは、アルカナのこと嫌い？」

「そ、そんなわけない！　この身はあなたを守るためにあるっ」

しかし、エリスはアルカナのことが大好きすぎた。

お願いごとを断れるわけがない。

「じゃあ決定！　作戦名は【太陽を落とせ！】にしよっと」

「あ、ちょ、別に同意したわけではっ……ふぅ。まあいっか」

アルカナに弱いエリスはなんだかんだで甘かった。わがままじみたその言葉を、彼女は仕方ないと聞き入れる。

「了解した。手はずを整える。絶対に、あのチート野郎を殺そう」

「うん！」

無邪気な笑顔にエリスは息をつく。

彼女の可愛さだけがエリスにとっての正義だった。その他のことはどうでもいい。

勝とうが負けようが、アルカナが笑っていられますように。

エリスはただそのことを願うばかりだった。

太陽暗殺クエストが、始まる。

「フハハハハ！　騙《だま》されたな、太陽様！」

どうしてこんなことになったのか。

太陽はぼんやりと佇む。どこまでも広がる平原の中、彼は幾数もの人影に囲まれていた。誰もが臨戦態勢を取って太陽に敵意を見せている。

炎龍を討伐した数日後のことだ。

王城に呼ばれたので出向いたら、何かいきなりアルカナが転移魔法かけさせてとお願いしてきた。

胡散臭《うさんくさ》さ満点だったのだが、断るのも面倒だったので了承したらいつの間にかここにいたのである。

「どうですか、驚きましたか！　今回はなんと、太陽様の討伐を行うのですよ！　見よ、この精鋭揃《ぞろ》いの我が陣営をっ。降参するなら今の内です！」

アルカナが何やら自慢げに言ってるので太陽は周囲をキョロキョロ見渡す。アルカナの近衛《このえ》騎士団と、高ランク冒険者が十名ちょっと。合計すると二十名近くになるだろうか。

中には見知った面々もいた。太陽も一応冒険者として国に登録しているので、高ランカーたちとは何度も顔を合わせている。騎士団とやらは初めて見たのだが、まあそちらへの興味はあまりない。

「あの、これってなんの茶番？」

「茶番じゃないですっ。なんですか？　恐れをなして状況も理解できないのですかっ？」

興奮しているのかアルカナのテンションが高かった。いつもは土下座して泣きべそばかりかいているのだが、今日はやけに態度がでかい。

気が大きくなっているようで、太陽に対しても舐めた口をきいていた。

そうは言っても、純白の甲冑を着たエリスの後ろに隠れながら発言しているので、威厳など何も感じないのだが。

「アルカナ……前に出て言った方がかっこいい」

「イヤっ。だって怖いし」

エリスの助言にも耳を貸さないようだ。

「そう。なら、仕方ない」

「……エリスさんが甘やかすからそうなっちゃったのか。少しは厳しくした方がいいんじゃない？」

「バカ言わないで。アルカナはポンコツだからこそ可愛い」

後ろからやいのやいの言うアルカナを撫《な》でながら、エリスは頬を緩めている。

こいつもダメだなと太陽は説得を諦めた。

「やーい、ばーかっ。いつもいつも、偉そうなのがむかつきます！　わたくしは王女様なのです。つまり、太陽様よりわたくしが偉いんですっ。もっと敬《うやま》ってください。称《たた》えてください。頭が高いんですよ、庶民のくせにっ。ここが太陽様の墓場だ！」

子供じみた挑発を延々と繰り返すアルカナ。普段とはまるで違う態度なのだが、恐らくこちらが素なのだろうと太陽は判断する。

表情がとても活《い》き活《い》きしていた。太陽はうんざりとため息をつきながらも、この状況が茶番ではないことを理解する。


「つまり俺を倒そうとしてるってことでいいの？」

「そうです！　正式なクエストとして発注させていただきましたっ。クエスト名は【太陽を落とせ！】」

アルカナの掲げる用紙。それはフレイヤ王国が発行したクエストの依頼用紙である。

「高ランク冒険者とそれに相当する騎士をたくさん用意したんです！　これで負けるはずがありませんっ」

「なるほど、完璧な論理。流石はアルカナ」

「……頭大丈夫かよ」

頭の緩いアルカナの発言に、もしかしてふざけてるのだろうかと訝《いぶか》しむ太陽。

少し気が抜けてもいた。終始ポンコツなアルカナに邪気が抜かれるというか……なんか、残念な人だなとしか思えなかったのである。

「はいはい、じゃあすぐにでも終わらせますか」

真面目に戦う気にもならなかった。彼は返事も待たずに右手をかざして、即座に魔法を展開する。

「【火球《ファイヤ・ボール》】」

火属性の低級魔法。通常であれば小枝が燃える程度の魔法だが、太陽が放てば四方数キロメートルは更地にする大魔法となる。

それを展開しようと画策していたのだ。

なんだかんだいって実力者の面々なので、死ぬこともないだろうと思っての攻撃。

「甘いです！　【転移】!!」

だが、そんな彼の思惑は一瞬で粉々に砕かれるのであった。

頭上、遥《はる》か高くで火球が爆発したのを知覚して、

「……なるほど」

自らの魔法が無力化されて少し驚いていた。

太陽は一つ頷く。

「ふふーん！　どうですか、これが王族の力です。この場において、太陽様の魔法は全て転移させていただきますのでっ」

そう。太陽の放った火球は、アルカナの転移魔法によって遥か上空に転移、そして爆発したというわけである。

「なかなか面白《おもしろ》いな……【火炎剣《ファイヤ・ソード》】」

「無駄です！　【転移】」

王の血統も伊達《だて》じゃない。

立て続けに太陽の攻撃は無力化されてしまい、この場の敵を一掃《いっそう》するのは難しくなった。

範囲攻撃系の魔法は全てアルカナに転移される。

それでも、負けるつもりはなかった。

「ちょっと手間だけど、たまにはいいか」

好戦的に歯を剥き出しにして拳を構える。

彼は転生する前、ファンタジー好きの高校二年生だった。バトルへの憧れは世界を越えても失ってはいない。

「【火炎魔法付与《アディション・ファイヤマジック》】」

低級に分類される、肉体に魔力を付与する魔法を展開。

効果は魔力による肉体の強化と攻撃力の向上である。

いわば、肉弾戦用の魔法だった。

「よし、準備完了。そろそろ始めようか」

太陽はグッと拳を構えて、周囲の敵に意識を集中させる。

「では、戦闘開始！」

アルカナの声を皮切りに、冒険者と騎士団は動きだした。

「冒険者一同は攻撃魔法を準備せよ！　騎士団で時間を稼ぐ」

エリスの号令で前に出たのは、甲冑に身を包んだ騎士団である。

皆同じような体格を持つ者たちだ。示し合わせたように誰もが長剣を持っている。

「囲め。倒すのではなく、足止めできればいい」

太陽は周囲を騎士団に囲まれる。

「行け！」

エリスの指示通りに動く騎士団の動きは寸分違《すんぶんたが》わず揃っており、攻撃を仕掛けるのも同じタイミングだった。

「っ、連携いいな」

太陽は上にジャンプして前方と背後から迫る長剣の攻撃を回避する。

しかし、息をつく暇も与えずに次の長剣が迫ってきた。そのまま、三撃、四撃と攻撃は連動していく。

「や、やりにくい……」

あまりにも連携のいい動きに太陽は攻めあぐねていた。

だから、強引に。太陽は近くにいた騎士の一人に体当たりを仕掛ける。

「っらぁ！」

騎士は太陽の想像以上に体重が軽く、簡単に押し倒された。その拍子に騎士のヘルムが取れる。

そうして見えた顔は……。

「え、エリスさん？　え、でも、あそこにっ」

赤髪ポニーテールの落ち着いた雰囲気をまとう彼女は、どう見ても現在アルカナの隣にいるエリスと同じ顔だった。

エリスが二人いる事実に太陽は動揺する。

「へっへーん！　驚きましたかっ？　なんとエリスは、分身できるのですよ！　騎士団の正体は、実はエリス一人ということなのです!!」

　そんな太陽に、遠くからアルカナが自慢してきた。戦術とかその辺り理解していない彼女は、太陽を驚かせたいがためだけに味方の能力を教えてくれたらしい。やはりポンコツである。

「……まあ、そういうこと。厳密にいえば分身ではないけど、この身が幾つもあるのは事実」

　アルカナの暴露の後、エリスも仕方ないと言わんばかりに種明かししてくれた。太陽を襲っていた騎士たちが一斉にヘルムを外す。

　外に晒《さら》された顔はやはりどれもエリスと同じものだった。

「すごいな。こんな魔法もあるのか」

「正確にはスキル。この身にのみ宿る、固有スキルのおかげ」

　体格が一緒なのも、武器が一緒なのも、連携がやけにいいのも……全て、同一人物だったから。


「魔法の準備完了です！　いつでも展開できます！」

　そのことに納得した頃には既に時間稼ぎが終わっていた。

「よし、団員退避」

　冒険者一同が攻撃魔法の準備を終えたようだ。

　即座にエリス騎士団は離れて、適当な距離をとったところでエリスが号令する。

「魔法を放て!!」

　その直後、冒険者たちは用意していた攻撃魔法を放つのであった。

「【神の雷槌《トールハンマー》】」

「【英雄の聖撃《エクスカリバー》】」

「【世界樹の炎剣《レーヴァテイン》】」

　彼らが放ったのは【神級魔法】という最上位クラスの更に上にある魔法である。低級、中級、上級、最上級の更に一段階上の魔法を、太陽に向けて展開してきたのだ。

　威力は絶大。高ランク冒険者の実力は伊達じゃないと言わんばかりの、猛攻である。

「勝てる……これなら、勝てます！」

対太陽勢力が一斉に責め立てる光景を見て、アルカナはグッと拳を握った。

太陽だってなんだかんだ言っても人間のはず。ならば、これで死なない人間などいないと確信しての言葉だった。

大量の魔法が太陽に向かって押し寄せる。

（結構多いけど……これくらいなら、まだいけるな）

想像以上の攻撃だが太陽はまだ余裕を持っていた。

軽くさばいて、こちらからも次撃を繰り出す。

そう決めていたのだが。

「いっけー！　太陽様なんて、死んじゃえっ」

たまたま視界に映ったアルカナが、跳ねた。

連動して、ぽよんとおっぱいが揺れた。

大きなおっぱいが、バインバインに弾んだ。

「────っ!?」

あまりのエロさに太陽は目を見開く。童貞の彼には刺激が強すぎる光景だったのだ。

思わず、冷静さを失ってしまう程度に……太陽は動揺したのだ。

ちょうど、その時である。

「…………ぁ」

不意に、体の奥底で何かが爆発した。

太陽の体内に宿っていた膨大な魔力が、一気に溢《あふ》れ出ていた。

「やっべ」

思わず冷や汗をかいた直後、鼓膜が破けそうになるほどの轟音《ごうおん》と光が太陽から放たれる。

刹那《せつな》、大気が割れた。

──爆発。否、それは魔力の暴走。

太陽が維持していたはずの魔法が、暴走して形を保てなくなり、爆発したのだ。

ドゴォオオオオオオオン!!　という轟音の後に煙が立ち上る。

あたり数百メートルはクレーターとなっていた。熱波は地表を焼きつくし、平原は一瞬の内に焦土と化す。

「うっわ。やっちまった……みんな死んでないよな」

神級魔法も、太陽の暴走による爆発でかき消されたようだ。

とりあえずみんなの無事を確かめるために周囲を探る。

「……ぅ、ぁ」

「し、死ぬかとっ」

「やっぱ、無理っす」

「人間じゃねぇよ」

少し離れた場所に地面を這う複数の人影が見えた。

冒険者と近衛騎士たちである。ボロボロだが、みんな息があるようだ。

流石は高レベルの実力者。どうにか防いでくれたようだ。


「……殺したかと思って一瞬焦ったぞ」

安堵《あんど》に息をこぼす太陽。

頭の中では、どうして魔法が暴走したのかについて原因を探っていた。

「えっと、なんでだ？　前にやった時は普通に展開できたのに……」

そして、原因を即座に理解する。

「やっぱり、おっぱいだな……王女様のおっぱいが揺れて、制御が甘くなったんだ」

攻撃の寸前に見たアルカナの巨乳が原因だと、太陽は気付いた。

童貞故に、揺れる大きなおっぱいに冷静さを失って……魔法の制御が甘くなったのだ。

もともと彼は【火炎魔法威力向上】【火炎魔法威力上昇】【火炎魔法威力増幅】【火炎魔法威力倍化】といったスキルを持っている。

これらがあるからこそ、通常の低級魔法でもアホみたいな威力を生み出せているのだが、制御を誤るとこうやって魔法が暴走するのだ。

要するに『アルカナのおっぱいを見て冷静さを失った』せいで魔法が制御できなくなり、今回の爆発が起きたのである。

「あー……悪いことしちゃったかな」

思い浮かべるのは、アルカナのこと。

あんなに息まいていたのに、結果としてはそのやる気を吹き飛ばすことになったのだ。

少し申し訳ない気持ちになる。ついでに、たかがおっぱいでここまで取り乱す自分が恥ずかしくもあった。

流石に謝ろうかなと、太陽はアルカナの姿を捜す。

「アルカナ、分かった？　あれは人間ではないから、勝つことなど不可能」

「……ふぇぇ」

アルカナはエリスの胸の中で泣いていた。

周囲では騎士団の面々が倒れていた。恐らく、エリスの命令によって彼女たちが盾となり、アルカナを守ったのだろう。

そのアルカナは、これでもかというくらい泣きじゃくっていた。

（ちょ、ちょっと胸が痛い）

罪悪感に心を痛めながら、謝るためにも彼女へ歩みよる太陽。

お互いの顔が見える距離まで近づいたところで、エリスが太陽の存在に気付いた。

「ほら、彼に謝って。今ならまだ許してくれると思うから」

優しげな顔で胸の中のアルカナをあやすエリス。

するとアルカナは、涙と鼻水でぐちゃぐちゃになった顔を上げて、太陽の方に向き直った。

「ご、ごめんなさいいいいいいいいいいいいい」

そしてまたもや泣きだしてしまう。

地面に泣き崩れたアルカナに、太陽はため息をつくのだった。

「……なんか、ごめんな」

こうして、フレイヤ王国は加賀見太陽に惨敗した。

血の一滴も流れない、圧倒的な勝利であった。

加賀見太陽は元地球の男子高校生である。年齢は十七。ちなみに彼女いない歴も同年。

そう。彼は前世、まったくモテなかった。

そんな太陽だからこそ、異世界に来た時一つ心に決めたことがあった。

（今度こそモテモテになってやる……できればハーレムを作ってやる‼）

前世では成し遂げられなかった悲願を、異世界では達成してやると決意していたのだ。

そのために最強の力を欲した。

女の子が見ただけで『素敵！　抱いて！』と言っちゃうくらいの最強さを求めたわけだが。

「本当に、この度《たび》は申し訳ありませんでした。一国の主としてやってはならないことをしてしまいました」

「アルカナの臣下としてもこの件は謝罪する。ごめんなさいでした」

フレイヤ王国。王城、謁見の間にて。

加賀見太陽はまたしても土下座されていた。

「ごめんなさい、調子乗りました」

「すいません、報酬に釣られました」

「これくらい集まれば勝てると、思い上がってました」

土下座している者の中には可愛い女の子もいる。みんな不安そうな面持ちでぷるぷると震えていた。

ハーレムとは程遠い光景に、人知れず太陽は涙を呑む。

「【炎神】……要求はなんでも受け入れる。王女様だろうと、この身だろうと、どの人物だろうと、そちらが身体を要求するのであれば、従うことを約束する。だからどうか、王女様を殺すのはやめてほしい」

「…………」

エリスの懇願に、仏頂面《ぶっちょうづら》の太陽は唇を固く結ぶばかり。

何故か知らないが、彼に恐れをなした女性はみんなこんなことばかり言うのだ。別にそんなことするつもりないのに、である。

クエスト【太陽を落とせ！】が終わったその直後。

圧勝してアルカナたちを屈服させた彼は、現在謝罪を受けていた。

誰もが怯えているように見えた。そうやってびくびくするくらいならやらなければいいのにと思う太陽。

(はあ、どうしょっかな)

別に、アルカナたちをどうこうするつもりなんてない。

呆《あき》れてはいるが怒ってもなかったし、何かしてもらいたいとも思っていなかった。

加賀見太陽は童貞だ。童貞故に、エッチな行為には愛がなければならないと夢を見ている。そのため彼は、恐怖にその身を差し出されることがあっても毎度断っていた。

何せ興奮しないのである。無理矢理なプレイはあまり得意じゃないし、趣味に合わない。

だから何も要求するつもりはなかった。

「別にいいよ。気にしないでも」

「……で、でもっ。怒ってますよね？」

しかし、断ってもアルカナはなかなか納得してくれない。首を振って太陽の機嫌を伺《うかが》うばかり。

だから怒ってないって言ってるじゃんと、太陽がうんざりした——そんな時。

「たっだいまー！　アルカナ、朗報だ。お前の妹が生まれたぞっ。良かったな、二百一人目の家族だ‼」

空気を読まないクズ野郎が、大きな声と共にドアを開け放つのであった。

「……お父様。今はそれどころじゃないので、少し黙っててください」

「え？　何々？　なんで君たち土下座してんの？　って太陽ちゃんだ！　久しぶり〜。元気？今日も変わらず童貞してる？」

スラっと背の高い、オールバックのおじさんである。

見た目の年齢は四十前半といったところか。筋肉が程よくついたその身は若々しく、タキシード姿がやけに似合っていた。

アルカナと同じ碧い瞳を持つ彼の頭には、黄金の冠が乗っている。

その人物の名は――ニエルド・フレイヤ。クズ王として悪名高い、フレイヤ王国の王であった。

「うるせぇよ。童貞言うな」

「でも童貞じゃーん？　太陽ちゃんってば、面白い生き方してるよな。俺が十七の時は既に経験人数百人超えてたぜ？」

「死ね」

ニエルドの登場に、太陽の機嫌が一気に悪くなる。

彼はニエルドが嫌いなのだ。チャラチャラしてて、節操なしで、まるで前の世界のリア充みたいで鼻につくのである。


「た、太陽様っ!?　どうか父の無礼をお許しください……ほ、本当にごめんなさいっ」

太陽が苛立っているのがアルカナにも分かったのだろう。声がさっきより震えていた。

されどもその瞳は恨みで濁っており、それがニエルドに向けられているのは説明するまでもないことである。

「お父様！　どこかに行ってください……そして二度と帰ってこないでください」

「ふむふむ。事情は分かった。つまり、太陽ちゃんに俺の愛娘《まなむすめ》が無礼を働いたってことだな。なるほどなるほど」

しかしニエルドは話を聞いていなかった。近くの兵士から事情を聞き出して、何やら頷いている。

「太陽ちゃん。めんごっ」

次いで、軽い感じで謝ってきた。憎たらしい顔つきのニエルドに太陽の怒りゲージの目盛りがより高まっていく。

されどもニエルドは気にしない。ニヤニヤと笑いながら、太陽の肩を小突いてきた。

「ででも、これでアルカナとイチャイチャする口実ができてラッキーじゃね？　ほら、許してやるから、お前の身体を差し出せ的な？」

「そんなことしない。ってか、そういうのってどうかと思うんだけど？」

「え？　でも、俺よくやってるけど。ナンパの時、当たり前のように王様の権力使ってるし」

「クズが……死ねっ。クソ、どうして俺みたいにまともな奴が童貞で、お前みたいなクズが経験豊富なんだよ!?　世界は理不尽だ、どうして真面目な俺が損してるんだ!!」

「太陽ちゃん？　いいかい、下半身のままに生きろ。それこそが人生を楽しむコツさっ」

歯を輝かせて親指を立てるニエルドは、どこからどう見てもクズでしかなかった。

「ふぇぇ……アルカナ、もうイヤっ。こんなクズがお父様とか、死にたい」

あまりの情けなさに、娘であるアルカナが涙を流している。普段はわがままで自分勝手なアルカナだが、この王に比べると百倍はマシに見えるから不思議なものだった。

流石に彼女が可哀想《かわいそう》になって、太陽はポツリと呟く。

「少しは王様らしくしろよ……」

「え～？　でも、王様の仕事って跡継ぎ残すこと以外になくない？　つまり子作りこそが俺の使命なんだぜ！　うぇ～い」

その発言で、何かが弾《はじ》けた音が聞こえた。

「うぎゃぁあああ!!　殺す、お父様を殺してアルカナが女王様になる！　みんな、お父様を殺しなさい！　早く!!」

「おいおい愛娘よ。まだ反抗期か？　ちょっとは立派になれって」

「クズが何言ってるの!?　エリス、やって!!」

「御意《ぎょい》」

そうして始まる、ニエルドの暗殺試練。

太陽を殺すべく集まった戦力は、今度はニエルドを殺すために意識を一つにした。

「おっと！　次の女の子と遊ぶ時間だ、またな太陽ちゃん！」

だが、ニエルドは逃げ足が速かった。数々の猛攻を潜《くぐ》り抜けて謁見の間を出て行く。

「待ちなさい！　死ね、お父様死ねっ!!」

その後をアルカナ一行も追いかけて行った。

盛大な親子喧嘩《げんか》だなーと、太陽は他人事《ひとごと》に思いながら大きなあくびを零す。

(帰るか)

なんかやけに疲れていた。主にアルカナとニエルドのせいである。

(ふぅ……俺の異世界生活、どうなるんだろ？)

肩を落とす太陽の背中には、哀愁が漂っていた。

(あんなクズでもハーレム作れてるのに、俺はなんてざまなんだ……)

ハーレムを夢見て異世界に来たというのに、まだ女の子とすら仲良くなれていない始末。

この状況に彼は深く苦悩するのだった。

## 三話　ゼータちゃんは今日もご主人様が大嫌い

「ご主人様、朝でございます」

まどろみの中、耳触りの良い声が太陽の鼓膜を震わせた。

涼やかな声音である。ずっと聞いていたくなるような美しさを孕むその声に、太陽は薄っすらと瞼《まぶた》を開けた。

「……朝？」

「ええ、朝です。朝とはちなみに、お日様が天に昇り始めた頃を意味します」

「いや、それくらい分かってるけど。そんなにバカじゃないんですけど」

綺麗な声でバカにされる太陽。目を開けると、枕元には見慣れた『物』が佇んでいた。

「おはようございます。朝食の準備ができました」

「……今日も綺麗だな、ゼータ」

フレンチタイプのメイド服を着た物体――ゼータを見て、太陽はだらしなく鼻の下を伸ばす。

だが、対するゼータは酷く冷たいままだった。

「物に欲情しているのですか？　変態かと」

「いやいや、だって……ゼータってどう見ても人間にしか見えないし」

「そういう風に作られておりますので。ゼータが『魔法人形《ゴーレム》』であることを、どうかお忘れなく」

そう。彼女は魔法で作られた人形――つまりゴーレムである。

土系統の魔法によって作られるゴーレムは優秀な働き手として有名だ。しかし性能に比例してお値段も高くなるので、一般的に普及しているものではない。

そもそも人間には作れない魔法アイテムなので、希少でもある。

とても高かったのだが、太陽はゼータに一目惚れして即座に購入を決意した。それくらい彼女は可愛い。

その上、喋れる。見た目も自分の好み。更には働き者ときた。

良い買い物だったなと、太陽はゼータの存在に満足している。

彼は現在大きな屋敷に住んでいるのだが、ゼータは一体で全て管理しているほど有能なゴーレムなのだ。

「これでもう少し俺に優しかったら文句ないのに。いいかげんおっぱい触らせろよ」

「物と戯れようとするご主人様に酷い嫌悪を感じます。ゼータが人間なら吐いていたでしょう」

「や、でもなぁ……ゼータは物には見えないんだよなー」

この国において魔法人形《ゴーレム》とは物である。よほどの変態でもない限り胸なんて触ろうとしない。

太陽はこの世界の基準でいうと完璧な変態なのである。

まあ、地球で生きてきた彼にこの世界の常識を理解しろと言っても、無理な話なのだが。

「会話するな、とはご主人様の所有物であるゼータが言うことはできません。どうかお察しください」

「話しかけてくんなってこと？　無理無理、だってゼータ以外に話し相手いないし」

「ゼータが魔法人形《ゴーレム》であることを今日以上に残念だと思ったことはありません」

「辛辣《しんらつ》。でも、俺の言うことはなんでも聞いちゃうゼータちゃん愛してる」

「死にたくなるのでおやめください。虫唾《むしず》が走ります」

毒を吐きながらも寝起きの太陽をテキパキとお世話するゼータ。

その態度が太陽にはツンデレにしか見えない。

「とかなんとか言って本当は俺のこと好きなんだろ？　分かってる分かってる。ゼータの愛は伝わってるから」

「妄言《もうげん》もここまでくると立派なものです。まるで言葉を覚えたゴブリンのように滑稽《こっけい》ですね」

「はいはい、ツンデレツンデレ」

無表情の中に僅《わず》かな苛立ちを見せるゼータに、太陽はまったく気付かない。

「俺は理解してるんだ。ゼータはもし俺が本気で胸を触らせてってお願いしたら、素直に触らせてくれる優しい奴なんだって」

「……そうですね。確かにそう命じられたら、断ることはないでしょう」

「え？　マジで？　もしかしてデレた？」

「了承した後に舌を噛み切って死にますが、それでも命令されますか？」

あ、なんか本気で怒ってる。

淡々とした声が微かに低くなったのを感じて、太陽は冷や汗を流す。

「や、やっぱりやめとく。ほら、俺ってば使用人を大切にする超ホワイトご主人様だから」

「人ではなく物なのですが。あと、セクハラしないでくださいませ」

軽口も無碍に扱われる。ゼータは本気でイヤがってるようだが、しかしこのやりとりを太陽は楽しんでいた。

彼はどちらかというと、自分の思い通りにするより思い通りにされたいと思う派である。

その点でいえばゼータの性格は好みだ。だってどうにもならないし、酷く冷たい。だが所有物という立場上、太陽を無視できないのでなんだかんだいってお喋りに付き合ってくれる。

そういうところが気に入っていた。

「はぁ……俺、ゼータがいなかったら孤独死してたかも。お前のおかげでなんとか頑張れてるよ。いつもありがとう」

「死ねば良かったかと」

感謝すら受け付けないゼータに太陽はニコニコと笑うのだった。

そのまま身支度《みじたく》をすませて食堂に向かう二人。

朝食は既にテーブルの上に並んでいた。

「どうぞお食べください。家畜のように遠慮なく」

「一言余計なんですけど……って、その手紙は何？」

と、ここで不意にお手紙の存在に気付いた。朝食と並ぶ白い便箋《びんせん》に太陽は首を傾《かし》げる。

「今朝方《けさがた》、王城の使者が慌てた様子で届けられました。今すぐご主人様に会いたいと仰《おっしゃ》っていたのですが、睡眠なさっていたので追い返した次第でございます」

「……緊急の用件なら起こしてくれても良かったのに」

「無理です。ゼータもその時は寝起きでしたので」

時間外は対応できないとゼータは無表情で言い切った。冷たくも感じるが、もしかしたら彼女は寝ているご主人様を邪魔したくなかったのかもしれない。

（俺を大好きなゼータならそう思ってるに決まってる）

そう太陽は思い込むことにした。

「ツンツンしてるところも可愛いな……っと」

便箋を開けて中身を確認。

手紙にはとあるクエストの依頼がしたいと書かれている。

「……災厄級クエスト、だと？　しかも、相手はなんだ……スライム？」

その内容に、太陽は思わず目を丸くするのだった。


王城にて、アルカナから聞いた話によると、災厄級クエストの魔物はフレイヤ王国の南にある、リザード湿原《しつげん》に突如として現れたらしい。

報告があってすぐに高レベル冒険者たちを討伐に出したのだが、彼らはみんな失踪《しっそう》したと彼女は言った。

そのせいで情報も少なく、全容の全く見えない魔物にアルカナも困っていたようだ。

普通の人間では手に負えないということで、太陽にクエストの依頼を出した――という経緯らしい。

この前は殺そうとしてきたくせに、なんとも虫のいいアルカナだ。

太陽はそんな頭のおかしいアルカナのことを理解しているので、特に何も言わないことにしている。

「この魔物、そのまま人間の暮らすエリアに来たらまずいよな。やれやれ、また俺は人間を救ってしまうのか……人知れず英雄になるとか、なんかカッコイイんじゃないか？」

「そうですね。ご主人様がそう思いたいのなら、そう思っても良いのではないでしょうか？」

「冷たいなぁ……強引に連れてきたからって怒るなよ」

依頼を受けてすぐのこと。太陽はリザード湿原に来ていた。太陽の屋敷からは結構距離があるのだが、アルカナの転移魔法でひとっ飛びしたのである。

一応、国を揺るがしかねない事件なのでアルカナにも協力してもらったのだ。

「ふぅ……どうしてゼータまでクエストを受けなければならないのでしょうか。非常に不愉快なのですが」

隣にはメイド服の魔法人形《ゴーレム》——ゼータもいる。

一人では寂しかったので強引に連れてきたのだ。

「たまにはいいじゃん。俺とのデートだと思ってゼータも楽しんでくれ」

「後で臨時お給金出していただけるなら、楽しんであげなくもありません」

「それはもう援助交際だよな……なんか空《むな》しくなるから、お金とかの話はやめろよ」

ぬかるんだ地面を歩く二人。今のところ異常は見えないが、ともあれ進むことに。

「だいたい、デートと言うのならその黒ずくめの恰好をどうにかしてくださいませ。アピールのために目立ちたいというお気持ちは分かるのですが、悪目立ちしていますので」

「わ、悪目立ちなんかしてねーよっ。まったく、なんでゼータにはこの黒さの魅力が分からないのか……」

「はい、全く分かりません。重ねて申し上げますと、その指抜きグローブにどういった意味があるのか、ゼータには分かりません。どうして普通のグローブではないのですか？」

「そりゃあ、いつでもおっぱい触れるように、指は露出させてるんだよ。いざという時、グローブで感触が分かりませんでした、ではもったいないだろうがっ」

「なるほど、ゼータには分からないということが分かりましたので、もういいです」

太陽の戯言にゼータは呆れたのか、息をついてくるりと背を向けた。

「申し訳ありません。報酬がないのであれば、ゼータは帰らせていただきます」

「わ、分かったよ！　特別ボーナスもやるし、じゃあこのクエスト終わったらもう一体魔法人形《ゴーレム》買う！　これでお前の作業量減るぞ？　どうだっ」

「ふむふむ。では、追加で週に三日お休みをくれると約束していただけるなら、頑張ります」

「え？　い、今でも二日あげてるのに!?　お前この世界の使用人基準だと相当優遇されてるっていう自覚あるのかっ」

「ないです。ゼータはもっと甘やかされたいです」

「……くっ、分かったよ。週三で休みやる。だから、頑張れ」

「かしこまりました。ゼータは精一杯楽しむ努力を致します」

「そ、そんなに俺とのデートは大変なことなのか……まぁいいんだけど。イヤがるゼータちゃん可愛いし」

「お金のためなんですからね？　別に、ご主人様のことなんてなんとも思ってませんから。本当に、これっぽっちの喜びもありませんので」

「はいはい、分かった分かった」

俗物的なゼータである。太陽はやれやれと息をつきながら、湿原をぐるりと見渡した。

リザード湿原。名前の由来はリザードマンが住処《すみか》にしているから、とのこと。

そう言われる割にリザードマンは見えないのだが、もしかしたら現在出現している魔物の影響で隠れているのかもしれないと太陽は考える。

「しかし、問題の魔物が見えないな……どうしよう」

どんな敵も倒す自信のある太陽だが、見つけることは逆に苦手だったりする。

彼は根っからの脳みそ筋肉なので、見つからないなら周囲一帯を破壊するタイプなのだ。

だが、せっかく今はゼータも一緒にいるのだ。一瞬で終わらせるのはもったいないないし、もう少しゼータと戯れたい。

そう考える太陽は、面白半分でこんなことを提案してみた。

「もしかしたら、俺のせいで魔物は隠れてるのかもしれないな。ほら、俺ってなんか強いし」

「そうですね。ゼータが魔物なら、ご主人様に絶対に近づかないと思います。気持ち悪くて」

「……だ、だから、こうしてみよう。俺は隠れてるから、ちょっとゼータだけで魔物を探してみてくれ。もしかしたらおびき出されるかもしれない」

そんな太陽の言葉にゼータは無表情で頷いてくれた。

「承知いたしました」

予想以上に素直な態度。てっきり断られるかと太陽は思っていた。

「あれ？　イヤがらないのか？」

「別に、ご主人様の強さに関しては信頼しておりますので。囮役《おとりやく》も問題ありません」

淡々とした口調だが、なんだかんだ言って従順なゼータに太陽はニヤニヤと笑っていた。

「やっぱりお前、俺のこと好きだよな。うんうん、俺も好きだぞゼータ」

「ゼータはご主人様のこと大嫌いです。それでは、行ってまいります」

一礼してそのまま太陽から離れていくゼータ。

迷いなく進むその様は、言葉通り太陽を信頼しているのか堂々として見えた。

（ゼータ、可愛いなぁ）

その後ろ姿を見てなおも笑う太陽。しばらくの間ゼータを鑑賞して楽しむことに。

湿地の真ん中で悠然と佇むゼータは、ただそれだけで絵になっていた。時折、風に揺れるスカートの裾がまた良い。ちらりと見える純白の太ももなんかまさに芸術である。

（……ゼータの水着とか見たいなぁ）

煩悩に支配される太陽はもはや当初の目的を忘れかけていた。魔物なんか気にせず、ゼータの鑑賞に勤しむ。

そんなんだから、不意を突かれることになったのだ。

「ぐへへ……」

ちょうど、ゼータが胸元に跳ねた泥をぬぐっていた時のこと。

揺れる胸に興奮していた太陽は、彼女の足元からせり上がる透明な物体に気付かなかった。

故に反応が遅れることになって。

「あ」

ゼータが、捕まった。

突如として地面から伸びた、数本の透明な『触手』にゼータの四肢が拘束されたのである。

「――きゃっ」

普段は無表情で無感動なゼータでも、触手の登場には流石に驚いているようだ。

声を上げて抗《あらが》うも、触手は引き剝がせない。

「っ、く、ぁ……」

触手がゼータを絡めとる。

宙づりになって両手足を拘束されては、彼女にはどうすることもできなかった。

ゼータは喘《あえ》ぐように息を漏らしながら、歯を食いしばっている。

「【錬成《クリエイト》・大剣《ロング・ソード》】」

触手が気持ち悪いのだろう。ゼータは即座に魔法を行使した。

土属性、上級魔法である錬成。地面の鉱物を利用して構成した大剣は、ゼータを拘束していた四本の触手を両断した。

触手は簡単に切り裂かれる。

ようやく触手が外れて身体の自由を取り戻したゼータだが……すぐに、別の触手が彼女に絡みついてきた。

「なっ」

驚く彼女に、今度は四本どころではなく、何十本もの触手が襲いかかる。

錬成した大剣でも捌《さば》ききれない量にゼータはまたもや身動きを封じられた。

触手が、ゼータの身体をまさぐるように這いまわる。

メイド服の中にまで侵入を果たし、ゼータの素肌の上で蠢《うごめ》いていた。

『イヒヒヒヒヒヒヒ』

ゼータを無力化した直後、地面から再び透明な物体が姿を現す。今度は触手状ではなく、半球状であった。二つの目玉を除いて透明なその物体は、ブヨブヨである。

太陽の世界で言うところのクラゲみたいな魔物だった。

スライムのような身体のクラゲである。これがアルカナから討伐依頼された対象だろう。

「な、なんという生き物なんだっ」

その姿を目の当《まあ》たりにして太陽は息を呑む。

目は完璧に血走っていた。鼻息は荒く、彼が興奮しているのは一目瞭然《いちもくりょうぜん》である。

「触手モンスター！　まさかこの目で見る日が来るなんて……感無量だな」

そう。主にエッチな目的で多用される、ある意味とても有名な生物なのだ。太陽は目を輝かせて触手に喘ぎ悶《もだ》えるゼータを凝視《ぎょうし》している。

そうやって動かなかったからか、触手クラゲは太陽に気付いていないようだ。

『イヒヒッ』

奇妙な鳴き声を上げながら捕まえたゼータを弄

ぼうとしている。

触手を操り、今度はなんと……先端からヌルヌルの液体をゼータにぶっかけていた。途端にヌルヌルになったゼータは不快そうに表情を歪《ゆが》めている。

魔物なので、この行為に大した意味はないのだろう。

もしかしたら、この液体は獲物を弱らせるとか、そういったものなのかもしれないが、理由はどうでも良かった。

太陽にとって大切なのは、そのヌルヌルがかなり刺激的でエッチだということのみ。

「し、刺激が強いぞ……」

更に、液体は潤滑液《じゅんかつえき》としても優秀だったのか。

もともと肩を大きく露出するタイプのメイド服が、徐々に下へとずり下がってきた。

そうして姿を現したのは、胸の谷間。

普段より大きく露出されている胸元に太陽は興奮する。


「おいおいっ。この魔物、討伐するんじゃなくて保護するべきだろ！　なんだよ、控え目に言って最高かよ‼」

まさに男の夢であった。

あまりの興奮に太陽は思わず叫んでしまう。

『イヒ⁉』

そのせいで触手クラゲは太陽の存在を知覚したようだ。

すぐさま何本かの触手に襲われ、彼は捕まることに。

（ラッキー！　ゼータを近くで見られるっ）

それでも、当の本人に危機感はなく。

ゼータの近くで逆さづりにされても抵抗せずに、それどころかお気楽な調子でゼータに話しかけるのだった。

「なあ、ゼータ。どう？　触手ってやっぱり気持ち悪い？」

「……控え目に言って、最悪です」

ゼータはメイド服がずり下がらないよう、必死に胸元を押さえようとしていた。

だが、触手のせいで満足のいく動きができないようで、中途半端になっている。

スカートの裾もめくれあがり、際どい部分まで見えていた。胸元は谷間が大きく露出している。

散々な状態だが、太陽からしてみれば眼福でしかない。

（ウヒョー！）

鼻の下を伸ばしながら最高のシチュエーションに胸を躍らしていた。

一方、ゼータの方は本気でイヤなのだろう。段々と抵抗する気力も薄れてきたのか、四肢から力が抜けていった。

「う、ぅ……」

漏れた息もかすかに震えている。よっぽど気持ち悪いのか、表情も青ざめていた。目元には涙さえも浮かんでいる。

そして、一言。

「ごしゅじんさまぁ」

らしくない、震えた声。

助けを求めるその声に、興奮していた太陽は我を取り戻す。

「――っ」

感じたのは、怒り。

ゼータが苦しめられているという事実に、感情が乱れた。

興奮も一気になくなり、太陽はゼータしか目に入らなくなる。

大切な、それこそ異世界でたった一人の身内とも呼べるべき存在の涙に、太陽の思考は空白となった。

刹那。

「【火炎の砲撃《ファイヤ・バズーカ》】」

太陽の手のひらから拳大の火炎が触手クラゲに放たれる。

『イヒヒヒヒ――』

呑気に鳴き声を上げる触手クラゲに、火炎が着弾すると同時……凄まじい轟音がリザード湿原に

響いた。

それはまさに、砲撃。

激しい熱と爆発の衝撃波が触手クラゲを襲う。

だが、触手クラゲも災厄級クエストに認定されたレベルの魔物だ。簡単にはやられまいと、地面からおびただしい数の触手を出して防御しようとしたようだが——太陽の暴力的な魔法は、すべてを蹂躙した。

「焼けろ」

『イ、ヒ……』

途端に炎に包まれた触手クラゲはすぐに絶命する。

太陽の攻撃を浴びても原型を留めていたあたり、かなりの強敵だったようだが……加賀見太陽が、強すぎた。

相手にもならない。一撃で触手クラゲを討伐した太陽は、一仕事終えたように額を軽く拭《ぬぐ》っていた。

触手からは既に解放されている。ゼータも同様であり、二人は地面でお互いに身体をくっつけていた。

とは言うものの、太陽が魔法の余波からゼータを守っていただけなので、特別な意味はない。

「ふぅ……ゼータ、大丈夫か？」

足元でうずくまるゼータに太陽は声をかける。

先程から震えたままの彼女を見ていると、太陽は罪悪感で胸が締めつけられそうだった。

（ちょ、ちょっと興奮しすぎたな）

いくらエロいからといって、ゼータを放置していたのはまずかった。

ここまで怖がらせたことに太陽は後ろめたさを覚える。

「もう触手は倒したぞ。ほら、立てるか？　もう終わりだし、さっさと帰ろう。ゼータも疲れただろ？　三日くらい、仕事はしなくてもいいから」

そのせいか、いつものセクハラじみた発言もなく。

俯《うつむ》きっぱなしのゼータをどうにか元気付けよう

としていた。

「そのメイド服も、気持ち悪かったら捨てていいから」

「……いえ、これは絶対に捨てません。思い入れが、ありますので」

そこで、ゼータはおもむろに太陽の手をつかんで。

「それにしても……ご主人様は、酷いです」

ゼータは上目遣いで太陽を見上げた。

らしからぬその仕草《しぐさ》は太陽の庇護欲を強く刺激する。

同時に、罪悪感もより大きくなった。

「ほ、本当にごめんな……怖がらせてしまった」

全面的に自らの非を詫びる太陽。ゼータはむくれるようにそっぽを向いた。

「まったくです」

それでも、太陽をつかんだ手は離れない。

「もうゼータは動きたくありません。そのまま連れて行ってください」

視線は合わせないが、されども甘えるようなその要求を……太陽が断れるはずもなく。

「分かった」

そっと、ゼータを抱え上げる。

お姫様抱っこしてみれば、彼女の方は太陽の胸にしがみついてきた。よっぽど触手が気持ち悪かったのだろう。未だに震えは止まっていない。

「滑らないように、もっと強くつかんでください」

「あ、うん……痛くないか?」

「大丈夫です」

ヌルヌルするゼータを落とさないよう、注意しながら。

太陽はそのまま歩き始める。その途中、ゼータがこんな言葉を紡いだ。

「……ご主人様は、エッチですね」

「うぐっ」

素っ気ないが簡潔な一言が太陽の心に突き刺さる。

「ひ、否定はできない」

上ずった声を返せば、ようやくゼータが表情を緩めてくれた。

「年頃ですからね。エッチなのも仕方ないです……でも、あんなのはダメです。無理矢理とか、強引なのは……あまり、好ましくありません」

ゆっくりと首を横に振って、ゼータは太陽の胸に顔をうずめた。

「ゼータは、ご主人様のことなんて大嫌いですが」

そう前置きしてから、彼女は語る。

「もし、どうしようもないくらい我慢できなくなったら……堂々と、素直に仰ってください。ゼータはご主人様の所有物なのですから、別に問題ありませんよ？」

くぐもった声は、ともすれば太陽のことを受け入れるかのような発言でもあって。

「……ぇ」

太陽はポカンと口を開くのだった。

（え？　え？　もしかして、オッケーってこと⁉　嘘だろ、じゃあ俺が望めば、俺は……童貞では、なくなるということっ⁉）

要約したらそうなるだろう。

ちょっと勇気を出してお願いすれば、太陽は童貞を卒業できるのだ。この事実に彼は喉を鳴らす。

早速よろしく頼もうとしたのだが。

「ぅ、ぇ」

あまりの緊張に声が出なかった。童貞特有のへたれが出てしまい、太陽は何も言えなくなる。

「どうしたのですか？　鼓動が速いですが」

そんな彼をゼータはからかっているようだった。ドキドキする太陽を笑っている。

「まったく……ご主人様は、本当に情けない人ですね。もういいです。ゼータは寝ます。もし何か言いたいなら、起こしてくださっても結構ですので」

「え⁉　あ、ちょっ」

制止も無駄。

魔法人形《ゴーレム》はすぐに寝息を立てて眠り始めた。

もう震えはない。安心しきったような寝顔に、童貞の太陽はやれやれと肩をすくめる。

「……お前は、本当に可愛いなぁ」

小さな呟きは寝ているゼータにしっかり届いていたのか。

胸元で小さく身じろぎする彼女に、太陽もまた微笑する。

こうして魔物の討伐を終えた二人は、仲良く自らの屋敷へ帰るのだった。


余談。ちなみに、失踪していた冒険者たちは触手クラゲの内部で発見された。

命に別状はないが、誰もが裸だったとのこと。

結局、最後までよく分からない魔物だったらしい。

あと、太陽は最後までゼータを起こすことができず、童貞は童貞のままだったことは言うまでもない。

## 四話　盲目の狂戦士

「たのもう‼」

不意に響いた男の声に、屋敷でダラダラしていた太陽はめんどくさそうに頭をかいた。

「はいはい、どちらさんですかー」

リザード湿原にてスライムを討伐した翌日。

約束通りゼータが休暇をとったせいで、今の屋敷には太陽しかいなかった。

新しい魔法人形《ゴーレム》もまだ買ってないので、客人でも彼が対応しなければならない。

ガチャリと扉を開けたところ、そこにいたのは一人の男性。

「貴君が加賀見太陽なる人物でよろしいのか？」

年の頃は三十代後半くらいだろうか。細身だが逞しい身体つきをしていて、髪の毛はボサボサだった。

衣服は太陽が地球にいた頃に見たことある、袴《はかま》のようなものを着用している。

「ああ、俺は太陽だけど……そちらさんは？」

「某《それがし》はヘズというものだ。突然押し掛けて申し訳ない」

「いや。それはいいんだけど……」

太陽は彼の様子に少し気になる点を見つけていた。この男――ヘズは、先程からずっと目を閉じたままなのである。

そしてその手には杖のような物が握られているので、太陽はもしかしたらと思った。

そんな彼の態度をヘズも察知したのだろう。

「失敬。某は目が見えない。先に伝えておくべきだった」

自分からそう説明してくれた。

太陽はやっぱりかと頷く。

「で、ここに来たのはなんの用？　俺の名前知ってるんだから、俺に何かあるんだよな？」

それから、用件を問いかけると。

「然《しか》り。某は、貴君に勝負を挑みに来た」

ヘズは好戦的な笑顔を浮かべた。戦いを楽しみにしているようで、いかつい相好《そうごう》が崩れている。

対する太陽は、うんざりしたように肩を落とした。

「ふーん……なんで？」

「強さを確認するために」

「……確認したいの？」

「男なら最強を求めるものだ。貴君はなんでも戦闘を生業《なりわい》とする者の間で噂になっているのだ。【チート野郎】と呼ばれる程の実力者なのだろう？なれば、対戦を願うのは男として当然のこと」

「う、噂になっちゃってるのか」

恐らくはアルカナ経由で、そういった面々に知られることになったのだろう。

悪評が広がっているようだった。そのせいで意味不明な人物を引き寄せたのかと、太陽は息を吐き出す。

どうせなら美少女が引き寄せられてほしかった。

「某は盲目だが、心配は無用。戦う術《すべ》は持ち合わせている」

「まあ……そこは心配してないけど」

一人で屋敷まで来たのだ。目に代わるなんらかの手段で周囲の様子を把握できる力でも持っているのだろう。

「手合わせを願いたい。某は今、武者修行の旅をしていてな……とにかく戦いたいのだ」

「武者修行……戦闘狂ってところか」

「否定はできぬ。戦闘こそが、某の人生と言ってもおかしくはない」

カツンと、杖を鳴らして悠然と佇むヘズ。やる気満々のようだが、一方の太陽はあまり乗り気じゃなかった。

「そうか、頑張れよ。俺は寝るのに忙しいから、手合わせは無理だな」

さっさと追い返して、惰眠《だみん》を貪ろうとする。

そんな太陽の背中に向けてヘズがこんな言葉をかけた。

「ふむ……貴君は軟弱者であったか。なんとも情けない姿だな。男なら、強く在《あ》るべきだろうに」

みえみえの安っぽい挑発である。

「…………っ」

だが、太陽はピクリと反応して足を止めた。

ここを好機と見たのか、ヘズがすかさず言葉を続ける。

「貴君、もしや童貞だったりしないか？　そのような惰弱な精神なのだ。どうせ、童貞なのだろう？」

「ど、どどど童貞は関係ないだろ⁉」

そして太陽は慌てふためいた。図星だったのである。


動揺していたのである。

ここまでくれば、もうヘズのペースだ。

「恥ずかしくはないのか？　童貞のくせに、男としても恥ずかしい生き方をするのか？　それなら貴君は、一生童貞であろうな」

「い、言わせておけば……いいだろう！　お前をボコボコにしてやる‼」

結局、太陽はヘズと戦うことを決めたようだ。

安っぽい挑発に乗って、彼は外へと出てくる。

「どこか広い場所に行くぞ！　そこで、お前の発言を後悔させてやる」

「よし、戦いを引き受けてくれたか。感謝しよう……確か、少し行ったところに【屍《しかばね》の森《もり》】があったな。あそこで良いか？」

「分かった！　さっさと行こう」

歩き出す太陽。

少し行くと『屍の森』という場所がある。魂の抜けた肉体を操る死霊系統の魔物がうようよしている場所だ。

気味の悪い場所として有名なので、なくなって困る人はいないだろう。

そこで、太陽とヘズの戦いが始まろうとしていた。

屍の森は周囲を巨木で覆われているため、昼間だというのに少し薄暗かった。

空気もひんやりしている。地面にはいたる個所に墓石のような物が点在していた。

今にも何かが出そう……と思ったところで、不意に地面から骨の手が飛び出て来た。

「っ！」

息を呑む太陽。足首をつかまれたので、おもいっきり振り払うと骨は簡単に砕けた。

「想像以上に魔物が多い。邪魔だ」

「確かにうざい」

そう言いながらも足首をつかまれて、太陽は顔をしかめる。力の限りに踏みつけて粉々に砕いた。

だが、続々と地面から骨の手が飛び出て来る。

太陽をつかもうと蠢いていた。

「これ、本当にうざいな」

地面から飛び出る、骨。骨。骨。

あまりにも煩《わずら》わしくて、太陽は少し苛立っていた。

「ヘズさん、ちょっと待って」

「ん？　どうかしたか？」

「ここ、燃やす」

魔力を集中させる太陽。もう色々めんどくさくなったので、屍の森はなくすことに決めたらしい。

「燃え死ね！」

幽霊だからもう死んでるだろうに、というツッコミはなく。

「【地獄の業火《ヘルズファイヤ》】！」

彼の魔法が、墓地の真ん中で弾けた。

黒の業火《ごうか》が周囲を焼き尽くす。ただでさえ炎系統に弱い死霊系の魔物は、その上魂を焼くといわれている獄炎にひとたまりもなかったようだ。

地表に出ていたのも含めて、地中に潜んでいた魔物ごと屍の森を灰にする太陽。

煙が晴れれば、もうそこはただの焦土となっていた。

「よし、これでいいだろう」

先程までのひんやりとした空気はどこにもない。

それどころか、爆風で木々が薙《な》ぎ倒されたようで、陽《ひ》の光さえ差し込んできている。

「心置きなく戦えるな」

太陽は満足気に頷いていた。

一方のヘズは、太陽の異常な力を目の当たりにして……

「……フッ。フハハハハハハ！」

笑っていた。

ほしい物を手に入れた少年のように、三十代の男性が笑っていた。

「圧倒的な力！　ああ、某は感謝する……なんという幸運！　まさか、ここまでの力を持つ者と戦えるとは！」

声高らかに笑うヘズ。

そんな彼を見て、太陽は一言。

「……こいつは頭おかしそうだな」

太陽の力を目にして喜ぶヘズの姿は最早《もはや》変態にしか見えなかった。


【火炎《ファイヤ》】

速攻でしかける。

戦闘狂じみた笑みを浮かべるヘズを見て、太陽は即座に戦いを終わらせたいと思った。

勝負を一瞬でつけてさっさと帰りたいと考えていたのだ。

「……フハハハッ」

盲目の戦士に迫る火炎。【火球《ファイヤ・ボール》】程の威力はないものの、普通の冒険者では対応できない炎撃である。

だが、ヘズは回避するそぶりなど見せない。それどころか真っ向から炎に向かっていた。

腰を落とし、持っていた杖を刀の鞘《さや》のごとく腰に添える。その右手は杖の先端を握りしめていた。

そして、次の瞬間。

「——っ」

右手が勢いよく振るわれる。

その手には刀が握られていた。ヘズの持っていた杖は、いわゆる仕込み刀というものだったのである。

それを、ヘズは居合い斬りのような動作で振るったのだ。

（何してんだ、この狂人は）

魔法に対する物理的な対応は無意味だと、太陽は眉をひそめる。

だが、そんな彼の予想をヘズは裏切った。

「……は？」

炎に刀が触れた直後――太陽の放った魔法が、消えた。

いつもなら破壊を撒《ま》き散らす絶対的な攻撃が、跡形もなくかき消えていたのだ。

「ふぅ」

何事もなかったかのように刀を鞘に戻すヘズ。その口元には薄い笑みが浮かんでいる。

一方の太陽はぽかんとするばかりであった。

そんな彼に、ヘズは言葉をかける。

「魔法には『核』というものが存在する。魔力を現象化して現実に干渉するための、動力源のようなものが備わっている」

「……それは知ってるけど」

魔法の基本だ。異世界に来て数カ月の太陽ですら理解できている魔法の原理である。

「某には、その核が見える。そして、斬ることも可能である」

核を視認し、切断もできる。それはつまり……

「核さえ斬れば、魔法は形を維持できない。どんな魔法でも関係なく……某は斬り捨てることができるのだ」

そう。魔法は全て霧散する。核を斬られるとなればどうしようもないのだ。

「某は光が見えないが、魔力は『見え』るのだ。貴君の動きもまた同様である。魔力を有する以上、某の目からは逃れられない。簡単に勝てるとは思わぬことだ」

盲目の剣士は、盲目を弱点とせずに武器とした。

どんな魔法であろうとヘズには関係ない。放出系の魔法であればなんであろうとかき消される。

「因《ちな》みに言っておくと、この剣は【不滅の剣《デュランダル》】という。絶対に折れないし、壊れない。世界に何本ともない神剣だ」

「……説明をありがとう。そんなに俺に情報を与えてもいいのか？」

「構わぬ。某は貴君の情報をおおよそ把握しているからな。条件は対等にしておくべきだ」

心から戦闘を楽しんでいるのだろう。

不敵に笑うヘズを見て、太陽は気の抜けた表情を一転させる。真剣な表情になった。

「ご丁寧にどうも。【火球《ファイヤ・ボール》】」

「無駄」

「【火炎剣《ファイヤ・ソード》】」

「甘い」

「…………【爆発《エクスプロージョン》】」

「だから、無意味と言っている！」

続けざまに放った魔法も全て斬り捨てられる。

本当に通用しないことを確認した太陽は、次いで自らの身体に魔法を付与した。


「【火炎魔法付与《アディション・ファイヤマジック》】」

炎を身にまとい、魔力によって身体能力を向上させる。遠距離攻撃がダメならばと、彼は接近戦を試みることにしたのだ。

対するヘズは、やはり冷静で。

「遠くがダメなら近くで、か。その流れは必然……だからこそ、某にとっては都合が良い！」

「つらぁ!!」

勢いに任せて拳を振るう太陽に、ヘズもまた剣撃で応戦した。

拳と剣がぶつかり、火の粉が散る。初撃は防がれた。流れるように二撃目を放つ。

今度は蹴りでヘズの腹部を狙う。

「温い」

だが、やはりヘズには効かなかった。

なんてこともないように半歩後退することで蹴りを回避。今度は刀ではなく鞘で太陽の肩口を叩《たた》く。

「くっ……」

直撃。勢いに押されるかのように太陽は数歩後ろに下がった。再び距離が空いたことで、戦闘に束《つか》の間《ま》の時間が生まれる。

その間にヘズは鞘に刀を収める。

またしても腰を落として居合いの構えをとった後に、口を開くのだった。

「某には魔力が皆無《かいむ》故、魔法を放つことはできない。なればこそ、代わりに技術を磨いた。体術、剣術、そして精神に至るまで……限界まで磨き上げた。近接戦には自信がある」

遠距離攻撃は無効化される。近距離戦闘はヘズの独壇場《どくだんじょう》。

「…………」

これでは、いくら太陽であれ簡単に勝利するのは難しかった。

この世界に来てから、唯一とも言えるような難敵を前に、太陽は――

「面白い」

――ヘズと同じように、不敵な笑みを浮かべていた。

「面白い。そうか、あっさりと勝てはしないのだな。なるほど、ヘズさんって凄いわ……こんなにも己を鍛え上げるなんて、少なくとも俺にはできないし、できなかった。素直に尊敬するよ」

神様からもらった能力に頼り切っている太陽では到達できない領域にヘズは存在する。

それを理解したからこそ、太陽は笑っていたのだ。

ヘズに対する評価を改めて、彼は気を引き締める。

「まあ、負ける気はしないんだけど」

そう言って彼は右手をかざした。

「【火炎魔法《ファイヤマジック》・炎上《バーストフレイム》】」

放たれたのは、なんの変哲《へんてつ》もない炎だった。

円形に広がる炎は【屍の森】を覆うように周囲へ広がっていく。

それはまるで炎の結界だった。すぐに太陽とヘズは四方を炎で覆われることになる。

「……これは？」

「俺のオリジナル魔法。【火炎魔法炎上《ファイヤマジック・バーストフレイム》】っていうふざけたスキルをそのまんま使って作ったんだよ。効果は『火属性の魔法を燃やすこと』だけ。火属性の魔法以外は燃えないっていう、変な魔法だな」

　太陽の言葉通り、周囲に広がった魔法からは一切の熱を感じなかった。木々にも触れているのに煙一つ上がっていない。

　つまりは、火炎魔法のみを燃やす魔法ということである。

「ふむ。狙いを聞いても構わないか？」

「ん？　あー、ヘズさんにはあんまり関係ないよ。これは俺が周囲に被害を広げないために作った魔法だから」

　火炎魔法を燃やせるその炎は、太陽の魔法もまた同様に燃やせる。

　そのため、屍の森から外に火炎魔法が漏れないということだ。

　何故太陽がそんなことをしたのか。

　わざわざ炎の結界まで張る理由は、ただ一つ。

「これで、本気を出せる」

　全力で、ヘズを仕留めるためである。

「それは重畳《ちょうじょう》。こちらも全力で挑ませてもらおう」

　太陽の発言は、裏を返せば舐めていたと言っているようなものだが、ヘズは怒ることなく。

　むしろ喜ぶかのように集中力を研ぎすませていた。

　そんなヘズに、太陽もまた気合いを入れて魔法を放つ。

「【炎蛇《ファイヤ・スネーク》】」

　展開するのは、炎の大蛇。

　唸《うな》るような炎は今までの魔法と違って生きているように蠢き、ヘズを攪乱《かくらん》する。

「………………っ」

　今までとは傾向の違う魔法に、ヘズは少し意識を取られたようだ。

その僅かな隙をつくように太陽は重ねて魔法を展開する。

「【爆裂火球《ファイヤボール・バースト》】！」

顕現するは巨大な炎球。

刹那の内に膨れ上がって爆発したその大火球は、勝負が始まってから初めてヘズの表情を歪ませた。

「ぐぅ……」

炎の蛇は一振りでかき消すも、大火球そのものは間に合わない。結果、大火球は爆発して、その爆風と熱がヘズに襲いかかった。

それでも、致命傷となり得る炎は刃《やいば》で振り払ったのだが。

「【大炎の海《ファイヤ・オーシャン》】」

太陽は休む間を与えない。今度は大海のごとき炎をヘズに向ける。

周囲一帯を全て焼けつくすであろう炎の連撃。

だが、周囲を覆った【火炎魔法炎上《ファイヤマジック・バーストフレイム》】の炎によって、余分な炎は燃え尽きていた。


太陽の思惑通り周囲への被害は抑えられている。故に、気兼ねなく太陽は戦いに集中できていた。

圧倒的な質量を誇る炎がヘズを襲う。

「ぬぉおおおおおおお‼」

盲目の剣士は必死に剣を振るっていた。

迫る大炎を振り払い、消滅させ、斬り刻めども……しかし炎は次々と押し寄せる。

あまりの連撃に、ヘズは魔法の核を斬る隙を見いだせないでいるのだろう。立ち往生している。

そんなヘズに対して太陽は全く容赦しなかった。次々と魔法を展開しながら、彼は楽しそうに叫ぶ。

「……俺だって、いつまでも変わらないままじゃない。実は練習してたんだよ……『中級魔法』をな！」

太陽は今まで低級魔法しか使ってこなかった。それだけで相手を圧倒できたし、それ以上の攻撃手段を獲得する意味はないと思っていた。

だが、元はファンタジー大好きの日本人。魔法の存在に憧れていた頃の記憶は変わらず、それを極めたいがために練習していたのだ。

その努力が実って、こうして中級魔法も使えるようになったのである。

低級から中級へのレベルアップ。放てる魔法のバリエーションは増え、攻撃範囲も威力も段違いとなった。それ故にヘズも対応しあぐねているのである。

「っ、ぅ……！」

しかし、ヘズも意地を見せる。

圧倒的な炎に圧《お》し潰《つぶ》されたかに思えたが、強引に刃を振るうことで一瞬だけ炎をはねのけた。

その僅かな時間にヘズは前へと踏み出す。

「なめ、るなぁあああああああ!!」

刀を鞘におさめ、居合いを繰り出すかのように太陽の方へ踏み込むヘズ。

ただ、太陽との距離は遠く、彼の剣が届くには些《いささ》か足りていなかった。

居合斬りはない。太陽はそう判断して即座に魔法を放つ。

「【大爆発《エクスプロージョン・バースト》】」

低級の爆発魔法よりも更に威力の高い爆発魔法。

最早音と表現するだけでは足りないほどの音をまき散らして、上空の雲さえもはねのけるほどの爆発が起こった。

「某は、負けない！」

だというのに、ヘズは一歩も引かず。

それどころか、こともあろうに彼は爆発の中で剣閃《けんせん》を放った。

未だ刀身が届かない距離での、闇雲《やみくも》な一撃。

意味のない攻撃だ。無様《ぶざま》とも表現できる行動だった。

それでも、負けたくないというヘズの執念と気合いの宿った、この戦いにおける最高の一振りであった。

その妄執が、太陽に牙を剝くことになる。

「――っ!?」

距離があり、剣は届かず、意味のない空振りで終わるはずだった一閃に、太陽は何かを直感した。

このまま棒立ちはまずい。何かを感じて太陽は慌てて身をのけぞらせる。ヘズが振るった剣の軌道から跳《と》び退《の》いたのだ。

直後、彼の頬に一筋の裂傷が生まれる。

（なんだよこれっ）

結論から言うと、太陽の選択は正しかった。ヘズが苦し紛れに放った一撃は、こともあろうに距離という概念を無視して太陽を断ろうとしていたのである。

それはまさしく、飛ぶ斬撃《ざんげき》。

（これが直撃していたら……俺は、どうなっていた？）

そう考えると、背筋がぞっと冷えた。この世界に来て初めて感じた死の恐怖に太陽は冷や汗を流す。

まさか魔法使いでもない、通りすがりの戦闘狂に恐れを抱くことになるなんて、太陽は思いもよらなかった。

額を拭って、態勢を元に戻す。

爆発による土煙で周囲の視界は悪い。だが、時間が経《た》つと徐々に土煙は晴れていった。

そうして見えたのは、爆発の中心地で地に膝をつくヘズの姿。

「やはり、強い……」

剣は手放していないが、爆発を受けてもう動けないようだった。袴も焼けており、ボロボロである。

それでも、ヘズの身体は燃えてはいなかった。炎だけはどうにか斬ることができたらしく、致命傷もない。その技量に改めて舌を巻いた太陽は、敬意を示すかのように相手を称賛した。

「あなたも、強いです」

異世界に来て初めて太陽は相手を認めた。思わず敬語になるくらい、ヘズの強さに感銘を受けたらしい。

「……俺はズルしてる立場だから、ヘズさんを素直に尊敬しますよ」

思い浮かんだことを素直に口にすれば、ヘズは愉快そうに含み笑いを浮かべた。

「某に勝ったくせに、よくもそんなことが言える。面白い、貴君は本当に愉快な存在だ」

勝負が、決まる。

結果はいつも通り、太陽の勝ちだ。

だがこの勝利を太陽は喜ばない。

いくら強かろうと、太陽を殺せる者が存在することを認識した。その片鱗《へんりん》をヘズから感じたのだ。

「なんか、あなたと戦えて、改めて身が引き締まった気分です。戦ってくれてありがとうございました」

「ほう。敗者に頭を下げるとは、太陽殿は人格も素晴《すば》らしいのだな。貴君は、まさに敬うに値する人物だ……また、戦ってくれるか？」

「もちろん。いつでも相手しますよ」

ヘズは軽く笑みを作って、ゆっくりと立ち上がった。負けたが最後まで意識を保っていた彼は、潔く負けを認めるかのように太陽に背中を向ける。

「今度は、更に強くなって挑ませていただく」

ヘズはそのまま振り返ることなく去っていった。

小さくなる彼の背中を見送って、太陽はドサリと膝をつく。

「……疲れた」

疲労感が凄かった。中級魔法を初めて放ったことで魔力の消費が大きかったこともあるが、疲労感の主な原因はそこではない。

ヘズの執念に、太陽の神経は擦《す》り減らされていたのである。

「帰って、ゼータにセクハラでもしよっと……」

彼もまた足を引きずるように元来た道を戻る。

こうして、盲目の戦闘狂との戦いは幕を下ろした。

強くとも、太陽は不敗なわけではない。最強でも負ける可能性はあるのだ。

そのことを、太陽は改めて心に刻むのだった。

# 五話　加賀見太陽討伐クエスト

ある日のこと。

フレイヤ王国の王城、謁見の間にて。

「よく来てくれましたね、シリウス！　あなたの到着を待ちわびていましたっ」

王女、アルカナ・フレイヤは小躍りしていた。

「やったよエリス！　シリウスちゃんが来てくれたっ」

「落ち着いて、アルカナ。シリウスの前では一応王女様やらないと」

隣にはたしなめるように苦笑するエリスがいる。それでも小躍りをやめないアルカナを、周囲の臣下たちは温かい目で見つめていた。

「安心して、王女様。アタクシが来たからにはもう大丈夫なんだからっ」

喜ぶアルカナに、シリウスと呼ばれた男性——いや、女性？　もしくは中間に位置するシリウスは、うふんとウィンクした。

その仕草に何人かの男は頬を引きつらせる。

ビキニアーマー。

そう。シリウスは筋骨隆々の肉体をビキニアーマーで無理やりに覆っているのだ。

その恰好は何とも異様である。

髪型は坊主。青ひげの浮かぶ口元。目は一重。唇はちょっとぷっくりしており、厚い化粧が施されている。

そんなシリウスは、つまるところオカマに分類される人間なのだ。

「シリウスちゃん素敵！　かっこいいよっ」

「あらん。可愛いと言ってほしいわねぇ」

しかしアルカナはシリウスに対する偏見が全くないらしく、無邪気な笑顔を振りまいていた。

「シリウス。クエスト明けに呼び出してすまない」

「いいのよぉ。親友の王女様のお願いなんだから、いくらでも聞いてあげるわ」

エリスの言葉になんてことなさそうに笑うシリウス。

彼は見た目こそあれだが、こう見えてフレイヤ王国の冒険者たちの中でも屈指の実力者である。ランクはSSS。【超越者】という二つ名を持つシリウスは、あらゆるクエストに引っ張りだこだった。

今日もとあるSSSランククエストを達成して戻ってきたところである。

ランク的には【災厄級クエスト】と同じくらいの難易度のクエストだ。個人ではまず不可能とされるクエストを、シリウスなら容易に達成できる。

最強。まさしく、シリウスは名実ともに最強の存在だったのだ——加賀見太陽が、現れるまでの話だが。

「で、アタクシにお願いしたいことって何かしらん？　王女様の頼みならなんだって聞いてあげるわよっ」

「きゃー！　シリウスちゃん素敵っ」

バチンと効果音が鳴りそうなウィンクにアルカナは嬌声《きょうせい》を上げる。

それから、無邪気な顔でこんな依頼を出すのだった。

「太陽様を殺して！」

そう。いつかも計画していた、太陽殺し。まだ諦めていなかったらしい。

「アルカナ……それは無理」

エリスも呆れているようだった。静かに首を振るが、一方のアルカナは懲《こ》りていないらしい。

「大丈夫だよ！　絶対に大丈夫だよ！」

根拠のない自信を振りまいて、アルカナはシリウスを指差す。

「シリウスちゃんなら、殺せるでしょっ？　なんていったって、あの【邪龍《じゃりゅう》クエスト】を達成したんだから！」

邪龍クエスト。世界の裏側に潜むと言われる龍の討伐クエストである。

このミーマメイスとは違う裏の世界には、悪《あ》しき龍が存在していた。この龍のせいで毎年何人かの人間が行方不明《ゆくえふめい》になっていた。

被害規模が小さく、かつ討伐困難な場所に邪龍が存在するため放置していたクエストである。

だが、少し前にシリウスがこのクエストを受けた。

アルカナの転移魔法によって違う世界に赴《おもむ》いたシリウスは、邪龍との死闘に討ち勝ってこうしてこの世界に戻ってきたのである。

もしもシリウスがいれば、炎龍の討伐もお願いしていた。魔族だって、シリウスなら簡単に倒してくれたはず——と、アルカナは思っている。

だけどいなかったから、仕方なく太陽に依頼していただけにすぎない。本当はシリウスの方が強いのだと、アルカナは盲目的に信じているのだ。

「いいわよん？　アタクシも、彼には興味あったのよねぇ。噂しか聞いたことないから、一度会ってみたかったのよん」

シリウスはどうやら乗り気のようである。

「なんだか調子に乗ってるみたいだし……屈服させると、さぞかし興奮しそう。うふふ」

舌なめずりをするシリウス。その笑顔の裏には確固たる自信があるようだった。

「で、でも、彼はちょっとありえないというか……仮にこのクエストの難易度をつけるなら、SSSランクでは足りないというか……いくらシリウスでも、危険というか」

ただし、エリスは乗り気じゃないようだ。

「それでも……」

エリスは以前の二の舞になりたくないらしく、今回は少し粘《ねば》って説得を試みている。

「大丈夫！　だって、今回はアルカナだって作戦を考えてきたんだよ！」

だというのに、アルカナは全く聞く耳を持たなかった。

「ほら、これ！　魔物専用の【奴隷の首輪】を、太陽様につけちゃえば全部解決するよ！　首輪さえつければ、太陽様はアルカナに逆らわないっ。つまり、アルカナが怖がる必要はないってことになるんだよ！」

　わたしのかんがえたさいきょうのさくせん、を無邪気に披露するアルカナ。

　穴だらけだし、よくよく考えるとそれ奴隷にするってことでは？　と首を傾げそうになったエリスだが、ともあれ彼女はアルカナを好きすぎた。

「なるほど、完璧な作戦。流石はアルカナ。偉い偉い」

　ここまで自信満々に言われては否定できない。仕方ないので褒《ほ》めまくることにしたエリスは、もうどうなってもいいやと無邪気に笑うアルカナを撫でまわすのだった。

　そんなおバカな主従を見て、シリウスは何故か頬に手を当てて体をくねくねと揺らす。

「いやん。熱いわね、二人とも……アタクシも素敵な同性と出会う日が来ないかしらん。運命って残酷ね。焦《じ》らされるのも、悪くはないけどぉ」

　ねっとりとした口調に、この場に居合わせた男性陣は冷や汗を流す。せめて目は合わせないようにと、必死に明後日《あさって》の方向ばかりを見ているようだった。

　そんなおかしな状況の中で、一番頭がお花畑なアルカナは頭を撫でられて嬉《うれ》しそうに頬を緩めている。

「も、もう、エリスったら人前で恥ずかしいよっ。子供扱いしないで！」

　アルカナにもかすかに王族としての威厳が残っていたらしい。恥ずかしそうに紅潮していたが、仕切り直しと言わんばかりにこほんと咳払《せきばら》いして。

「それでは、シリウス。わたくしの依頼する、【新・太陽を落とせ】のクエストを受けてくれますか？」

　王女らしい丁寧な口調で、そんなことを問いかけた。

　対するシリウスも深く頭を下げて、言葉を返す。

「ええ。アタクシに任せなさい」

二度目の太陽殺しが再開されようとしていた。

冒険者ランクＳＳＳの実力者が、加賀見太陽に牙を剝く。


「太陽様！　お願いですっ。この前みたいに騙すことなんてしません！　だからもう一度だけ！転移を……転移をさせてください！」

ある日、王城に呼び出された太陽はアルカナに土下座された。転移をさせてほしいとのこと。

「…………」

はっきり言うと怪しさ満点だった。この前はそのお願いを聞いて襲われたのである。

しかし、彼女がどうしてもと地面に額をこすりつけるので断ることはできなかった。

「どうか……どうかこの通り！」

仮にも王族がプライドを捨てて土下座しているのである。情けなくて涙が出そうだったが、その心意気を評価して仕方なく転移されてあげることにした。

「フハハハハハ！　バカめ、それは嘘だ！」

しかし転移した場所は……周囲に何もない、平原であった。

転移直前に見たアルカナのしたり顔が脳裏にちらつく。

また騙されたらしい。

懲りない人だなと息をついて、太陽は周囲を見渡した。

どこまでも広がる草原はどこか牧歌的で、のんびりと昼寝でもしたくなるが……それは許されないようだ。

「あらん？　あなたが、加賀見太陽ね？」

平原には一人の男性がいた。女性の恰好をしているが、少なくとも太陽には男性にしか見えなかった。

筋骨隆々の肢体をビキニアーマーで覆うその男性を前に、太陽は頰を引きつらせる。

「そ、そちらは？」

「アタクシ？　アタクシはシリウスちゃんよ！　シリシリって呼んでねっ」

「ぐはっ」

うふんというウィンクに太陽は吐血しそうになる。

「な、なんでここに……？」

「アタクシは王女様からアナタの討伐を依頼されたのよん。これからよろしくお願いするわ」

「よろしくしたくない……」

戦うのはもちろん、顔を合わせているだけでも疲れそうな相手を前に太陽は気勢を削がれていた。

シリウスは、なんというか……目が怖い。相手を舐めまわすような目が、太陽は苦手だと思った。

「うーん……アナタ、顔は微妙だわ。とっても強いって聞いてたから、もっと凜々《りり》しい男の子を想像してたのに。パッとしなくて、少し期待外れかしらん」

「き、期待外れ、か」

オカマに言われて太陽は少し複雑な気持ちになった。

別に好かれたいわけではなかったが、面と向かってパッとしないと言われると少しへこむ。

「でも、屈服させると良い声で鳴きそうねぇ……うふふっ。アタクシ、従順な子より抵抗する子が好きなのよ。アナタはとってもイヤがりそうだし、ペットには悪くないかも」

「ひ、ひぃ……お前やっぱり危ない奴だな⁉」

シリウスの言葉に太陽は怯える。童貞で、未だに異性に夢を見ている彼にとって、同性相手に興奮するシリウスは未知の相手だった。

「危なくなんてないわよん？　ただ、アタクシは他人のイヤがる顔が好きなのよっ。特に男の子はアタクシのことイヤがるし、そそられちゃうのよね」

要するにサディストの気があるらしい。

「そ、そう簡単にやられると思うなよ⁉　まだ童貞なんだ……お前に襲われてたまるかよ！」

好きにはさせないと声を荒げて、太陽はシリウスを睨《にら》みつける。

「俺を討伐するんだろ？　やってみろよ……できるもんならな！」

「うふふ。そういう生意気なこと言われると、興奮しちゃうじゃない！」

そうして唐突に、戦いが始まった。

先に仕掛けたのはシリウスの方である。

「【召喚《サモン》】――『邪龍』」

展開されたのは、召喚魔法。契約した魔物などを喚《よ》び寄せる魔法だ。

「……え？」

唐突に太陽の目の前に邪龍が現れた。召喚魔法で現れた契約獣である。

『グルァアアアアアアア！』

禍々《まがまが》しい黒の鱗《うろこ》に、黒の牙。太陽の何十倍もある巨体を揺らしながら邪龍は迫る。

完璧に不意を突かれた。回避は間に合わない。

「――っ！」


バクン、と太陽は邪龍に丸飲みにされる。

地面ごと抉《えぐ》るように食べられた太陽は、邪龍の喉元を通って胃の方に落ちていった。

（臭《くさ》っ！　っつーか、なんだこれ……胃液か!?）

煙をあげる液体を見て、太陽はそれが強烈な酸であることを理解する。保有魔力量の高い彼の肉体は普通より相当頑丈だが、それでも長時間邪龍の胃液に浸《つ》かるのはまずいと判断した。

「【爆発《エクスプロージョン》】！」

即座に魔法を展開。内側から邪龍を爆発させた。

『ガァ……ッ』

同時に邪龍の体が破裂する。内部から膨れて破けた邪龍は、そのまま絶命していった。

「は、初めて食べられたぞ……」

邪龍の体内から脱出した太陽は、薄っすらと汗をかいている。食べられたのがよほど気持ち悪かったようだ。

「流石ね、やるじゃない」

一方のシリウスは楽しそうに笑っている。

太陽を前にしても危機感をまるで抱いてないようで、その態度が彼は気に入らなかった。

「【火炎剣《ファイヤ・ソード》】」

火炎の大剣を出現させて、シリウスに向かって思いっきり振り落とす。炎龍ですら真っ二つにした威力を有する魔法だ。シリウスもただではすまないはず——と、思っていたのだが。

「お茶目ねん。そういうところ、素敵よっ」

大地が割れる。大気が焦げる。平原にヒビが入る。

それ程までの攻撃を受けたというのに、シリウスは平然と佇んでいた。

「……なんで？」

不思議だった。そういえば、邪龍の内部で爆発の魔法を唱えた後もシリウスは無傷だったが、これはよくよく考えるとおかしなことだ。

爆風で周囲一帯が焦土となっているのに、シリウス本人はなんてこともなさそうだったのである。

そんな太陽の疑念に、シリウスは機嫌良く答えてくれた。

「アナタ、火属性なんでしょ？　だから火炎耐性の高い鎧を持ってきたのよん。炎龍の骨で作った一級品なんだからっ」

「……なる、ほど」

以前アルカナにあげた火炎龍の龍骨が利用されたらしい。

「あと、アタクシの身体に【火炎魔神《イフリート》】を召喚して憑依させてあるから。熱耐性は完璧に近いわね……アナタ対策は、十分にしてきたのよん」

シリウスは、万全の態勢で太陽を殺しにかかっていた。太陽の十八番《おはこ》である炎熱攻撃が完全に封じられているようである。

「【火球《ファイヤ・ボール》】」

「無駄よっ」

火炎の球体も意味はなかった。

爆発しようとも涼しげな顔で佇むシリウスには全く効いていない。

恐らく、シリウスもまた太陽と同様に保有魔力量が多く、高い肉体強度を有しているのだろう。火炎も爆風も通用しない。熱はもってのほか。

また然り。

「……厄介《やっかい》だな」

太陽が瞬殺できないその実力。性的嗜好はともかく、シリウスの実力は認めざるを得なかった。

「…………でも、ぶっ潰す」

それでも、太陽は笑う。

楽しそうに、愉快そうに、好戦的な笑顔を浮かべていた。

「お前を倒す」

これから始まる戦いに胸を躍らせていたのだ。

「いいわぁ……生意気な子が気勢を張る姿って、やっぱり興奮しちゃうわねん」

一方、シリウスもやる気がみなぎっているようだ。

「【召喚《サモン》】――『不死鳥《フェニックス》』『天馬《ペガサス》』『ミノタウロス』」

次いで、三体の召喚獣が出現した。

炎を纏《まと》う鳥『不死鳥《フェニックス》』、翼の生えた馬『天馬《ペガサス》』、大斧を持った人型の牛『ミノタウロス』である。

どれも神獣クラスの召喚獣だ。

「一体一体がとてつもない力を持ってるわよん？　さあ、アナタはどうするのかしら？」

あからさまな挑発に、太陽はわざと乗るように魔法を放つ。

「【爆発《エクスプロージョン》】」

全てを一掃する爆発の魔法。これを受けたが最後。普通の生物なら熱と爆風によって跡形も残らないし、普通の生物でなくとも戦闘不能には陥るであろう絶大な一撃だ。

しかし、今太陽が相対《あいたい》しているのは伝説級の召喚獣なのだ。

そう簡単に倒すことはできない。

「――っ!?」

太陽は目を見張る。三体の召喚獣が、爆発の魔法を受けてなお生きていたからだ。

不死鳥《フェニックス》は炎の直撃を受けて一瞬絶命したが、すぐに復活した。不死の性質のせいで倒せなかったのである。

天馬《ペガサス》は持ち前の機動力を活かし、爆発の魔法を見るや否や上空へと飛び立った。爆風の及ばない場所に避難したがために倒せなかった。

ミノタウロスは単純に耐久力が高いようだ。熱も、爆風でさえも、耐えきったミノタウロスはまっすぐに太陽へ向かって突撃してくる。

どれもが凄まじい力を持っている、というシリウスの言葉はどうやら本当のようだった。

「ちっ……【火炎の矢《ファイヤ・アロー》】【火炎の矢《ファイヤ・アロー》】【火炎の矢《ファイヤ・アロー》】」

舌打ちを零して今度は火炎の矢を三つ放つ。

だが、爆発さえも防いだ三体の召喚獣に、火炎の矢が効くはずもなく。

先程と同じ結果が生まれるだけだった。不死鳥《フェニックス》は蘇生《そせい》し、天馬《ペガサス》は回避し、ミノタウロスは耐える。

「やっぱりか」

半ば予想できていたので驚きはないが、攻めあぐねて太陽はため息をついた。

その隙に三体の召喚獣が襲いかかってくる。

『『『――――!!』』』

ミノタウロスは斧を振るった。不死鳥《フェニックス》は捨て身の体当たりをしかけてくる。天馬《ペガサス》は頭上から降下してその蹄《ひづめ》で踏み殺そうとしてきた。

「【火炎魔法付与《アディション・ファイヤマジック》】」

太陽は即座に付与魔法を自らの身体にまとい、それらの全てを対処した。

大斧を熱で溶かし、不死鳥《フェニックス》の体当たりは殴って防ぐ。天馬《ペガサス》は不死鳥《フェニックス》が死んだのを見て、触れるのはまずいと判断したのだろう。すぐさま旋回して太陽から離れて行った。

全ての攻撃を防いだが、太陽の表情は晴れない。

「このままじゃジリ貧だな……」

攻撃は効かない。こちらも、向こうも、同様に。そのまま戦っても同じことの繰り返しにしかならなそうだった。

太陽は中級魔法を放とうかなと頭の中で考える。対するシリウスの方もジリ貧なのは気付いていたらしい。

「あらん。このままはちょっとまずそうね……」

伝説級の召喚獣、それも三体でも倒せない太陽を前に少し表情が険しくなっていた。

「仕方ないわ。とっておきを、出すわよん！」

そこで、シリウスは仕掛けてくる。

「【召喚《サモン》】【召喚《サモン》】【召喚《サモン》】【召喚《サモン》】【召喚《サモン》】【召喚《サモン》】【召喚《サモン》】【召喚《サモン》】【召喚《サモン》】【召喚《サモン》】【召喚《サモン》】【召喚《サモン》】【召喚《サモン》】【召喚《サモン》】」

次々と繰り出される召喚の魔法。

前の三体と合わせると合計二十にもなる召喚獣が、シリウスの周囲に出現した。

「……何をする気だ？」

突然の大規模召喚に太陽は眉をひそめる。

二十体でかかれば倒せるとでも思っているのだろうかと、召喚獣たちを観察した。

だが、前の三体と比較するとあまり強そうではない召喚獣ばかりである。これなら爆発の魔法一つで吹き飛ばせそうだと思う程だ。

「うふふっ。今からやるのは、アタクシの使える最大の召喚魔法よん」

シリウスは不敵に笑っている。

自信に満ちたその表情は、万に一つの敗北さえもないと確信しているようにも見える。

「一つ……教えておこうかしらん。召喚魔法には、普通の召喚だけじゃなく、強力な種類もあるの」

「は？　召喚魔法って、召喚するだけだろ？」

「一般的な考えだとそうねん。だけど、アタクシは【超越者】……普通を超えた、特別なの。召喚魔法の深奥《しんおう》を、覗《のぞ》き見ることができたのよ！」

そう言ってシリウスは手を広げた。

その体からは膨大な魔力が溢れている。

「見なさい。これが、召喚魔法の奥義《おうぎ》！

【生贄召喚《サクリファイス・サモン》】!!」

そして、魔法が展開された。

出現したのは大きな魔法陣。

召喚獣全てを覆う魔法陣が、発光して――

「なっ……」

次の瞬間。召喚獣が消えた。

否、『生贄《いけにえ》』にされたのだと、太陽は理解した。

「うふふ……来て、【炎龍】！」

そうして、二十体の生贄と引き換えに召喚されたのは、炎龍。

『グルァアアアアア‼』

太陽がかつて討伐したはずの炎龍だった。

「はぁ、はぁ……っ！ 【生贄召喚《サクリファイス・サモン》】って疲れるのよねん。でも、おかげでどうにか炎龍ちゃんを呼ぶことができたわ」

炎龍を召喚したシリウスは肩を上下させていた。額には大粒の汗が浮かんでいる。

『人間……貴様はぁああああ‼』

一方、召喚された炎龍は大口を開けて咆哮した。しかも、なんと言葉を喋っている。以前討伐した時は人間の言葉など喋っていなかったのだが。

そもそも炎龍は死んだはずなのだが。

「なあ、この炎龍ってあの炎龍だよな？ 炎龍山脈に封印されてた奴。あれなら俺が殺したんだけど」

『黙れ！ 人間、殺す……貴様を、殺すぅうううううう‼』

どうやら炎龍は相当太陽に恨みがあるようだ。今にも襲いかからんと太陽を睨みつけている。

しかし、シリウスに制御されているのだろう。いくら睨みつけようとも、攻撃に移る気配《けはい》はなかった。

「はいはい、炎龍ちゃんはちょっと黙ってなさい」

『ぐ……ぅ』

シリウスの言葉一つで途端に口を閉ざす炎龍。それを見ても分かる通り、炎龍は完璧にシリウスの召喚獣になっているらしい。

「この子は確かに死んでるわよ。でも、アタクシが魂を召喚したの！ 二十体もの召喚獣を依代《よりしろ》に、炎龍ちゃんは再び生き返ったとも言えるわ」

更に、シリウスは得意げな顔で言葉を続けた。

「この生贄召喚《サクリファイス・サモン》はね、生死関係なく召喚獣を喚べる上に、しかもその召喚獣の能力を強化できるのよ！ 凄いでしょう？ あなたが倒した炎龍ちゃんと同じとは思わないことねん」

「……あれ？　でも、召喚って契約獣しかできないんだろ？　お前どうやって炎龍と契約したんだ？」

「うふふ。アタクシには【魅了の幻惑】っていうスキルがあるのよ。このスキルのおかげで、召喚した子に嫌われたことはないわん。ほとんど強制的に、契約が結べる」

だからこそ、ああやって伝説級の召喚獣を何匹も従えることができているのだ。

「そうか。じゃあ、こっちからも行くぞ」

相手は炎龍。強化されているとはいうが、どれくらい強くなっているのか。

試しに太陽は、以前炎龍を討伐した魔法を放つことにした。

「【火炎剣《ファイヤ・ソード》】」

前回と同じ炎龍ならこの魔法で死ぬはずだと、そう思っての一撃。

しかし、やはりこの炎龍は前回と違った。

『温い……温いぞ、人間‼』

火炎剣《ファイヤ・ソード》を受けても、炎龍は生きていた。傷一つない。

「甘いわねん。言ったでしょう？　強化されてるって」

それにしても耐久力が高くなりすぎているような気がした。まあ、ミノタウロスも生贄にされていたので、その性質を多少なりとも引き継いでいるのだろうと太陽は推測する。

（面倒だな……）

ただでさえ火炎耐性の高い炎龍なので、太陽の攻撃はより効きにくくなっていた。

「【地獄の業火《ヘルズファイヤ》】」

今度は中級魔法を放ってみる。

『グルァ……無駄だ、人間！』

それでも、炎龍には効かない。

相当強化されているようで、赤黒い大炎によっても燃やしつくすことはできなかった。

「今度はこっちから行くわよん？　炎龍ちゃん、

やっておしまい！」

『【灼熱熱線《ファイヤ・ウェイブ》】‼』

次いで、炎龍が咆哮する。

炎を一点に集中させた熱線は、大地を抉りながら太陽へと直撃した。

「──っ」

以前とは比較にならない威力。

熱にこそ負けはしないが、衝撃には耐えられなかった。吹き飛ばされ、地面に身を打つ太陽。

『フハハハハハハ‼　死ね、人間！　死ねぇえええええええ‼』

炎龍も元気が良い。太陽を圧倒しているのが楽しいらしく、機嫌良さそうに熱線を放ち続けていた。

飛び上がり、上空から太陽へと咆哮を続ける。

そのせいで太陽は地面に磔《はりつけ》にされ、身動きがとれなくなっていた。

（……痛くはないけど、どうにもならんな）

例えるなら、強い風のせいで動けなくなったような。太陽にとって炎龍の攻撃とはその程度でしかなかったのだが、しかしそれが酷く腹立たしかった。

「オホホホホ！　いい顔ねっ。どう？　自分の思い通りにならなくて悔しい⁉　その顔よ！　その顔が、アタクシは大好きなのよ‼」

少し離れた場所からはシリウスの高笑いが聞こえてくる。恐らくは、炎龍こそシリウスにとっての切り札だったのだろう。

負けるわけがないという自信がよく伝わってきた。

その様に、太陽は苛立つ。

熱線に身動きがとれないまま、地面の上でぼんやりと思考した。

（うざいな……ってか、俺はなんでチマチマ戦ってるんだ？）

ふと気付いたのは、自分の選択が甘いことについて。

低級魔法も、あるいは中級魔法も。太陽にとってそれらは小技に過ぎなかったりする。

それはそれで本気で取り組んでいるものの、だからといってこれが太陽の全力なのかといわれれば、そうではなかった。

太陽の強さとは、人間ではありえない程の膨大な保有魔力量と、魔法を暴走させることに特化したスキルである。

つまり、何が言いたいのかというと……太陽が得意なのは、魔法などの指向性を持たせた戦術的攻撃ではなくて。

彼の真骨頂《しんこっちょう》は『無差別な大規模攻撃』だということだ。

「よし、やるか」

ぽつりとそう呟いて、太陽は右手をかざす。

ゆっくりと、しかし着実に……己の体内から、魔力を右手に注いでいく。

そうして、膨大な魔力を右手に収束させて、圧縮した。

もうこれ以上は無理だなと彼が判断したところで、一つの魔法を発動する。

「【超新星爆発《スーパーノヴァ》】」

それは、太陽のオリジナル魔法。

ただただ膨大な魔力を圧縮して、火炎の魔法と同時に解放するというだけの単純な魔法である。

だが、その威力は——まさしく、超新星爆発のごときものだった。


「『え』」

シリウスと炎龍の声が重なる。

その時にはもう、空間から色という色は消し飛んでいた。

大爆発——では足りない、超大規模爆発。

最早音を知覚することはできなかった。周囲数十キロ程は熱風と爆風に地面が抉れてクレーターとなる。

大気は焼け焦げ、雲は消し飛び、大地は砕ける。

それ程までの一撃に、シリウスと炎龍が無事ですむはずがなかった。

爆発があたりを蹂躙して、しばらく経った後。

「く、ぁ」

裸のシリウスが、地面を這いながらうめき声を上げた。

それを見て太陽は感心したように一つ頷く。

「へぇ。これでも意識があるんだな」

「え、炎龍ちゃんを、盾にして……ようやく、ってところよ」

シリウスの言葉に、太陽は更に一つ頷いた。

「なるほど。あの炎龍はまた瞬殺されたのか……弱いな」

その言葉に、シリウスは乾いた笑みを返す。

「アナタが、強すぎるの……よ」

そう言ってパタンと気を失った。

最強の少年は、苦戦しようとも結局は最強のまま。

たった一撃で、シリウスという強敵に打ち勝ったのだ。


「ふっ、他愛《たあい》もないな……あー、勝利って気持ちいい」

彼は圧倒的な勝利に満足気だった。

こうして終わった最強と最強の戦いは、人間を辞めたチート野郎の勝利で幕を下ろすことになる。

## 六話　おっぱいのためなら

フレイヤ王国、王城。

謁見の間にて、アルカナ・フレイヤはそわそわと体を揺らしていた。

「シリウスちゃんはまだかなぁ……無事に太陽様をぶっ殺して奴隷にしてるといいんだけど」

どうやら太陽討伐クエストの結果が気になっているらしい。

そんな彼女の傍《かたわ》らで、エリスが難しそうな顔をしていた。

「可愛い声でぶっ殺すなんて言ったらダメ。まあ、首輪を装着させるって案は、悪くないと思うけど」

エリスはそう言って、アルカナの持つ首輪に目を移す。これは『奴隷の首輪』という魔法のアイテムだ。

本来なら魔物に使用されるアイテムである。つけたが最後、主人の命令に絶対服従という強い効果を持つ。

一方で、『相手の同意を得なければ装着できない』という条件があるため、意思を持つ相手に使用するのは難しいアイテムだ。

魔物であれば屈服させるという手段を用いて使用できるのだが、普通は人間には使用できない。

だというのに、アルカナは太陽に奴隷の首輪がつけられると言っている。

これにはきちんとした根拠があった。

シリウスは【魅了の幻惑】というスキルを持っている。これは相手を強制的に隷属するという力だ。ある程度、対象との力量差があることが条件だが、弱らせてしまえばこのスキルを使用できる。

シリウスのスキルで太陽を隷属して、奴隷の首輪をつける——これこそがアルカナの考えた作戦だったのである。

「時間も結構経ってるし、そろそろ顔出してもいい頃なんだけどなっ。首輪をつけた太陽様を跪かせて、高笑いしてやりたいんだけどっ」

「……そう。できたらいいね、アルカナ」

無邪気に笑うアルカナにエリスは苦笑している。

「まだかなー。まだかなー」

二人でシリウスの報告を待っていた——そんな時だ。

「たいへんです！　王女様っ……王女様!!」

謁見の間に兵士が駆け込んできた。

その顔はびっしょりと汗で濡《ぬ》れている。相当焦っているようで、息もかなり荒れていた。

どう見ても平静じゃない兵士に、アルカナとエリスは警戒の色を強める。

一体何が起きたのかと、固唾《かたず》を飲んで耳を傾けた。

そんな二人に、兵士は言う。

「魔王が……魔王が現れました!!」

伝令に、二人は目を丸くした。

ありえないと言いたげだが、現実逃避を兵士は許さない。

「場所はフレイヤ王国の辺境……旧炎龍山脈付近です！　現在は冒険者が食い止めている状態ですが、至急応援を頼むとのこと！」

事態は切迫している。

そう察して、すぐさま動いたのはエリスだった。

「近衛騎士と兵団に出撃の準備を！　他の冒険者にも協力を要請して、戦力をかき集めろ……これで、時間稼ぎはできるはず。追加の戦力もこちらで用意する！」

「了解しました！　失礼しますっ」

兵士は敬礼を一つ返してすぐに扉の外へ走り去っていく。

一刻の猶予《ゆうよ》もなかった。エリスは唇を噛んで、未だに呆けているアルカナの方へ振り向く。

「……アルカナ。先に言っておく。今、出撃させられる全戦力をもってしても魔王には敵《かな》わない。足元にすら及ばない。あれは、普通じゃない」

「そんな……まさか今、来るなんてっ」

前に太陽が魔族を壊滅させて以来、動きのなかった魔王。

逃げたと聞いていたので暫くは出てこないはずだと油断していた。

突然の事態にアルカナは頭を抱える。

「魔王の出現……【災厄級クエスト】だよっ。こんなの、どうしろって言うの！」

普通の人間にはどうしようもない敵だ。

だからこそ、普通じゃない人間の助けが必要だった。

「アルカナ、彼らの助けが必要」

エリスが諭《さと》すように声をかければ、アルカナは青い顔で首を縦に振った。

「うん……シリウスちゃんも、それから太陽様も。二人の助けが、必要だね」

個人的な恨みなど考慮する余裕はなかった。

このままだと人間族は壊滅する。それくらいの状況なのである。

「今すぐ勝負を止めないと。アルカナ、行こう」

「……うん、そうだね。【転移】」

もうなりふり構っていられなかった。すぐさまアルカナはエリスの手をつかんで、太陽とシリウスがいるはずの場所へ転移する。

戦っていようとも関係ない。とにかく事情を話して二人の協力を――と、考えていたのだ。

しかし、転移した場所に来て……二人は、呆然としてしまった。

「――っ」

「何、これ」

息を呑むエリスと、首を振るアルカナ。

二人は、広がるクレーターと倒れ伏す裸のシリウスに目を奪われていた。

「シリウス、ちゃんっ」

敗北。裸で白目を剥くシリウスを見て、エリスとアルカナは誰が勝ったのかを知る。

「ん？　あ、王女様とエリスさんか」

気の抜けた声が聞こえた。

シリウスから少し離れた場所で、のんびりとあぐらをかいていたのは……人間を辞めた、化け物だったのである。


加賀見太陽。

人間失格級の力を持つ化け物はシリウスさえも圧倒した。しかも余裕そうに欠伸《あくび》すら零している。

「まさか、シリウスちゃんにまで余裕なんて……」

その事実に、二人は暫くの間自失してしまった。

「えっと、王女様？」

様子のおかしい彼女たちに首を傾げる太陽。

「な、なに？　そんなに凝視して……はっ!?　もしかして俺に惚れたのか!!」

深刻そうな二人に反して、太陽はお気楽に的外れなことを言っていた。

しかし、アルカナは否定することなく……いや、否定する余裕もなく、太陽を前にして姿勢を正した。

そして——

「太陽様……一つ、お願いがあります」

——いつにもまして真剣な表情でそんなことを言うのだ。

その神妙な面持ちは、いつもの子供っぽいアルカナとはかけ離れている。

「お願い!?　も、もしかして……『付き合ってください』とか言うつもりなのかっ」

まぁ、太陽は空気など読めないのだが。

童貞特有の激しい思い込み発言にアルカナは首を横に振った。

「違います」

「あ、そう……」

真顔で一蹴《いっしゅう》されて、ようやく太陽も冷静さを取り戻す。

「じゃあなんなんだよ」

ぶすっと唇を尖らせる太陽に、アルカナはこんなことを懇願するのだった。

「どうか、わたくしたちの『王』となってくれませんか？」

国の指導者にふさわしいのは、アルカナ・フレイヤにあらず。

加賀見太陽こそふさわしいとアルカナは思っているらしかった。

以前も言われた覚えのある台詞《せりふ》だが、今回は真剣な表情で言われたので軽く流すこともできない。

「い、いやいやっ。王様なんて無理だから！」

故に太陽はハッキリと断った。

首を横に振る太陽に、アルカナは食い下がるかのように言葉を返す。

「どうしてですかっ。王になれば、地位も名誉も権力もお金も、何もかもが手に入るのですよ？」

「だから、そういうのに興味ないんだよ……」

せっかくの異世界生活なのだ。

王となって忙しい毎日を送るなんてごめんだし、誰かのために力をふるうなんてもってのほか。自由気ままで悠々自適に、太陽は生きたかった。

しかし、アルカナは簡単には納得してくれないようで。

「……そんなに絶大な力を持っていながら、どうして何もしようとしないのですかっ。わたくしには、太陽様の考えが全く分からないです」

切実そうに訴えかけてきた。

「太陽様が来てから、わたくしはずっと不安で仕方ありません。この国は、太陽様の気分一つで滅ぶかもしれないんですよ？　例えば、太陽様が他国に寝返って、我が国を攻めてきたらと思うと……恐怖でたまらなくなるのです」

だからアルカナは太陽に怯えていた。

人を……否、国を容易く潰せるその力に、国を統治する指導者として警戒していたのだ。

いっそのこと、殺していなくなった方が脅威を取り除けるだろうと思うくらいには、太陽のことを怖がっていたのである。

「どうせなら王になってくださいませんか？　この国を統治する者となってくれれば、わたくしは安心できます。敵になる心配も、気分で滅ぼされる心配も、何も気にしなくて良くなります。だから、どうかっ」

頭を下げるだけではなく。

それだけでは足りないと思ったのか。

今度は地面に手をついて土下座するアルカナに、太陽は慌ててそんなことしなくて良いと声をかけた。

「なんて言われても、土下座されても、俺は王になんかならないからっ。そもそも、俺は王の器なんかじゃないし。地位も名誉も権力もお金も、特にほしいとは思わない」

太陽は物欲や金銭欲などが薄い。

だからこそ彼は、王になるメリットが何もないと判断している。

「では、何がお望みなのですか？　何を求めて太陽様は日々を生きているのですかっ」

アルカナ・フレイヤ王女には太陽が理解できない。

彼が何を求めて、何を考えて、何を目指して生きているのか。

そんなにも絶大な力を持っていながら、未だ手に入れていないものとは何か。

アルカナの問いかけに、太陽は小さな声でこう答えた。


「俺は、ハーレムが作りたいんだよ」


ハーレム。

つまりたくさんの彼女がほしいと彼は言う。

「それなら、王になってもできるではありませんかっ」

「いや、それは違う！　前にも言っただろ？　俺は、俺を好きな女の子とハーレムを築きたいんだ。命令とか仕事とか、そういう感情でお近づきになりたくない。そういうのって、真実の愛じゃないと思うんだよな」

童貞が何やら語り始める。夢見る童貞は頭の中が思春期そのものだった。

「ただそれだけなんだよっ。だから、王になんてならない」

そう。加賀見太陽は、実のところどこにでもいるありふれた少年に過ぎないのだ。

力を持っていようとも太陽は普通の童貞である。それなのに周囲が過剰に怖がっているだけだ。最強で、化け物で、人間失格のチート野郎と呼ばれているが。

一方で、加賀見太陽という少年はただの童貞野郎という一面もある。そこをアルカナは見抜けていなかった。

「そう、ですか……」

王になるのを断られてアルカナは落胆する。唇を一つに結ぶ彼女を見ていると、太陽はなんだか落ち着かなくなる。童貞故に、女性にこんな顔をさせるだけでも罪悪感を覚えるのだ。

「あー、えっとさ。そもそも、王女様は俺をどうしようとしてたんだ？　そこのオカマをけしかけて、何かやろうとしてただろ？」

何気なく、気を紛らわす意味も込めて問いかけた質問。

それに答えたのは、アルカナの隣に控えるエリスだった。

「アルカナは、貴殿を奴隷にしようとしていた。この奴隷の首輪をつけて、手綱《たづな》をとろうとしていた」

懐《ふところ》から取り出された首輪を見て、太陽は頬を引きつらせる。

「や、奴隷になるのもちょっとな……流石に人間らしい生活は送りたいし」

「……別にそこまで悪く扱おうとは思ってません。この【奴隷の首輪】を着用すれば、主に絶対服従となります。だから、万が一太陽様が暴走したり敵対しても、安心して無力化できると思っただけです。そうすれば、わたくしは安心できますので」

あくまで何かあった時の保険がほしいらしい。太陽を御する手段がないからこそ、現在アルカナは困っているのである。不安になっているのである。

「むしろ、着用してくれれば最大のもてなしをしようとさえ考えていました。太陽様の望むものはなんでも用意するつもりです。何も不自由なく、それどころか国の重鎮《じゅうちん》として生活してもらおうと思っていました」

いわば、加賀見太陽は諸刃《もろは》の剣《つるぎ》である。

手に負えなくなれば自国を傷つけるし、仮に制御できたら自国に繁栄をもたらす。

そんな彼が味方になるのであれば、もてなす程度のこと、いくらでもやる心構えであったのだ。

「太陽様が奴隷となり、我が国の剣となってくれるなら……なんだってするつもりでした。愛人となる女性も、選《え》りすぐりの美女を用意します。なんなら、わたくしの身も自由にしていただいて構わないとさえ、思っていたのです。太陽様はそれほどのお方なのですから」

太陽を特別視するアルカナは、そこまで考えてくれていた。

太陽のためだけに、さまざまな特権を用意していた——と聞かされて、彼は何気なくこんなことを妄想する。

(例えば、俺が奴隷になったとして……)

奴隷になった自分。女性に囲まれる自分。アルカナと仲良くなる自分。

最初は命令で仕方なくの疑似ハーレムは、やがて打ち解けていくにつれて本物のハーレムへとなり変わる。

(そ、それって、良いな)

悪いことばかりじゃないのかと、太陽は鼻の下を伸ばしていた。

それに、行為には愛が必要だが……触るくらいなら別にいいじゃんと太陽は胸を高鳴らせる。

「仮に……もしも俺が奴隷になったとして、用意された女性におっぱい触らせてってお願いしたら、断らないってことか？」

「はい。触ることがお望みなら、何も問題ありません。太陽様のお好きなようにできます……望むなら、わたくしのも同様です」

「な、なるほど」

途端に落ち着きのなくなる加賀見太陽、十七歳童貞。

おっぱいを、触れる。しかも、アルカナをはじめ多数の美女のおっぱいを揉める。

確かに行為には愛が必要だ。簡単にいたしてはならない。

だが、胸は触っても減るものじゃない。所詮《しょせん》は脂肪の塊、触るくらいなら倫理的にも問題ない。

（なんだよそれ、最高じゃないか！）

そう思う太陽だが、しかし理性がそれを否定していた。

（って、違うだろ！　いやいや、おっぱいが触れるくらいで奴隷になるのはおかしい……王女様の言葉が真実かどうかも分からないしっ）

ここで欲望に従えば、後悔する可能性もある。

（だからダメだ。うん、おっぱいが揉める程度の報酬につられて奴隷になるなんて、ありえないな！）

そう思って断ろうとしたのだが。

「ど、どうぞ……わたくしの胸、柔らかいでしょう？　これが、触り放題ですよ？」

いきなりアルカナが太陽の腕に胸を押し付けてきた。ドレス越しに伝わる、マシュマロのような感触は太陽に衝撃を与える。

胸から伝わる仄《ほの》かな熱は、太陽の中で膨れ上がって爆発した。

「……この身のも、触ってくれ。貴殿がアルカナの言うことを聞いてくれるなら、好きにしてくれてもいい」

今度はエリスが、甲冑を脱いでアルカナとは違う逆の手に胸を押しつけてきた。

むにゅ、という感触と共に感じたのは……熱。甲冑をつけていたせいか妙に熱い胸は、アルカナのと違った趣《おもむき》があってこれはこれで良かった。

なんとも言えない感覚に、太陽の視界は真っ白になる。

（おっぱい……おっぱいおっぱいおっぱいおっぱいおっぱいおっぱいおっぱい）

頭が、おっぱいでいっぱいになって。

「っ‼」

だから太陽は、深く頭を下げてはっきりと言うのだった。

「今日から俺は奴隷です！　よろしくお願いします！」

流れるように、エリスの持っていた奴隷の首輪を装着。

そのまま膝を曲げてアルカナの足元に跪く太陽。

その姿は、まさしく立派な奴隷であった。

「————え？　ええええええええええ⁉」

そのことに一番驚いたのは、誰であろうアルカナだった。

「こ、この程度の色仕掛けでなびくの⁉　あ、アルカナちょっと驚きだよっ」

先程までの王女らしさが跡形もなく消え去り、幼児っぽいアルカナが顔を出す。

「これは、ふむ……この身も、驚きを隠せない」

しまいにはエリスさえ動揺する始末。それほどまでに太陽の選択が信じられなかった。

チョロい。チョロすぎる。二人からすれば、たかがおっぱいのことである。

されども、太陽からすれば素晴らしきおっぱいなのだ。

「お、俺、初めて女性に胸を押しつけられた……⁉　柔らかいな、なんだよこれ。マシュマロ？　もしかしてマシュマロ？　ふわふわでふにふにで、ヤバい……鼻血がっ」

興奮に息を荒くする太陽は、本能のままに動いている。

彼の言葉が虚偽や妄言ではないことは、首元に装着された奴隷の首輪が雄弁に物語っていた。

「あの、王女様……？　もしかして、今揉んでも良かったりするのでございますでしょうか？」

言葉もおかしくなるほどに興奮している太陽に、アルカナは若干引きながらも一つ頷いた。

「う、うん。別に、いいよ？」

アルカナは上体をそらして胸を突き出す。たわわなボディーに、太陽は目を血走らせていた。

「で、でかい。大きい……これが揉めるなんてっ。俺、異世界に来て良かった！　神様ありがとう、奴隷万歳!!」

彼の童貞精神は世界を超えても変わらない。

「俺の願いは、ようやく叶《かな》うんだ」

そうして太陽はアルカナの胸に手を伸ばした。

手のひらは汗で濡れている。緊張と興奮でかすかな震えもあった。同時に、童貞特有の意味不明な恐怖感を覚えて、太陽は躊躇《ちゅうちょ》する。

(ど、どう触ったらいいんだ？　痛くないようにしないといけないから、強く握りこむのはなしか。じゃあ右か？　いや、左から……って、両方同時が正解だったりするのか!?　というか、おっぱいと乳首は別と考えたほうがいいのかな？　どっちも触っていいのかっ？　分からん……こんな経験一度もないから、全く分からん!!　ああ、どうすればいいんだよっ)

「あ、あの、太陽様？」

長い。熟考があまりにも長いため、触られるほうのアルカナが焦れるほどだった。

これは時間がかかりそうだと、隣で様子を見ていたエリスは感じたのだろう。

「お楽しみのところ、申し訳ない。今、魔王が攻めて来ていて……貴殿には、すぐに向かってもらいたい。だから、早めに揉んでほしい」

とりあえず、性急に対処が必要な案件が後に控えていることをしっかりと伝えた。

太陽の手が止まった。

(ま、魔王が、いる……？　せっかくの機会なのに、魔王のせいで焦らないといけないのか？)

初めて、なのだ。

初めて、おっぱいを揉むのである。

せっかくの初めてなのだ。何も気兼ねなく、存分におっぱいを堪能《たんのう》したい加賀見太陽、童貞十七歳。

（まずは邪魔を排除するべきかっ。よ、よし、その方がいいよな！　うん、心の準備とか、シミュレーションとかもしないとダメだしっ）

そして彼は、へたれた。

「し、仕方ないな……魔王からぶっ殺すかな」

アルカナの胸元から手を引いて太陽は天を仰ぐ。

「城に帰ったら、改めてお願いする。魔王討伐の褒美《ほうび》って感じで、たくさん揉むってことで……ど、どうだろうか？」

あんなに興奮していたのに、結局触らないのかと首を傾げるアルカナ。

「はい、分かりました。他の美女も用意して待っています」

「ありがとう。よし、さっさと魔王ぶっ殺してくるか！」

そうして、気合を入れる太陽を魔王のもとに送ることに。

「よろしくお願いします。では……【転移】」

最後にもう一度頭を下げて、上げた時にはもう太陽の姿はなくなっていた。

後には、アルカナとエリス、それから裸で気絶しているシリウスのみが残される。

「もしかして、対応間違ってたのかなぁ。太陽様って、アルカナが思うよりも、扱いやすいかも」

「……そう、かも」

二人とも複雑な感情を抱いているようだった。

ともあれ、当面の危機――魔王の出現に対しては、加賀見太陽という最強を差し向けることができた。

これで【災厄級クエスト】だろうと問題はないはず。そう確信して、アルカナは胸をなで下ろすのだった。

「色々と考えることはあるけど、とりあえず戻ろっか」

太陽が帰ってくるまで時間は少しあるはず。それまでに、今後の関わり方やもてなし方などを考えることにして。

アルカナは、シリウスとエリスと一緒に王城に戻るのだった。

——魔王は、あの日のことを忘れない。

(みんな……すまない)

脳裏に浮かべるのは、同族たちが死に絶えた時の情景。

一人の人間によって滅ぼされた仲間達の最後だった。

あの日、加賀見太陽なる馬鹿みたいな力を持った化け物が魔王城に乗り込んできた時に、魔王軍は滅んだ。

四天王《してんのう》、五魔将《ごましょう》、六魔侯爵《ろくまこうしゃく》、七大罪《ななたいざい》、その配下たち。

誰もが強く、そして気高い者たちだった。数百年を共に闘ってきた盟友だった。

だが死んだ。たった一人の化け物のせいで仲間たちは灰燼《かいじん》となって燃えた。

魔王はあの日のことを忘れない。

(我は、弱かった……)

死に絶える仲間たちを見捨てることしかできなかった。

魔族の王であるというのに情けなく逃げることしかできなかった。

みっともなく、惨めで、魔王にあるまじき行為である。されども、あの時は逃走こそが最善だった。

勝てるはずもない勝負を挑むことは無意味。なれば、逃げることのみが正解だと……魔王は自分に言い聞かせて、魔王城に背を向けたのである。

本当は仲間たちと一緒に死にたかった。最後まで立派な魔王でありたかった。だが、そんな永遠の名誉よりも、今代《こんだい》の魔王は復讐《ふくしゅう》の道を選んだのだ。

（強く……強くあれ！）

あの時の魔王はどう足掻《あが》いても太陽に勝てなかった。

力が単純になかったので、強くなることを己に誓ったのである。

力をつけて同胞を殺した太陽を殺すことが、魔王の目標だ。

そのために、魔王は逃げた後……死に物狂いの特訓に励んだのである。

その時間は——千年。

魔王は、千年の時を己の研鑽《けんさん》に努めた。

魔族には、古来より伝わる魔法アイテム『刹那《せつな》の小部屋《こべや》』というものがある。これは時間魔法のかけられた小部屋で、中は外の数千倍時間が速く流れるというものだ。

その部屋の中で魔王は現実時間で三カ月——体感時間でいえば千年もの間、修業に費やしたのである。

（これなら勝てる……）

結果、魔王は強くなった。己の精神が崩壊する限界まで部屋にこもり、力を高めたのである。

たとえ太陽が相手だろうと負けない。

そう確信して、彼は人間界へと降り立ったのだ。

炎龍山脈付近から、しらみ潰しに村を襲う。人間を大虐殺して噂を広め、いずれ来るであろう太陽と相まみえる。

それこそが魔王の計画だった。

「ま、魔王だ……魔王が出たぞ‼」

誤算だったのは、すぐに見つかったことか。炎龍山脈はどうやらもうなくなったらしく、そのあたりを探索に来ていた者に見つかったのだ。

すぐに冒険者が駆けつけ、それから兵士やら騎士やらもやってきた。面倒なので作戦を変更して、軽くあしらう程度にしてやった。

最初の殺害者は、加賀見太陽にしてやろうと、魔王は考えていたのだ。

「奴が来るまで遊んでやろう」

数えきれないほどの人間を前に、しかし後れをとることなく。むしろ圧倒する魔王に対して人間勢は必死の表情を浮かべていた。

「くそ！　攻撃が当たらない……っ！」

とある冒険者がうめいている。魔王はその冒険者を嘲笑《あざわら》った。

「くくっ……当然だ。開眼した我の『先見の魔眼』は未来を視ることができる。貴様ら人間の攻撃なんぞ、手に取るように分かるのだ」

千年の修業で習得したものその一。『先見の魔眼』は、未来を視ることのできる眼《め》だ。この眼があるので人間勢の攻撃は当たらないのである。

「それに、速すぎる……これはもう、生物の域を超えてるだろ！」

続く冒険者の声にも、魔王は哄笑《こうしょう》した。

「くくくっ……無理はない。我に発現したスキル【時間加速《じかんかそく》】によって、我の時間は貴様らの十倍加速しているからな」

千年の修業で習得したものその二。『時間加速』は、己の時間を加速させるスキルだ。人間勢にとっての一秒は、魔王にとっての十秒なのである。動きについていけなくなるのも当然だ。

「やっぱり無理だろ……なんだよあの魔法！　見たことないし、どうにもならない！」

更に上がる冒険者の嘆きに、魔王は冷笑した。

「くくくっ……然《しか》り。我の進化した闇魔法《やみまほう》は、人間の心を喰《く》らう。抵抗する術などない」

千年の修業で習得したものその三。【神級闇魔法《しんきゅうやみまほう》】は、もともと持っていた闇魔法を極めたものである。修業前も上級まで使えていた魔王の固有魔法なのだが、千年の修業によって磨きをかけた。

闇に触れれば人間は意識を失う。それほどまでの魔法を、魔王は操っていたのである。これによって何人もの人間が気絶していた。

「やろうと思えば命さえも奪える闇だ。気を付けた方がいい」

魔王は笑う。哂《わら》う。嗤《わら》う。己の力を見せつけ、圧倒的な差を確認し、これ以上ないくらいに笑っていた。

「早く！　早く、あの憎き化け物を呼べ！　我を、これ以上待たせるな!!」

手を広げて声を上げる。

身をすくめる人間共を満足気に見下ろしながら、何人か殺してみようかなと考え始めた頃だった。

「あ、魔王だ」

気の抜けた声が聞こえた。

声の方向に視線を向ければ、そこにはパッとしない顔つきの少年がいる。

「加賀見太陽……っ!!」

その少年こそが魔王の仇《かたき》だ。今しがた現れた彼は、呑気な足取りでゆっくりと歩み寄ってくる。

「殺す……我の力で、殺す！」

長かった。

千年もの時を経て、ようやく殺すことができる。

千年もの時を経て、ずっと消えなかった怒りをぶつけることができる。

憎きその顔を、ぐちゃぐちゃに歪めてやる――

そう思って、魔王は最強との戦いへと臨《のぞ》むのであった。

「【時間加速】」

己の時間を十倍に加速させて、更に。

「『先見の魔眼』開眼」

未来を視る魔眼を開いて、相手の動きを読みとる。

万全の状態をもって、太陽を殺しにかかった……はずだった。

「…………え？」

視えた。

自分の『死』が、視えた。

「――っ」

この戦いの未来を『先見の魔眼』は教えてくれる。

「そ、んな……バカ、なっ」

魔王が、爆発してぐちゃぐちゃになる未来を……視せてくれた。

「なんで、こんなっ……嘘、だ」

魔王はよろめく。あまりにも鮮明な自らの死は受け入れ難く、頭の中がどうにかなりそうだった。

「ん？　どうした？　戦わないのか？」

対する太陽はのほほんとしており、青ざめた表情の魔王を見て不思議そうに首を傾げていた。

一歩、また一歩と……太陽は魔王へと近づいてくる。

その一歩は、魔王にとっての死の一歩だ。

映る。瞳に、声を上げる間もなく死ぬ自分が、視える。

「く、来るなぁああああぁ……【死の闇《デス・ダークネス》】!!」

あまりの恐怖に、魔王は我を忘れて最大の攻撃魔法を放つ。

闇属性神級魔法【死の闇《デス・ダークネス》】——文字通り、死を生み出す闇のことだ。闇に触れたが最後、対象は命を奪われる……という魔法なのだが。

「ん？　なんだこれ？　煙？」

太陽は闇に触れても平然としていた。死ぬ様子など微塵もない。

「な、な、な、な……っ」

魔王は驚きのあまり『な』しか言えなくなっているようだが、これは仕方のないことである。

闇属性の性質は『魔力を強奪』すること。

触れた者の魔力を奪うことで、強引に魔力の欠乏状態を作り出すのだ。故に人間が触れれば意識を失うし、強奪される量が多ければ命も奪われる。

だが、太陽の保有魔力量は莫大《ばくだい》だ。魔王ごときが強奪できないほどにたくさんある。故に、太陽への闇魔法は効かなかったというわけだ。

未来には己の死しか視えない。それに【死の闇《デス・ダークネス》】すら効かない以上、攻撃の手段がないため自らの時間をいくら加速したところで無駄。

魔王が太陽に勝つ術など、最初からどこにもなかったのである。

「そん、な……」

——千年。千年だ。千年もの間、魔王は修業に努めた。

されども、この千年はまるで意味がなかったのだと、魔王は絶望した。

「ん？　何もしないのか……じゃあ、俺から行くぞ？」

そんな魔王に太陽はやはり容赦しない。魔力を練り上げ、手のひらに火炎を出現させる。

瞬間、魔王の未来が分岐《ぶんき》した。

「――っ!?」

喜びかける魔王だが、分岐した先にある未来の自分に……頭がまたしても真っ白になった。

炎による焼死。爆発による爆散。熱による肉体の溶解、などなど。無惨な自らの死体が無数に視えたのだ。

分岐したところで死という結果は変わらない。むしろ死に方が酷くなるばかり。

未来が視えるからこそ、最強だと思っていた。

だが、未来が視えるからこそ……弱くなるとは思わなかった。

「あ、はは……」

魔王は膝をつく。変わらない未来を前に……自らの死を視て、彼はもう生きることを諦めたのだった。

（もし、もしも次のチャンスがあるのなら……この人間を、殺せるチャンスを得たのなら！　その時は、殺す……殺してやるっ！）

怒りは、全て胸の中に収めることしかできない。

意志が折れている今、怒りなどなんの意味もなかった。もうどうにもならない。どうすることもできない。

だから魔王は、自らの命を投げ捨てる。

「――――ぁ」

刹那、ドサリと……魔王は倒れ伏した。

その身体は、ピクリとも動かなくなっていた。

「…………え？　死んでる？」

太陽の呟きは、魔王にはもう聞こえていない。

恐怖と諦観《ていかん》によってショック死した魔王の命は……既にこの世になかったのだから。

「よし、魔王死んだな？　じゃあおっぱいだ！」

——まあ、そんな魔王の心情を太陽は知るはずもなく。

それどころか、彼の頭はおっぱいのことでいっぱいのようだった。

魔王のことなんて一瞬で忘れたようだ。

「待ってろよ、おっぱい！」

ともあれ、これにて魔王は倒された。

こうして、人類の災厄級クエストがまた一つ達成されたのである。

# 第二章　奴隷編　～エルフVS人間～

## 七話　取り返せおっぱいハーレム！

「おっぱいを触るのはしばらく待ってほしい」

「お、おいおい……そんな勝手なこと言うなよ。本気で怒るぞ？　ってか怒ってるよ？」

王城にて、加賀見太陽は怒りを見せる。エリスの無慈悲な言葉に感情が爆発しそうだった。

「約束したはずだっ。俺に、おっぱいを触らせてくれると！　今更断るとか……こ、断るとか、ひどいぞおいっ。どんだけ悶々《もんもん》としたと思ってるんだ！」

地団駄《じだんだ》を踏んで子供のように喚《わめ》く太陽。

「そうだぜ、アルカナ？　童貞の太陽ちゃんが可哀想だと思わないのか？　おっぱいくらい触らせてあげろよ！　彼は童貞なんだよ？　童貞なんだから!!」

「黙れクズ王！　お前がいると余計にむかついてくるから喋るなっ」

何故かいるニエルドによって太陽の苛立ちは増幅されていた。額に青筋を浮かべており、おっぱいを触れないというショックで目が血走っている。

あまりの怒りのせいか魔力の制御が甘くなっており、次第に空間の温度が上がり始めていた。

太陽の魔力が暴走しかけて、身体から溢れ出していたのだ。あともう少し彼が制御を失えば、もしかしたら城が吹き飛ぶほどの爆発が起きるかもしれない。

そのことに気付いたのか、アルカナはすぐに一つの命令を下した。

「【落ち着きなさい】」

「――っ。な、なんだこれ。いきなり感情が書き換えられた気分……」

アルカナの命令で加賀見太陽の心は冷静さを取り戻す。先程まで怒っていたのに、一瞬で平静になっていた。

これこそ、加賀見太陽が装着させられている【奴隷の首輪】の効果だ。

「【絶対服従】の効果を持つ首輪に命令を与えたのです。太陽様はわたくしの奴隷ですから、こんな風にもできます」

「そ、そういうことか……強力だな、この首輪」

奴隷の首輪の凄さを実感する太陽。アルカナは補足するように、説明の言葉を続ける。

「とはいっても、流石になんでも命令できるというわけではありません。死ね、などの本当にイヤな行為はいくら奴隷であろうと命令を聞かなくなります。絶対服従という割には、そうでもないです」

「でも、ある程度の命令は大丈夫ってことでもあるのか。こんなに効果が強いアイテムがあるんだな」

驚く太陽に、今度はエリスが首輪について教えてくれた。

「これはエルフ製の魔法アイテム。エルフはこういった未知の魔法アイテムをたくさん保有している」

「ふーん……そういえば、魔法人形《ゴーレム》のゼータもエルフ製のアイテムに分類されるんだっけ？」

太陽は人間と同じように扱っているが、一応ゼータは人形である。エルフの国で魔法技術によって造られた魔法アイテムなのだ。

「はい。ゼータは人形でございます。エルフの国で製造されました」

「……なるほど。お前の可愛さの理由が分かった」

エルフ。その単語を耳にした太陽は頭の中に超絶美少女を思い浮かべた。

製造物がこんなに美女なのである。製造主も同様に美女なのだろうと、太陽は思ったらしい。

「実際に会ってみたいなぁ……うへへ」

「ご主人様、顔つきが気持ち悪くなっております。過激な妄想は自重《じちょう》してください」

「べ、別に、そんな激しいのはやってないし」

無意識に鼻の下が伸びていたのだろう。隣のゼータが、ゴミを見るような目で太陽を見ていた。

ひんやりとした視線が気まずくて、太陽は咳払いを一つ零す。

「いいな〜。ゼータちゃんの視線、ぞくぞくしちゃう。俺も罵倒してくれない？」

「…………」

クズのニエルドがなんか言ってるが、ゼータは声が聞こえないかのように無視していた。

どうやらこの魔法人形《ゴーレム》、ニエルドのことが相当嫌いらしい。ニエルドは先程からゼータの気を引こうとやけに喋りかけているのだが、ずっと無視しているのだ。

「……でも、やっぱり一度はエルフを見てみたいっ」

「隣に立ちたくなくなるので、その顔おやめください」

しかしゼータは、太陽の発言となれば楽しそうに反応するから不思議なものだった。嬉々として罵倒してくるゼータに太陽は頬を引きつらせる。

閑話休題《かんわきゅうだい》。

「エルフ。エルフね。ふーん……ちなみに、どこに行ったら会える？」

「一応、エルフには国がある……でもあそこは、普通の手段では行けない。人間国とも仲が良くないし、むしろ毛嫌いされてる」

「そっか。普通では行けないのか……ちなみに、やっぱりエルフは可愛かったりする？」

「かなり」

かなり、可愛い。この異世界ミーマメイスは地球よりも顔のレベルが高いのだが、その世界の人が『かなり』というのだ。

それはもうヤバイくらい可愛いのだろうなと、太陽はニヤついていた。

「ゼータちゃ〜ん？　今度一緒に遊ばない？　そ

んな童貞より俺の方がいいよ？　ほら、俺ってば王様だし、お金も権力も使い放題だぜ？」

「申し訳ありません。お断りさせていただきます。これ以上話しかけないでくださると幸いです」

「つれないなぁ。もっとイヤがる顔とかも見たいのに……そんな事務的にされると、面白くないね。これはどうにもならんなー」

と、ここで不意に太陽は疑問を感じた。

なんというか、女好きのクズとして有名なニエルドが、美女で有名なエルフについて興味なさそうなのである。ゼータにちょっかいを出してばかりだ。

そのことが少し引っかかったので、太陽は聞いてみることに。

「なあ、王様の愛人にエルフっていないのか？　クズなら一人や二人、手ぇ出してるだろ？」

何せ愛人が百人を超える女好きなのだ。当然エルフもそこに加わっていると思ったのだが。

「エルフはダメだね。あれは俺たちとは違う生物だ……別に子作りができなくはないだろうが、わざわざ異種族間で跡継ぎを作る危険は冒さないぜ？」

やはり、エルフに関しては全く興味がないようだった。むしろ性的な対象としても見ていないようである。

顔が可愛いらしいのに、不思議だなと太陽は思った。

（まぁ……ここは異世界だしな。俺と考え方が違うのも当たり前か）

ここは太陽の住んでいた世界とは違う場所なのだ。

思考や倫理観に齟齬《そご》があるのは当たり前で、太陽は度々ついていけないことがあった。

今回も同様に理解が難しかったので太陽は考えることをやめる。そういうものだと認識することに。

ともあれ、問題はそこではなく。

「――って、違くて。話をそらすなよ、なんでおっぱい触ったらダメなんだよっ」

悲痛な声で、大好物をなくした少年のように切なそうな顔をする太陽に、アルカナは肩を落としながら言葉を返すのであった。

「その、美女を集めるのに手間取っているのですが……」

「び、びじょ？　なんで、美女なんかっ」

「言ったでしょう？　とびきりの美女をご用意する、と。太陽様にふさわしい女性を国中から探していたのですが、やはり条件が厳しいのでしょうか。なかなか、集めることができません」

別に意地悪のつもりではなかったらしい。それどころか、太陽のためを思っているがために、妥協したくないということでの保留だったのだ。

「何!?　太陽ちゃん。そんな良い思いをしようとしてたのかっ！　アルカナだけじゃない、国中の美女……ごくり。よし、これは王様の俺も付き添いしないとな！　一緒におっぱいを揉んで、それからみんなで仲良く――」

「エリス、お父様の首を刎《は》ねて。話が進みません」

「御意」

近くで戯言《ざれごと》を抜かしながら逃げ回るクズと、その首を刎ねるために走り回る騎士王はさておき。

「そうか……そ、そうだったのか」

太陽は首肯《しゅこう》していた。別におっぱいならなんでもいい――と思いはするも、されど童貞故の欲が出てくる。

「……ご主人様は、そんなに胸が触りたいのですか？　これ、そんなにも良いものなのですか？」

「そ、そりゃあ……まあ、うんとしか言いようがない」

「左様《さよう》ですか」

ゼータは不思議そうに自分の胸を揉みながら首を傾げている。

彼女には太陽の気持ちが分からないようだが、クズのニエルドの方は太陽に共感したようだ。

「そうだぜ！　おっぱいには男の夢が詰まっている……って、危ない！　エリス、薄皮一枚だったぞ!? お前本当に俺を殺そうとしてるだろっ。ふ、不敬罪で処刑だ！」

「黙れ。死ね」

雑音がうるさいが、太陽はどうにか意識をおっぱいに集中させた。

（さ、触れるなら、確かに最上級のおっぱいが良いに決まってる！）

確かに、どうせなら選りすぐりのおっぱいを揉みたい。国中から選定してくれているという言葉に、太陽は複雑な感情を抱くほかなかった。

「え、えっと」

早く触りたい。だが質も求めたい。そんなこんなで言葉の出ない太陽に対して、アルカナはやけに重そうな息をついていた。

「ふぅ……それに、実は太陽様にふさわしい美女が何名か見つかってはいたのですが、全て誘拐《ゆうかい》されてしまって。せっかく見つけたのに、残念で仕方ありません」

「何だと！ 許さん、誰だよ誘拐した奴ぶっ殺す!!」

おっぱい要員を誘拐された。その事実に太陽は鬼のような形相を浮かべる。

「誰だ……誰が、俺のおっぱいを誘拐した!?」

「ま、まだ太陽様のおっぱいではないですけど……誘拐したのはエルフではないかという話です。人間に首輪をつけて奴隷にしているという噂がありまして」

「いや、でも奴隷の首輪って許可がないとつけられないんだろ？ そう簡単に奴隷になれるのか？」

「たぶん。エルフには人の心を操る魔法もあるはずなので、首輪もつけられるはず」

容姿が美しいことで有名なエルフだが、その中身は想像以上に腹黒いのか。

悪い噂を耳にして太陽の中でエルフの好感度が下落した。

「エルフが、なんでまた人間を誘拐したりするんだか」

「理由は定かではありません。しかし、度々このような誘拐は起こっています。ただし確証がないため、エルフを糾弾《きゅうだん》することもできず……いつも、泣き寝入りするしかなかったのです」

先程からやけに疲れている顔をしているのはこの件があったからだろう。

人間が誘拐されて、その犯人らしき者たちが白《しら》を切っている。どうにもできない状況にアルカナは辟易《へきえき》としているようだ。

「もしも、選んだ美女が誘拐されていなかったら……今頃、太陽様に楽しいひとときを過ごしていただけたと思うのですが。本当に、申し訳ありません」

玉座からではあるが、深く頭を下げるアルカナ。心から申し訳なさそうな態度に、太陽は糾弾する気をなくしたようだ。

「そういうことなら、仕方ない……けど、やっぱり悔しい！　なんかむかついてきたなっ」

そうして、太陽は衝動のままに叫ぶのだ。

「よし、俺が誘拐されたおっぱいを連れ戻してやる！」

「……それは難しいと思います」

拳を握ってそう宣言する太陽に、アルカナはあまり気乗りしていない様子でそう言った。

「エルフの国『アルフヘイム』は魔法の結界によって守られているので、まともな手段での侵入は不可能です。入るにはエルフ族の許可が必要となります」

無理だと、アルカナはそう言っているのだが。

太陽は全く諦めていなかった。

「ふーん。じゃあ、まともな手段じゃなかったら、方法があるってことだよな？」

正攻法ではない手段があるのか。

そう聞かれたアルカナは、弱々しく首を縦に振った。

「はい。確かに、ありますが……おすすめはできません」

「あるんだな。だったら教えてくれ」

ぐいぐいと押してくる太陽。アルカナは降参したように両手をあげた。

「太陽様は強引ですね。一応、引き留めはしましたから」

「ああ、後は自己責任ってことにするよ」

「……実は、エルフ族とは現在、国交こそないもののわたくしは個人的な取引をしています。お金と引き換えに、魔物の捕縛を依頼されているのです。その一環として、奴隷の首輪も入手しました」

エルフ国製の魔法アイテムである奴隷の首輪はアルカナがエルフから直接もらったものだ。種族として仲は悪いが、アルカナ個人による交流はあったりするのである。

ちなみに、この個人的なやり取りの中では他の魔法アイテムももらっている。魔法人形《ゴーレム》なんかも、その一例だ。

「毎月一度、捕縛して奴隷化した魔物をエルフに引き渡しています。そこで、上手くいけば太陽様をエルフ国に侵入させることが可能なわけですけど……」

「そのためには、俺を捕縛した奴隷にしなければならないってことか」

そう。太陽を捕縛した魔物と同様、奴隷として扱うことができれば、エルフは彼も一緒に連れていくだろう。

奴隷という身分ではあるがエルフ国『アルフヘイム』に侵入させることができるのである。

「ちょうど、太陽様には奴隷の首輪もついております。奴隷を装うのは簡単です……ただ、本当の意味で奴隷になってしまうので、まともに扱われるとは思えません。エルフはプライドも高く、人間を見下しています。きっと、想像以上に扱いは悪いでしょう。それでも行きますか？」

酷い目に遭わされるかもしれない。そんなことを言うアルカナに、太陽は迷いなく頷いた。

「行く。それくらい大丈夫だし、あとエルフ見たい」

まあ、美形で有名なエルフを目にしたいという下心もたくさんあるのだが、ともあれ太陽の意思は曲げられないようである。

「それに、俺に絶対の命令権があるのは王女様だけだろ？　だったら、まあ大丈夫だろ。いざとなったら全部燃やすし」

楽観的で能天気な太陽は、あまり心配していないようだ。

彼としては遠足に行くようなものなのである。むしろ美形のエルフを見られるとあってご機嫌でもあった。

「エリス、お前はそんな風に気性が荒いから結婚できないいんだぜ？　少しは女らしくしろよ、じゃあな！」

「ちっ……逃げられた。もういいっ」

と、ここでニエルドとエリスの追いかけっこが終わったらしい。

結局ニエルドは逃げ切ったらしく、エリスは腹立たしそうにしていた。舌打ちをして剣を収め、それからこちらの会話に加わってくる。

「確かに、奴隷の命令権を持つのは主一人に限定される。魔物にもアルカナが『人間とエルフに襲いかかるな』という命令を与えて、引き渡しているわけだし……できないこともない」

エリスも太陽の言葉に同調していた。

ほったらかしにしていたが、この件は解決しなければならない事案なのだ。

太陽は実力者で、うってつけの人材である。行かせることができるのなら行かせるべきだと、エリスは言っていた。

「アルカナ、悪い案ではない……幸いなことに、彼の隣には魔法人形《ゴーレム》もある。もともとエルフ製の魔法アイテムだから、一緒に潜入させてサポートしてもらうことも可能」

エリスからの進言。太陽一人だけでなく、どうやらゼータも一緒に潜入させることができると考えているようだ。

「いや、ゼータを危ない目には遭わせたくないっていうか……」

だが、それに関しては太陽が乗り気ではなかった。

ゼータは彼にとって身内みたいな存在なのである。危険なところには連れて行きたくないと、思っていたわけだが。

「いいえ、ゼータもご一緒します」

当の本人が行きたいと申し出た。

「ゼータはご主人様の所有物ですので。常に一緒にいるべきかと」

平坦ながらも有無を言わせない口調である。

「それとも、ご主人様はゼータがいたら迷惑でしょうか？」

その上で、健気にこんなことを言ってくる始末だ。ゼータに甘い太陽が断れるはずもなかった。

「仕方ないな……分かった。まあ、俺がゼータを守ればいい話なんだからな。何も問題はないか」

「はい。ゼータはご主人様のことを信じております」

無表情でありながらも、全幅の信頼を寄せてくるゼータに太陽は頬をかいた。


ともあれ、ゼータは連れて行くことに決定した。

「……仕方ありませんね」

アルカナも納得はしていないようだったが、太陽を止められるとも思えなかったようだ。

「そこまで言うのなら、わたくしからは何も言えません。太陽様なら大丈夫でしょうし……分かりました。どうか、よろしくお願いします」

今度は玉座から降りて、しっかりと頭を下げるアルカナ。

以前までの子供じみた様子を見せない彼女に太陽は驚いていた。

「王女様……なんか本当の王女様に見えて怖いんですけど、もしかして風邪《かぜ》ひいてる？　頭は大丈夫？」

「だ、大丈夫だもんっ。アルカナは、その……色々と反省しているのですっ。もう、からかわないでください」

そう言ってそっぽを向くアルカナ。隣ではエリスが「ご立派になられて……」と涙ぐんでいた。

「まあ、怖がらないでくれたらそれでいいよ。普通に接してくれれば、それだけでいいし」

アルカナとの関係も良くなりそうだ。前みたいに無駄に土下座されたりもしないので、大いに満足していた。

「では、太陽様。エルフ国に連れ去られた人間の救出をよろしくお願いします。帰ってくるまでには、こちらもしっかりと美女を用意しておきますので」

「……お、おう。よろしく頼む」

おっぱいハーレムを実現するのが少し先になって、若干悲しんでいたのだが気持ちを切り替えて。太陽はエルフの国に向かうことになる。

「こちらの不手際で申し訳ありません……その、わたくしのだけでも先に触っておきますか？」

「…………い、いや。帰ってからのお楽しみにしておくから」

そして、最後の最後で童貞特有の遠慮を出す太陽。

（あ、ミスった……思わず断ってしまった）

結局、念願のおっぱいは揉むことなく。太陽は断った後で強い後悔に打ちのめされることになった。

そんな彼を見てか、ゼータがもぞもぞと動いた後……太陽に向かって何かを差し出した。

「ご主人様、どうぞ」

「……な、なんだこれはっ」

手渡されたのは、黒のブラジャー。

デザインは質素だが、ゼータの胸を覆うそれは想像以上に大きくて、そして何よりも生温かい。

「ゼータの下着でございます。ご主人様は胸がお好きなのでしょう？　ですから、下着も好きかと思いまして」

無表情だが、されどもからかうような。早口でそんなことを言うゼータに太陽はタジタジである。

「や、嫌いじゃないけど……」

何せゼータは今ノーブラなのだ。メイド服の下はもうおっぱいなのだ。先程よりもよく揺れる胸に童貞の太陽がドキドキしないわけがない。

そのせいで余計悶々としていた。

「お、俺のためを思うなら、直《じか》に触らせてくれたりしてもいいんだぞ……？」

「今はダメです。でも、何か頑張っていたら、その時は考えてあげます」

「分かった！　俺、エルフの国で頑張るっ。その言葉、忘れんなよ⁉」

やる気はより大きくなった。

ゼータからのご褒美も期待して、太陽は改めて気合いを入れるのだった。


深夜――王城の地下牢《ちかろう》にて。

「ほう、人間よ。今日の商品はやけに豪華ではないか」

ローブを纏った人影が、地下牢に収容されている商品を見て面白がるような声を上げた。

「ああ。彼はとある事情で奴隷に成り下がった罪人だ。持って行ってくれて構わない」

対するは、純白の鎧を着たエリス。顔までフードで覆っている相手に彼女は淡々と言葉を返す。

この場にアルカナはいない。一応、これは裏取引である。王女を矢面《やおもて》に出すわけにはいかないと、エリスが担当していたのだ。

「君たちは同種を奴隷にする習慣はないんだろ？　珍しいことだ……まあ、我々にとっては都合が良いのだが」

全身ローブの人影は牢内の『人物』を見て笑っているようだった。

「これは、普段の倍は支払わないといけないな。人間の奴隷は希少だよ……感謝してやる。女王様にも良い報告ができそうだ」

そう言って、ローブの彼女はエリスに金貨の入っている麻袋を二つ渡した。

エリスは無言でそれを受け取って、交渉は成立である。

そんな二人を眺めながら、牢内に収容されている人物――加賀見太陽は内心でほくそ笑んでいた。

（綺麗な声してるなー）

ローブの人物はエルフの女性のようだ。

偉そうな口ぶりはエリスを見下しているようでもあったが、その高飛車《たかびしゃ》な感じの声に太陽は魅力を感じている。

彼は見下すより見下されたいタイプの人間なのだ。

あんなお姉さまっぽいエルフに奴隷として連れまわされるのも悪くないなと、一人で勝手に興奮していたのである。

「報酬は確かに受け取った。奴隷五体を持っていくといい」

エリスの言葉にエルフは太陽の方へ視線を向けた。彼の周りにいる四体の魔物は眼中にないようで、ジッと太陽のみを見つめている。

「パッとしない顔つきだな」

やかましいわと、眉をひそめる太陽。しかしエルフは気にせずに言葉を続ける。

「やはり我々エルフと比べると微妙な顔立ちだ。君や王女はまだマシだが……どうもイライラする。美しくないのは罪だな」

あからさまな侮辱の言葉。顔が気に入らないと言っているらしい。

（顔なんて大事じゃねぇよ。大切なのはおっぱいだよ！）

内心でバカなことを思いつつ、エルフって本当にプライドが高くて人間を見下しているんだなと再認識する太陽。

「申し訳ない。彼の顔がパッとしないのは、どうしようもなくて……せめてものお詫びに、彼のお世話にはこちらで用意した魔法人形《ゴーレム》を使ってほしい」

「それは助かるな」

全ては手はず通りの流れだった。エルフは人間を見下し、そして嫌悪している。だからきっと、エリスの提案を断るはずがないと確信していた。

「では、魔法人形《ゴーレム》よ。後は任せた」

「はい、かしこまりました」

エリスの呼びかけに、影からメイド服の女性が出てくる。彼女は、いつも太陽のお世話をしている魔法人形《ゴーレム》のゼータであった。

「ほう。これはこれは、我々の国で作られたゼータ型の魔法人形《ゴーレム》じゃないか。うむ、エルフには劣るがやはり美しいな。人間の姿であることが残念だが」

ゼータを見てエルフは喜んでいる。エルフから見てもゼータは可愛いようだ。お眼鏡《めがね》にかなったらしい。

これで、手はず通りゼータがついてきてくれることになった。万事想定通りの流れである。

「それでは受け渡しもすんだことだし。そろそろ失礼するとしよう」

「分かった。また今度、受け渡しの時に」

エリスはそう言って頭を下げた後、踵《きびす》を返して地下牢から出て行った。後は任せたと去り際に視線を向けられたので、太陽は小さく頷いておく。


「よし、ゼータ型魔法人形《ゴーレム》よ。そろそろ行くか」

エルフも出発するつもりのようだ。ゼータを引き寄せてから、おもむろに彼女は魔法を展開する。

「【空間移動】――『アルフヘイム』」

そして次の瞬間、周囲の景色が一変した。

（ここは、もしかして……）

足元には柔らかな土。周囲にはたくさんの木々があり、それらはまるで最初からそう育ったかのように家のような形をしていた。無数のエルフが行《ゆ》き交《か》っているので街のようだが、一つの森に見えなくもない。

自然との調和を果たした国。それがエルフの住まう『アルフヘイム』だった。

「ゼータ型魔法人形《ゴーレム》よ、どうだ？　人間共の世界に比べて、我らエルフの世界はとても美しいだろう」

「はい」

「美しい者のみにふさわしい世界なのだ。空間移動の魔法でしか来られないよう障壁が張られていてな……その他、醜い者は何人《なんぴと》たりとも立ち入ることができない」

「空間移動……転移魔法のことでしょうか？」

「少し違うな。確かに似ているし、同じ次元属性ではあるが……転移魔法は人間のフレイヤ王族しか扱えない固有魔法だ。我々エルフは空間移動の魔法こそ使えるが、転移魔法を使える者はいない。腹立たしいことだがな」

エルフは尊大に話しながら、ようやくここでフードを取った。

「ふぅ、やっと顔を出せる……私はアリエルだ。よろしく頼むぞゼータ型魔法人形《ゴーレム》」

眩《まばゆ》く輝いている銀の髪と、銀の瞳。透き通るように白い肌は陽光を淡く反射しており、ローブという地味な服装ながら一枚の絵画のごとき美しさを発していた。

そして、尖った耳はまさしくエルフ。

アリエルと名乗る彼女に、太陽は目を奪われた。

（やっぱり最高かよ！　すっごい好みかも）


ハイヒールが似合いそうな女性だった。彼女になら踏まれてもいいなと鼻の下を伸ばしていると、不意に近づいてきたゼータに足を踏まれる。

「痛っ！　ふ、踏むならもう少し愛を込めてっ」

「気持ち悪いお顔をなさらないでくださいませ。反吐《へど》が出ます」

小声で反抗するもゼータはどこ吹く風だった。無表情のまま太陽の首輪に鎖《くさり》をつなげている。

「……おい、もしかして俺を引っ張って行くつもりなのか？　お前がか？　あのアリエルお姉様じゃなくて？」

「ええ、アリエル様は人間の雄に触れたくないそうです。というか、近づくのもイヤだとのこと。なのでゼータが太陽様を引っ張ることになりました」

ぐいっと、鎖を引くゼータ。その顔は無表情ながらどこか楽しそうだった。

「家畜になった気分だ……」

「ほら、さっさとついてきてくださいませ」

何故か機嫌の良いゼータに引っ張られて、太陽は魔物たちと一緒に連行される。

（ケルベロス、スレイプニル、フェンリル、キメラ……どれも討伐難度Aランクの魔物なんだよなぁ。一体なんに使うんだ？　っていうか、俺も何をされる予定なんだ？）

てくてくと歩きながら、太陽は一緒に奴隷にされた魔物たちをぼんやりと観察する。

四体の魔物は【奴隷の首輪】の効果によって大人しくなっていた。鎖につながれたまま、太陽と一緒に歩いている。

目的は全く分からない。見当もつかないし予想もできない。だから太陽は考えるのをやめた。

「ま、なるようになるだろ」

楽観的に思考を放棄した彼は、通りを歩く女性エルフを観察することに集中する。

誰もが美しかった。男性エルフも同様なのだが、イケメン嫌いの太陽なので眼中に入っていない。

そうやって、歩くことしばらく。


「着いたぞ、闘技場だ」

太陽たち一行は大きくて円形の建物に到着した。

（あ、これファンタジーで見たことある……）

創作物の中でしか見たことのない建物を目の当たりにして感動している太陽。

そんな彼を気持ち悪そうに眺めながら、アリエルはこんなことを口にするのだった。

「うろちょろするなよ、人間……私はこれより女王様に報告に行く。ゼータ型魔法人形《ゴーレム》よ、少しここで待ってろ」

「かしこまりました」

「報告が終わったら、奴隷共でショーを行うことになっている。くれぐれも、逃がしたりしないように」

ショー。つまりは見世物《みせもの》……この言葉に、太陽は悪い予感を抱くのだった。

（何か、変なことされなければいいけど）

何はともあれ、こうして奴隷になった最強は、エルフの国に無事潜入することに成功したのである。

# 八話　奴隷祭り

アルフヘイム中央にある『バベルの塔』の最上階――王の間にて。

「アールヴ女王陛下、アリエルがただいま戻りました」

アリエルは、玉座に座る女性エルフへと頭を下げていた。今、彼女は女王に報告を行おうとしているのである。

「よくぞ戻った。して、わざわざ妾《わらわ》に会いに来るとは、何かあるのかや？」

玉座に腰掛ける女性エルフ――アールヴ・アルフヘイムが鷹揚《おうよう》に言葉を返す。アリエルが顔を上げれば、エルフの中でも最上位の美貌《びぼう》を持つ女王が視界に映った。

深緑色の長い髪の毛、輝く金色の瞳、そしてもの凄く大きい胸。エルフの中でも突出した美しさを持つ彼女こそ、エルフ族の女王である。

「はい。今回の奴隷売買において、人間の奴隷を入手したことを報告致します」

「ほう？　人間の……初めてじゃな。ふむふむ、何か怪しい気配がするのう」

アリエルの報告に、アールヴはその整った眉をひそめる。

「いかがしますか？　一応、この後は闘技場にて奴隷祭りのショーを行う予定となっておりますが」

「……いや、変更する必要はない。そのまま泳がせるのじゃ。もしも裏があるのならショーで何かしら動くじゃろう」

「分かりました」

冷静に言葉を紡ぐアールヴにアリエルは大きく頷いた。

プライドの高い彼女だが、やはり女王には一目置いているのだろう。威厳のあるその声に、深く頭を下げた。

「報告は以上です。では、これよりショーに入ります」

「うむ。ご苦労」

報告を終えて、アリエルは満足気に息を漏らして王の間を出ていく。

その後ろ姿を、アールヴがジッと見つめていたことに、最後まで気付くことはなかった。

「愚かな……十中八九、人間の策じゃろうに。何故、ああも短慮なのか。やれやれ、エルフの質も落ちたのう」

落胆のため息をついて、彼女は今後について思考する。

「人間が何か仕掛けた時、即座にこちらも動けるようにしておけば良いか。トリアと、シルト……あとはスカルが居れば問題なかろう」

アリエルとは違う。油断せず、注意深く行動する彼女の行動は冷静であった。

「ようやく、人間が動いてくれたのじゃ……このチャンス、逃すわけにはいかぬ」

金色の瞳に、仄かな炎を灯《とも》して。

エルフの女王は動き出す。


ところかわって、ここは闘技場。

見世物《ショー》が開催される一種の娯楽施設だ。

ある時はエルフ同士の魔法対決、ある時は武芸大会など、年中何かしら開催されている。

エルフは美しい見た目に反して、こういった戦いが好きな一面もあった。というか、戦闘に美を感じる種族でもある。いかに美しい戦いを見せるかが彼らの目標ともいえよう。

ただ勝つのではない。美しく、優雅に勝つ。エルフにはそういった戦闘を好む習性があった。

そんなエルフだからこそ、闘技場で開催される見世物で最も人気なのは……『奴隷祭り』という、一方的な虐殺だったりする。

「さあさあ、ようこそお越しなさいました皆様！

今日も素敵なショーをとくとご覧あれ！」

闘技場の中央にいる人物が声を上げる。魔法によって増幅された声は闘技場に響き渡っていた。

「本日の奴隷祭りを彩るのは、この俺様『グラキエル』だ！　楽しんでいってくれよな！」

歓声が湧《わ》く。闘技場の観客席はビッシリと埋まっていた。どうもこのグラキエル、相当な人気者なんだな——と、太陽は闘技場の端っこでぼんやりと考えていた。

まず、イケメンである。女性のように長く美しい金髪は優雅で、碧い瞳がまた美しかった。長身の痩躯《そうく》、真っ白で豪奢なタキシード、そして跨っているのは純白のユニコーン。

王子様をイメージしているのだろう。実際によく似合っているし、場内の女性客も黄色い声を上げていた。ただでさえ顔が良いエルフの中でもかなりのイケメンに分類されるらしい。

「ああ、グラキエルは今日も素敵だ……そう思わないか？　ゼータ型魔法人形《ゴーレム》」

近くでは、太陽たちをこの場に連れてきたアリエルがそんなことを言っていた。

「そうかもしれませんね」

「グラキエルはこのエルフ国でも随一の剣闘士でな、人気は一番と言っていい。ちなみに、彼は私の婚約者なんだ。どうだ、すごいだろう？」

自慢そうに大きな胸を張るアリエルに、太陽はケッと舌を鳴らす。

（んだよ、処女じゃないのか……ビッチとかこっちからお断りだ）

童貞特有の処女信仰。例にも漏れず太陽もその類《たぐい》の人種なので、婚約者がいた時点でアリエルへの憧れは消《き》え失《う》せた。そしてグラキエルへの嫉妬心もグングンと増大していく。

（イケメンで、綺麗な婚約者がいて、女子にキャーキャー言われて……なんだあいつ。むかつくな）

グラキエルは敵だ。太陽はそう判断して強く睨むのだった。モテない男子高校生として生を終えた彼は、新たな世界でもこじらせているらしい。

「グラキエル！　今日も素敵だ！　か、カッコイイぞ!!」

「ありがとう、愛《いと》しのアリエル!!　その声援が俺様の力だ」

「ぜ、ゼータ型魔法人形《ゴーレム》よっ！　グラキエルが、グラキエルが私を見ているぞっ。ああ、素敵だ……私の彼氏は世界で一番カッコイイな！」

「それから、来てくれたみんなも可愛い声をありがとう、子猫ちゃんたち！　じゃあ、これから俺様の活躍を見ててくれ！」

バカップルのイチャイチャに太陽は天を仰ぐ。

今すぐこの闘技場を爆破したい衝動に駆られたが、それは我慢しておいた。

「そろそろいいぜ、マイハニー！」

そう言ってグラキエルはアリエルの方にウィンクを飛ばす。アリエルは顔を真っ赤《まか》にしながらコクンと頷いた後、奴隷の一体であるケルベロスに向かって一つ命令を送った。

「グラキエルの許《もと》へ行け！」

『ガルルルル……』

太陽と一緒に闘技場の隅で並んでいた、三つの頭を持つ大型犬が中央に向かって歩み寄る。

（そういえば、ケルベロスって奴隷の首輪三つもつけてるのか……やっぱり頭三つだからか？）

どうでも良いことを考えながら、太陽は何をするのだろうとイケメンを凝視する。

「さあさあ、見世物《ショー》の始まりだ！」

そうして、闘技場の中央でグラキエルとケルベロスが相対するや否や――

「【錬成《クリエイト》・美しき氷の矢《ビューティフル・アイスアロー》】！」

――あまりにも一方的な虐殺の見世物《ショー》が、始まった。

『ガ、ルアッァアアアアアア!!』

無駄に造形の凝った氷の矢が、ケルベロスの頭を潰す。

三つの内一つがぐちゃぐちゃになって、ケルベロスは悲鳴を上げた。

「まずは頭！　三つもあるんだ、二つくらいなくなってもいいだろう！」

グラキエルは続いて氷の剣を作り出し、残っている二つの頭の内一つを斬り飛ばす。鮮血に染まる氷剣は赤黒い輝きを放っていた。

そして上がる、魔物のうめき声と観客の歓声。グラキエルの大げさな所作と、演出されたかのように弾ける血によって場内は盛り上がっているようだ。

『ギィア……』

頭が残り一つになって、ケルベロスはたまらないと言わんばかりに逃げ出す。奴隷の首輪のせいでエルフに攻撃できないケルベロスは、逃げることしかできないのだろう。哀れな姿に観客から笑い声が上がった。

「その姿は美しくないな……そろそろフィナーレと行こう！」

ユニコーンの背を叩き、ケルベロスを追うグラキエル。

神獣に分類されるユニコーンは気位が高いことで有名なのだが、やはり奴隷の首輪をつけられているせいで命令を聞かないわけにはいかないらしい。

まるで家畜のように、従順にケルベロスを追いかけるユニコーン。その背に跨るグラキエルは、ケルベロスに追いついた直後に魔法を放った。

「【錬成《クリエイト》・美しき氷輪華《ビューティフル・アイスフラワー》】！」

上級魔法である錬製魔法《クリエイトマジック》によって、ケルベロスの身が氷漬けにされる。その氷が模るのは、氷の大華。

細部まで緻密《ちみつ》に造形された氷華だった。錬製魔法は上級に分類されるのだが、この技術は神級にも及ぶだろう。

「散れ……」

グラキエルはそう言って、芝居がかった動作で指をパチンと鳴らす。

瞬間、氷の華が砕き散った――中で氷漬けにされていた、ケルベロスごと。

つまり、ケルベロスは声を上げることもなく死んだのだ。

空気中を漂う氷の欠片《かけら》を浴びながら、グラキエルが声を上げる。

「やはり、どんなに醜い生き物でも散り際だけは美しい……そうだろう、みんな？」

会場に火をつけるかのごとく、耳を覆いたくなるほどの大歓声を引き出すグラキエルは、エルフの理想とする美しく優雅な戦いを体現していた。

最高の剣闘士と言われるのも頷ける魅せ方だ。

（……なんだこれは、胸糞悪《むなくそわる》いな）

ただし――グラキエルの人気はエルフに限定されていた。

人間の、しかも平和な国からやってきた太陽にとってこの見世物《ショー》はただの虐殺でしかなく、美しくとも面白くもなんともなかった。

「さあ、お次は三体同時と行こうか！　前座は長いと飽きるし……テンポ良く行くとしよう‼」

続く三体の魔物たち。スレイプニル、フェンリル、キメラ……この三体も虐殺されるのだろうなと、無言で思案する太陽。

とはいっても、別に同情しているわけじゃない。魔物が殺されて可哀想だなんて思うほど、太陽は博愛主義者ではない。

（魔物は人間食べるし、別になんとも思わないけど）

実際に太陽だって数えきれないほど殺している。人間種に害をなす害獣なんていなくなればいいと思っている。

だから、彼が胸糞悪いと思っているのは、魔物が殺されていることについてではない。

「どうだ⁉　もっと鳴けっ。その鳴き声のみが美しい！」

「……やっぱり、気に入らん」

虐殺を楽しむエルフという種族こそ、太陽が嫌悪している対象だった。

見た目が美しいだけに、その残虐な一面が余計に残念で仕方ない。おっぱいも大きいのに、本当に残念だった。

（もしかしたら、相容《あいい》れないかもなぁ……まあ、全員

が全員こんな奴らとは限らないか）

エルフの汚い一面を知って太陽は落胆する。

つまんないなーと思ってとりあえずアリエルの興奮した姿を横目で眺めていると、いつの間にか魔物の虐殺が終わっていたようだ。

「では、そろそろ今日のメインディッシュといこう……人間の、登場だ!!」

予想はしていたのだが、どうやら太陽も見世物の対象になるらしい。うんざりとため息をつきながら、彼はふとゼータの方に視線をやった。

魔法人形《ゴーレム》は相変わらず無表情だが、いつもよりその顔は強張《こわば》っているように見えなくもない。

（心配してる？　まさか、ゼータがそんなこと思うわけないか）

苦笑して今度はアリエルを見る。彼女は早く行けと言わんばかりに太陽を睨んでいた。

「人間よ、早くしろ。殺しはしない……ただ、少し見世物になってもらうだけだ。人間には、価値があるからな」

（殺さないってことは、まだ何かやらされる予定か。でも人間ってだけで観客喜んでるし、結構痛めつけられるんだろうなー）

アリエルの言葉から色々と予想を立てながら、彼は闘技場の中央へと向かう。

この状況においても、やけに呑気なものだった。

「人間！　我々と似た造形でありながら、その身に『美』を持たない哀れな生物！　ああ、なんとも悲しいことだ……醜さは罪である。本当に、美しくない」

闘技場の中央で、ユニコーンに跨ったグラキエルは叫ぶ。それに呼応するかのようにざわめく場内は、今か今かと興奮を隠しきれないようだった。

しかし、グラキエルはもったいぶる。観客のボルテージが上がるよう演出しているのだ。

「加えて、彼は人間の中でも美しくない部類に該当する容姿のようだ！　つまり、ブサイクなのだよっ。さあ、みんな一緒に声を上げよう！　せーの、ブーサイク！」

「「「ブーサイク！　ブーサイク！　ブーサイク！」」」

次いで始まるブサイクコール。太陽は頬を引きつらせて、内心で叫ぶのだった。

（別にブサイクじゃねぇよ！　普通だしっ）

可でもなければ不可でもないとは、彼を生んだ両親の評価だ。別にブサイクというわけではないのだが、エルフ基準で言えばやはりそうなったのだろう。

それが分かっているので、太陽は内心で反論するだけに留めて何も言わなかった。

一方、グラキエルはそんな太陽の様子を見て調子に乗る。

「顔はブサイク！　しかし、人間が奏《かな》でる悲鳴の美しい！　我々エルフという上位種に跪き、媚《こ》びを売る姿はまさしく芸術！　下等種としての分際を弁《わきま》え、へりくだる姿は……至上である！」

観客を煽動《せんどう》するかのように口上を述べ、もったいぶりながらもゆっくりと太陽の方に手を向けるグラキエル。

太陽はそんな様をぼんやりと眺めていた。

（はぁ……もう少しイケメンだったら、今頃童貞じゃなかったのかなぁ）

心の底からどうでもいいことを考えていた。

その時に、ようやく見世物《ショー》が始まる。

「泣きわめけ、劣等種よ……【錬成《クリエイト》・美しき《ビューティフル》・氷の柱《アイシクル》】！」

グラキエルの魔法が放たれた。足元から突然飛び出て来た氷柱は、太陽を上空へと弾き飛ばす。

「おー、飛んでるー」

無抵抗に上空へ投げだされる太陽。くるくると回転しながら落下する彼は、受け身も取らずに地面に激突した。

常人なら全身の骨が折れているであろう衝撃だが、保有魔力量の膨大な太陽は肉体強度が高いのでダメージはなかった。

「醜い！　実に醜いぞ、人間！」

頭から落ちた太陽に、グラキエルは容赦しない。

魔法を連続で放ってくる。

「【錬成《クリエイト》・美しき氷の爆発《ビューティフル・アイスバースト》】！」

今度は太陽のすぐそばに現れた氷塊が爆発した。無数の破片が太陽を襲い、その衝撃波によって再び地面を滑る。踏ん張れば特に吹き飛ばされることもないだろうに、今の彼は全くといっていいほど無抵抗だった。

（でもですね、男は顔じゃないと思うんですよ！　顔、じゃないと……信じたいけど、やっぱり顔なのかな？　うーん、顔はどうにもならない……）

頭の中では本当にどうでもいいことを考えている。彼にとってこの見世物は、気にかける必要がないほどの児戯でしかない。

そもそも氷使いという時点でお察しである。火炎属性の太陽にとってグラキエルは雑魚《ざこ》でしかなかった。

しかし、無反応の太陽にグラキエルは勘違いをして、調子に乗るばかり。

「生きることを諦めたのか!?　その姿は醜いな……もっと鳴くんだ！　魔物と同じように這いつくばるといい！　それなら手加減してあげなくもないぜ？」

地面を転がる太陽を嘲笑い、グラキエルは次々と魔法を放つ。

「アハハハハハハ!!　なかなか頑丈じゃないか！　いいぞ、どれくらいで壊れるか試してやる！」

氷の塊に圧《お》し潰され、氷の槍《やり》に刺され、氷の矢に貫かれ、氷の剣で切り刻まれて……しかしそれでも原型を保つ太陽に、グラキエルは笑う。観客も笑う。会場は、一方的な蹂躙を笑う。

だから、気付かない。

ここまでされてダメージ一つない太陽が、異常であることを……愚かなエルフたちは気付かない。

彼らはそもそも、人間という種族をあまり知らなかったようだ。太陽が異常だとは思わず、人間には頑丈な個体もいるのだろうなという程度の浅い考えしかもっていなかったのである。

「【錬成《クリエイト》・美しき氷の十字架《ビューティフル・アイスクロス》】！」

グラキエルの魔法で、今度は十字架に磔にされる太陽。そろそろ攻撃は終わりらしく、今度は拷《ごう》問《もん》じみた趣向で楽しむことにしたらしい。

「命はとらない。一応、下等種といえど条約を結んでいる立場だからな……だが、五体満足である必要も、ない！」

そう言ってグラキエルは太陽の右腕を氷漬けにした。

「【錬成《クリエイト》・美しき氷輪華《ビューティフル・アイスフラワー》】！」

次いで、放たれるはケルベロスを粉々にした氷魔法。

大輪の氷華と共に砕け散るという、美しい見た目に反して酷く残虐な魔法だ。

これで太陽の右腕を砕こうというつもりのようだ。

……まったくもって、無駄だということも知らずに。

「…………は？」

次の瞬間、氷の華が砕ける。

氷の欠片と共に宙に舞うはずだった太陽の右腕は……しかし健在だった。なんともない右腕を見てグラキエルはぽかんと口を開ける。

そんなイケメンに、太陽はようやく意識を向けて一言。

「満足か？」

欠伸交じりの言葉は呑気な様子で紡がれる。

「なんか楽しそうだったから、されるがままにされてやったんだけど、もうそろそろいいだろ？　っていうか飽きた。攻撃方法が氷の錬成魔法一辺倒とか、ワンパターンにもほどがある」

自分は炎属性の爆発一辺倒のくせに、そんなことは棚に上げてダメだしをする太陽。

磔にされたまま、上から目線で何やら言い始めた。

「もう少し工夫《くふう》しろよ。どうせお前イケメンだからチヤホヤされて生きてきたんだろ？　やることなすこと褒められたことしかないだろ？　だからそんなに退屈なんだよ、ばーか」

煽《あお》るように、挑発するかのごとく、下等種で劣等種といわれた人間の加賀見太陽は、上位種で気高く美しいと自称するエルフを罵倒する。

幼稚な文句にすぎなかった。イケメンを妬《ねた》む童貞の嫉《そね》みでしかなかった。だが、プライドの高いエルフは——この煽りに、耐えきれなかった。

「人間の分際でぇえええええええええ!!」

グラキエルは怒りに形相を歪め、我を忘れたと言わんばかりに魔法を放つ。

「【絶対凍結《アブソリュート・フローズン》】!!」

神級魔法【絶対凍結《アブソリュート・フローズン》】——対象の熱そのものを奪い、凍結させるという氷属性の中でも特に殺傷能力の高い魔法だ。

この魔法を向けられたが最後、保有魔力の低い者は肉体の芯から凍結して心臓が止まる。

だが、太陽の保有魔力は高く……それは即《すなわ》ち魔法に対する抵抗値が高いということを意味した。

つまり、太陽に直接干渉系の魔法はほとんど通用しない。精神干渉系の魔法はもちろん、毒や凍結などの状態異常系統も一切が無意味なのである。

「……おいおい、もっと頑張れよ。魔法がお得意なエルフ様は、人間一人凍らせることもできないのか？　やる気足りてんのか？　っつーか、お前の魔法本当に発動したのか？　本当は口だけとか、そういうオチじゃないだろうな？」

「ふ、ふざけるな！　何故効いていない……何故凍結しない！　くそ！　くそ！　人間風情《ふぜい》がぁああああああ!!」

「声が大きいぞ？　優雅さが足りてないなぁ……エルフさんよぉ」

そう言って太陽は魔力を練り上げる。口元には好戦的な笑みが浮かんでいた。

「見せてやるよ……本当の、魔法ってやつをな！」

太陽が、魔法を放つ。

「【火球《ファイヤ・ボール》】」

それはなんの変哲もない火球だった。

されども、太陽の膨大な魔力と異常なスキルによって暴走した火球は、唸りを上げる爆弾と化す。

「――――ぁ」

直後、爆音が会場を震わせた。熱波が闘技場のフィールドに広がり、落ちていた氷の破片を蒸発させる。

衝撃波は観客席へと届き、多くのエルフたちがなぎ倒されていった。

一瞬で空気が変わった闘技場を一望して、太陽は何やらふむふむと頷いている。

「衝撃波が弱いな……もしかして、観客席には防御壁が張られていたとか？　流石はエルフ、魔法の技術が高いことで」

感心したように呟く太陽は、もう氷の十字架に磔にされていない。先程の熱波で溶けたので、自由になっていた。

「で、イケメンも無事と……うーん、お前は多分ユニコーンに助けられた口か。機動力はペガサスにも劣らないって聞いたことあるし」

視線の先には目立った外傷のないグラキエルがいた。まあ、外傷がないだけで炎熱で服などはボロボロになっていたが。

「お、お前、は……奴隷じゃないのか!?　我々エルフを攻撃するなど、ありえん！　奴隷は攻撃できないはずだろう！　アリエル!!　お前がミスったのか!?」

怒りで形相を歪めるグラキエル。太陽はそんな彼をやれやれと眺めながら、次の魔法を放った。

「【火炎の矢《ファイヤ・アロー》】」

「ぎゃぁあああああ!!」

グラキエルは逃げ惑う。

ユニコーンは地を必死に駆けるが、爆風までは回避できないようだ。炎熱に晒《さら》されたせいで弱ってもいるのだろう。その足取りは覚束《おぼつか》なかった。

「よそ見すんなよ。イケメンは移り気でダメだな。これならやっぱり一途《いちず》な童貞がいいだろうに、世の女性はどうして理解してくれないのか……」

ゆったりとした足取りで、グラキエルとユニコーンに近づく太陽。

「や、やめろ……来るな！　俺様を誰だと思っている！　エルフ国随一の剣闘士、グラキエル様だぞ!!　人間ごときが近付いていい存在ではない！」

　グラキエルはなおも虚勢を張っているのだが、太陽は気にせずとことこ歩く。

　張りついた薄い笑みは不敵で、かけ離れた実力差にグラキエルは最早怯えているようだ。

「待て！　わ、悪かった。俺様もやりすぎたことは認めよう……だから、落ち着け。話し合おうじゃないか！　あ、望む物ならなんでもやろう！　金でも女でも、権力でも！　俺様はエルフ国の重鎮たちとパイプを持っている！　人間ごときには決して味わえない快楽を味わわせてやることもできる!!」

「……だから？」

「俺様に何もするな！　これ以上の攻撃はやめろ！」

　ユニコーンの背にしがみつきながら、グラキエルは必死の声を上げている。

　そんな彼に太陽はポツリと呟いた。

「頭《ず》が高いな。人にものを頼む態度じゃない」

　どうやらプライドを折る心づもりらしい。くいくいっと指を曲げて、地面に跪くよう促していた。

「に、人間がぁ……」

　プルプルと震えるグラキエル。だが、太陽は眉をひそめるのみ。

「まあ、俺としてはどっちでもいいんだけどな。頭を下げようと、下げなかろうと、関係ないし」

　そして右手をかざす太陽。情け容赦は一切ないようだった。

　本気だとグラキエルは直観したのだろう。

　このままでは太陽に痛めつけられると、慌ててグラキエルはユニコーンから降りた。

「こ、この通りだ……頼む！」

次いで、深く土下座するグラキエル。

　エルフ国随一の剣闘士がいよいよプライドを捨ててきた。とにかく自らの身を守ろうと、媚びへつらっている。

　そんなエルフに、太陽は大きく頷いて……

「お前の気持ちは分かった。本気で俺に慈悲を求めているのは理解できたよ……でも、ダメだな。お前は、イケメンすぎる」

「――――え？　この俺様が頼んでいるのに、人間風情が何を言っているのだ……っ！」

　太陽の無慈悲な宣告に、プライドをかなぐり捨ててまで頭を下げたグラキエルは目を丸くした。

　何を言っているのだと言わんばかりに太陽を睨みつけているのだが……太陽はやはり容赦しない。

「頭を下げたところで関係ないって言っただろ。お前はイケメンだから、俺はお前を倒さないといけない」

「な、何故だ人間！　貴様はこの俺様を、侮辱してるのか!?」

「いや、別に。ただ、あれだ……俺よりイケメンがいなくなれば、相対的に俺が一番のイケメンになれるだろ？　つまり、そういうことだ」

　何がそういうことなんだと、聞き返す間はなく。

「イケメンなんてこの世からいなくなればいいんだよ……【炎柱《ファイヤ・ポール》】」

「――っ!?　ぐ、あぁ……」

　グラキエルとユニコーンは、地面から噴き上がった炎の柱に呑まれていくのだった。

「ふぅ……これでおしまいっと」

　場内は一気に静まり返る。

　太陽の反逆によるざわめきも、グラキエルを応援する声も、悲痛の嘆きも……全てが、消え去っていた。

「お、やっぱりエルフはすごいな。生きてる生きてる」

　炎柱《ファイヤ・ポール》が消え去り、後には黒焦げのグラキエルのみが残される。衣服は焼け、髪の毛も燃えて煤《すす》けているのだが、一応は生きていた。

　ぴくぴくと痙攣《けいれん》しているのを見て、太陽はニヤリと口角を上げてこんなことを言い放つ。

「でも、その姿は美しくないなぁ」

　エルフの言葉をそっくりそのまま返した彼は、いたずらを仕掛けた子供のように笑うのだった。

下等種で劣等種。その上奴隷の太陽が、上位種で気高く美しいエルフのグラキエルをボコボコにした。

そのことにエルフたちは放心しているようで……会場はもう、静まり返っていた。


「人間が！　劣等種の分際で、よくも……よくもグラキエルをっ‼」

グラキエルを黒焦げにして、しばらく経って最初に声を上げたのは闘技場の端っこにいたアリエルだった。

「騙したな⁉　貴様、奴隷じゃないのか！　ゼータ型魔法人形《ゴーレム》もグルだったというわけだな‼」

太陽がエルフに平気で攻撃を加える様を見て、彼女はようやく事態を理解できたらしい。自らが騙されていたことに気付いたようだ。

「あの女狐《めぎつね》の王女め！　下等な人間の分際で偉大なエルフ族を騙すとは、許さない！　貴様も、ゼータ型魔法人形《ゴーレム》も、許さない！」

傲慢なエルフを体現するアリエルは人間を見下している。故に、奴隷を引き渡されても、毎度毎度きちんと命令がかかっているかどうか確認もせずに受け取っていた。人間が逆らうはずがないと思い込んでいたのである。

その分怒りも爆発しているようだ。

激昂《げっこう》して怒りに形相を歪めるアリエル。太陽はやれやれと肩をすくめて、エルフ族は短気だなと呑気なことを考えていた。

そんな太陽の態度がアリエルは気に入らなかったのだろう。

「貴様ぁ……！」

だが、実力では太陽に敵わないということはグラキエルとの戦いで十二分に理解していたらしい。彼女は太陽に襲いかかるような真似《まね》はしなかった。

その代わり、彼女が選んだのは――人質《ひとじち》をとるということ。

「動くな！　この人形が、どうなってもいいのか⁉」

　ゼータの首元にナイフを突き付けて、アリエルは太陽を脅してきた。

「仲間なんだろう？　この人形を壊してもいいのか⁉」

「…………っ」

　怒鳴るアリエル。無表情で首元にナイフを突き付けられるゼータ。

　そして、息を呑んだのは……加賀見太陽であった。

「おい……」

　軽薄な笑みが彼の顔から消える。

　ふざけてばかりで緩んでいた頬が一気に引き締まる。呑気そうな瞳には明確な敵意が宿り、いつも適当なことしか言わない口からは重い息が吐き出されていた。

「ゼータに、手を出すな」

　短い一言は太陽の心を全て表現する。

　ゼータに手を出すことを許さないと、太陽は断言しているのだ。

　しかし、この一言でアリエルは勘違いをしたようだ。

「なんだ、動揺しているのか！　動くなよ、人間……貴様が変に動けば、この顔に傷を入れる。目を抉り、鼻を削ぎ、唇を割る。しかし所詮は魔法人形《ゴーレム》だ、痛みなどないだろう」

　そう言って、更に言葉を続けた。

「だからこそ、人形の腹部にある魔法陣をぐちゃぐちゃに歪めてやる！　陣を壊し、この魔法人形《ゴーレム》の自我を奪う……精神的に崩壊させてみせよう！　私にはそれができるぞ？　いいのか、人間‼」

　自分に優位性があるとでも思っているのか、酷薄な笑みを浮かべてアリエルは太陽をけん制する。

　対する太陽は無言で、ゼータにのみ視線を注いでいた。

　その瞬間。

「【錬成《クリエイト》・美しき氷の爆発《ビューティフル・アイスバースト》】‼」

　氷の爆発が、太陽を襲った。

「くっ……」

不意をつかれた太陽は表情を歪める。視線を向ければ、そこには意識を取り戻したグラキエルがいた。

黒焦げで煤けているし、衣服も焼け焦げているので無残な姿である。

だからこそ、太陽への怒りはより一層強いようだった。

「よくやった、アリエル！　虫けらのごとき人間の分際で、エルフであるこの俺様をバカにしやがって……許さん！　貴様は、痛めつけて殺してやる‼」

氷の剣を出現させて歩み寄るグラキエル。その姿を横目に、太陽は再びゼータの方に視線を戻した。

「ゼータ……」

太陽の重苦しい言葉に、しかしゼータ型魔法人形《ゴーレム》は平然としたままで。

「ご主人様。ゼータはただの人形です。あまりお気になさらないでくださいませ。壊れたら作り直せばいいので」

いつもの通り、無表情に。

淡々と紡がれたその言葉に、太陽は首を振って。

「そんなこと言うなよ。だって、お前は俺の……っ」

それから、何かを言いかけたその時に——

「喋るな、人形。エルフの国で作られたからって調子に乗るな」

——ゼータの頬に、一筋の裂傷が刻まれた。

刹那。

「ゼータ……っ！」

太陽の中で感情が消えた。

アリエルの手で傷ついたゼータを視認して、彼の感情は熱を失う。ただただ冷淡に、相手を壊すことしか考えられなくなった。

「人間風情がぁあああああ‼」

「…………お前らは、やってはいけないことをした」

喚きながら氷の剣を向けてきたグラキエルに対して、太陽は酷く冷静に。

「だから、ぶちのめす」

されども、残酷に。

その右の拳をグラキエルの頬にぶつけるのだった。

「――へ？」

エルフの剣闘士はまさか反撃されるとは思っていなかったのだろう。

人質をとっているのだから、一方的な蹂躙ができると甘いことを考えていたのだろう。

自分の気を晴らすために、太陽を痛めつけようとしていたのだろう。

しかしそれらは、まったくもって無意味な決めつけでしかなくて。

「一、二、三、四、五……」

「アガッ、グペッ、ガハッ、ギェッ、ッア……」

数字を数えながら殴打《おうだ》する太陽に、グラキエルはなす術もなく殴られていくのだった。

太陽は基本的に魔法での戦いを好む。自らの手で相手を傷つけることはあまりしない。前の平和な世界で育った彼は、無意識に直接的な攻撃を避ける傾向があった。

だが、この瞬間において太陽はその意識を消した。ゼータという太陽にとっての『身内』が傷つけられたことによって、我を忘れていたからである。

「ひ、ひぃいい……やめろ、やめてくれ！　顔は、やめるんだ！」

殴られて、グラキエルも戦意が折れたようだ。身を丸めて自らの身を守ろうとするのみ。太陽はそれでも気にせず、殴り続ける。

「バカ言うなよ。お前らは俺の大切な身内を傷つけたんだ……お前も、傷つけよ」

過剰なまでの攻撃。あまりにも一方的な殴打に、硬直していたアリエルはようやく声を上げた。

「に、人間！　こ、こいつが、どうなっても、いいのかっ」

先程の威勢はない。情け容赦の一切ない太陽の態度に、怯えているようでもあった。それでもゼータを使って脅そうとするあたり、まだ心に余裕があるのだろう。

「それ以上ゼータを傷つけるのか？　じゃあ、俺はこいつを傷つける」

そんなアリエルの心を、太陽は折りにいった。

「よく考えろよ、エルフ。今、誰がこの場の主導権を握っていると思う？　お前か？　ゼータを人質にすれば俺が動かなくなるとでも思ったか？甘いな。傲慢だな。舐めるなよ？」

足元で蹲るグラキエルを踏みつけて、太陽はそう言葉を吐き捨てた。

「仮にお前がゼータを殺したとしよう。ならば、俺はこいつを殺す。お前も殺す。この場にいるエルフたちも殺す。この国のエルフたちも、容赦なく殺す」

「き、貴様ぁ……に、人間の、分際でっ」

「まだそんなことが言えるのか……なら、はっきり言っておくけど、お前らエルフ族『ごとき』の命は、ゼータ一人の命に釣り合わないっていうことなんだよ。たかがエルフが、いきがってんじゃねぇよ」

この取引はあまりにも理不尽なものだった。

太陽の掌中《しょうちゅう》にはエルフ族の命が握られているのである。殺すのも太陽なら容易いことだ。

何故なら、彼は人智を超えた化け物なのだから……。

「最後の通告だ。ゼータを、放せ」

冷静に、されど冷徹に言葉を発する太陽は強くアリエルを睨んだ。殺意の宿る禍々しい視線に、アリエルもいよいよ恐怖を感じたのだろう。

「う、ぁ……」

かくんと、膝を地面に落とした。結果ゼータは自由の身となる。

「ご主人様……」

静かに歩き、太陽のそばに戻るゼータ。そんな彼女は今の太陽を見て驚いているようでもあった。

「ゼータは、その」

「あ、ダメだ。お前の綺麗な顔に傷がついた……せめて、この男くらいは殺しとくか」

しかし太陽の怒りは全く収まっていないようだった。無情に足元のグラキエルを見下ろし、その手に火炎魔法を展開させようとしている。

本気だ。そう感じて、ゼータが目を見開いたその瞬間だった。

「く……【強制空間移動】――『バベルの塔』！」

アリエルの、震える声が響き渡って。

「…………ん？」

気付けば、ゼータと太陽は闘技場とは違う場所にいた。

どうやら、アリエルの空間魔法によってどこか違う場所に飛ばされたらしい――と、太陽は理解する。

「あー、くそっ……脅し損なった。もう少し怖がらせておく予定だったのに」

それから、大きくため息をつくのだった。

やれやれと肩をすくめる太陽。その様子を見て、ゼータは小さく声をかける。

「……殺す、つもりだったのですか？」

「ん？　いや、別に。ただ、調子に乗ってるから懲らしめようとしただけだよ。ゼータの顔を傷つけたんだから。せめて、一生もののトラウマくらい植え付けとこうかと思っただけ」

あっけらかんとしたその態度は、先程までの禍々しい太陽ではない。

いつも通りの呑気な彼だった。

「……そう、ですか」

ゼータはふっと力を抜いて、太陽の服の裾を握る。

らしからぬ態度に太陽は首を傾げていたが、この時ばかりは素直なままに。

「ゼータは、いつものご主人様がいいです」

安堵するような息とともにそんなことを言うの

であった。

太陽は照れたかのように頬をかきながら、視線を逸《そ》らす。

「まあ、その、なんだ。とにかく、無事で良かったよ……顔の傷は、治せる時に治そう」

「……ありがとうございます、ご主人様。ゼータのために、嬉しいです」

「え？　あ、そう？」

いつもより素直なゼータに、太陽は目を見張る。

（お前誰だよ!?　おかしい……俺の魔法人形《ゴーレム》がこんなに可愛いわけがない）

内心でドキドキしながらも太陽は動かない。ゼータの気がすむまで、衣服の裾を握らせておくのだった。

## 九話　ミュラとの出会い

アリエルの強制空間移動によって到着した場所は、とある塔の前だった。

天高くそびえるその塔はあまりにも高く、最上階となると最早肉眼では見えないほどである。周囲には無数のエルフが行き交っており、活気のある場所のようだった。

何やら重要な施設のようにも見える。塔の入口には兵士のような身なりのエルフもいた。太陽とゼータを疑わしそうに見ている。

「ちょっとまずいか……ゼータ、ここから離れよう」

太陽はすぐに立ちあがって、とりあえず目立たない場所に向かおうとする。

だが、そんな太陽の動きをゼータは阻害していた。

「……ゼータ？　あの、離してくれないと動けないんだけど」

衣服の裾。その部分をゼータがギュッと握って離してくれないのである。

よほど先程のことが怖かったのか。いつものゼータからするとらしからぬ態度である。なんだかデレているようにに見えなくもなかった。

そこで太陽はこんなことに気付く。

（これ、もしかしておっぱい触ってもいいのでは？）

珍しくゼータがデレている。普段は触っただけで「洗浄してきます」などと言ってお風呂場に直行する彼女が、この時においては自ら太陽に触れているのだ。

太陽は愚考する。童貞ながらに……いや、童貞だからこそチャンスは逃さないと、経験皆無の頭を必死に回していたのだ。

最早状況など頭から抜け落ちていた。ここが往来の場で、兵士に不審がられていようとも関係ない。

彼は童貞なのだ。おっぱいのことで頭がいっぱいになるのも無理はないだろう。

全ては、おっぱいを触るために。

（ゼータは俺のこと大好きなはず……普段は気持ちを抑えているが、今ようやく表に出してくれたのかもしれない。なら、俺は男としてゼータの気持ちに応《こた》えなければいけないのでは？　こう、俺からも親愛を示すために……という口実で、どうにかおっぱい触れないかな）

「ご主人様……」

ゼータはスッと身を寄せてくる。彼女の豊満な胸が腕に当たって、太陽の心臓は大きく鼓動した。これを触りたいという欲求がむくむくと大きくなってくる。

（今なら……今ならっ）

ゼータは太陽の思っている以上に先程のことを喜んでいるようなのだ。あまりの嬉しさに警戒心が緩んでいるようにも見えたのである。

「う、うへへ」

鼻の下を伸ばしながら、太陽はゆっくりと手を伸ばした。わきわきと指は動いている。だがゼータは何も言わずに、ただ太陽にもたれかかるだけだった。

（いける！）

確信して太陽は喉を鳴らした。

手は期待と興奮で震えている。ゆっくりと伸ばされてはいるものの、しかし童貞故のへたれさが太陽から勢いを削いでいた。

あと少し指を伸ばせばゼータの大きな胸をつかむことができる。前の世界での悲願を果たすことができる。ほんの少しでいいのだ。それだけで、太陽は一歩大人の階段を上ることができるのだ。

「よし!!」

気合いを入れる太陽。あと数ミリでゼータの大きな胸に届く、という瞬間だった。

「ご主人様、危ない！」

不意に、ゼータが太陽を突き飛ばした。そのせいで距離が離れてしまい、結果的に太陽はゼータの胸を揉むことに失敗する。

「あ、ぁ……ぁあああああああああ‼」

嘆いても既に遅い。

へたれたが故に、少しためらったが故に、太陽は千載一遇《せんざいいちぐう》のチャンスを逃すことになったのだ。

「クソが！　いい雰囲気だったのに、邪魔したのは誰だよ！」

いったいゼータは何に危険を感じたのか。

視線を向ければ、そこには剣を握ったエルフがいた。

先程、塔の入口付近で太陽を不審そうに見ていた兵士である。

「厳粛なる塔の前で不埒《ふらち》なことを……貴様ら、いいかげんにしておけ」

「黙れ」

だが、太陽は言葉など聞いていなかった。兵士の顔を強く睨んでいる。おっぱいがあと少しで触れたのにと、苛ついているのだ。

「お前は、罪を犯した！」

突然の宣告に、兵士は意味不明だと怪訝《けげん》そうに顔をしかめている。

一方の太陽は、やはり一方的に……感情のおもむくままに叫ぶのだ。

「俺の悲願を阻《はば》んだその罪……万死に値する‼」

「……貴様、頭大丈夫か？」

「うるさい、【火炎《ファイヤ》】‼」

そして太陽はファイヤーする。

感情のままに、全てを燃やしつくす業火を……よりにもよって往来の場でぶっ放したのだ。

「なんだとぉおおおおお⁉」

兵士は驚愕の声を上げるが、既に遅い。太陽の放った火炎は兵士を飲みこみ、あまつさえ塔にぶつかって爆発を引き起こした。

轟音が響き渡る。

「――――っ⁉」

途端に、周囲のエルフたちがざわついた。

この塔がエルフ国の中でも重要な施設なのは間違いないらしく、いたるところで緊急を知らせる声が上がっていた。

「あ、まずい。ゼータ、行くぞっ。とりあえず誰もいないところに！」

傍らに佇むゼータの手を引いて、太陽は走りだす。周囲はエルフでいっぱいだったが、塔の方角は爆発があったせいか未だ混乱が生じたままだ。

そこに向かって太陽はゼータと共に走りだす。道中。ふと気になった太陽は、ゼータにこんなことを問いかけた。

「なあ、ゼータ。ちなみに、後でおっぱい触ってもいいんだよな？」

「……ダメです。というか、手が汗ばんでいて気持ち悪いです。離してくださいませ」

「え」

しかしゼータは冷たくなっていた。

先程までの素直さはどこにいったのか、いつもの毒舌魔法人形《ゴーレム》に戻っている。

「また今度、気分が乗ったら考えてあげます……まったく、せっかく触らせてあげようと思ったのに、へたれなせいで何もできないなんて情けないです」

「……くっ」

ゼータの落胆したような声に太陽は何も言えなかった。ガックリと肩を落とす。

「おっぱい、触りたかったなー」

ため息をつく太陽。ともあれ、おっぱい云々《うんぬん》はともかく現状がピンチなのは変わりない。何せ、集結しつつある兵士らしきエルフたちが太陽とゼータを追いかけてきているからだ。

「……ご主人様。このままだと、追いつかれるかと。やはりあの場で暴れるのは愚か極まりなかったとしか言えないのですが」

「バ、バカッ。せっかくのチャンスを邪魔されたんだから、仕方ないだろ！」

ゼータの言葉に太陽は冷や汗を流す。確かにこのままだと追いつかれてしまうだろう。

（どうにかしないと……いや、もういっそのこと全部爆発させてしまうか？　でも、ここがどんな施設か知る前に壊すのはちょっとな……）

そうやって、そこまで良くない頭を必死に回している時だった。

「こっち！」

不意に、物陰から声が響いた。そちらを振り向くと、ボロボロのローブをまとったエルフが見える。

「ボクは敵じゃないよっ。今、追われてるんでしょ？　だったらとにかくついてきて……安全な場所まで案内するから」

フードをかぶるそのエルフは、敵対する意思がないと言ってそのまま走りだした。前を突き進むそのエルフの足取りに迷いはない。

「いかがしますか、ご主人様？」

「……行こう。ま、罠《わな》だったらそれはそれでもういいよ。全部燃やせばいいし」

いずれにしろ、このままだと捕まるのだ。太陽は灰色のローブを追いかけることにする。

結果から先に言うと、このエルフの出現は罠じゃなかった。塔の内部を熟知しているのか、途中何度か階段を上り曲がり角を進みながらもこのエルフが迷うことはなく。

むしろ追手を振り切って、誰もいないエリアにまで案内してくれたのである。

「ふぅ。ここまで来れば大丈夫だよ。ここは『バベルの塔』第三階層……使用人が暮らしている場所なんだ。普通のエルフは絶対に来ないんだよ」

薄暗く、埃《ほこり》っぽい場所だった。物置としても使用されているのか、ガラクタのようなものが多い。だが、このエルフの言う通り安全そうな場所でもあった。

「えっと……俺は加賀見太陽。こっちはゼータだ。なんというか、色々助かったよ。ありがとうな」

正体は不明だが、助かったのは事実。素直に太陽が礼を伝えれば、灰色のローブを着たエルフはあわあわと手を振るのであった。

「いえいえっ。その、ボクはミュラです。よろしくね？」

そう言って、フードをとったエルフ――ミュラの姿は、他のエルフと少し違った形状をしていた。

灰色のくすんだ髪の毛。白く濁った瞳。薄汚れた容姿のそのエルフは、少年に見えるが、少女と言われても否定できないような中性的な顔立ちをしていた。

恐らくは十代前半くらいか。太陽よりも年下に見える。

そして、その耳は……通常のエルフの半分程度しか尖っていなかった。

「ハーフエルフ、でしょうか」

ゼータの呟きで太陽は相手の正体を知る。

エルフとばかり思っていたがどうやら少し違ったらしい。エルフほど完成されていないその美は、半分だけだから……つまり、ハーフなのだからと察した。

「うん。ボクは、ハーフエルフで……つまり、下流階級の、いわゆる奴隷エルフです」

そう言って、ミュラはえへへとはにかむように笑っていた。


エルフ族。美を至上とするこの種族は、社会に階級制度を導入していた。

階級は三つに分けられる。

日々贅沢《ぜいたく》な暮らしをしている、貴族や高い役職を得た一部のエルフが属する上流階級。

その他、普通のエルフとして働きながら日々を生きる中流階級。

そして、エルフであれどもエルフとして扱われない下流階級だ。

エルフとして問題ありと判断された者が属する下流階級のエルフは、奴隷エルフとも呼ばれていた。

ミュラもその内の一人らしい。

「ボクはバベルの塔の使用人をさせられてるんだ

……掃除とか、雑用とか、そういった仕事を任されてます。まあ、だからこそ塔内の構造は把握しているし、安全な場所なんかも知っているわけだけどね」

愛想笑いを浮かべるミュラは、エルフであれども不遇の思いをしているとのこと。

そんなハーフエルフがどうして太陽とゼータを助けたのかというと……その理由は、単純なものだった。

「助けた理由？　だって、太陽くん困ってたでしょ？　だから助けたんだよ」

頬をかきながらはにかむミュラに、太陽は傍《かたわ》らのゼータへ目配せを送る。先程から何も言わない彼女がミュラを警戒していると思ったからだ。

こいつは大丈夫そうだと視線で伝えたかったたわけだが。

「イヤらしい」

一言、彼女はばっさりとそう言って太陽にジトっとした目を向けたのである。太陽からしたら意味不明だった。

(俺、何かしたかな……)

不機嫌そうだが、ともあれ警戒しているわけではなさそうなのでゼータのことは一旦《いったん》置いておくことに。

「ミュラ、改めて礼を言っとく。本当にありがとうな、助かった」

見ず知らずの自分を助けてくれたミュラに、かしこまって礼を伝えた。

そうすれば、やはりミュラは照れたように頬を赤くする。

「お礼だなんて、そんな……大したことしてないよっ」

その態度は照れている以上に喜んでいるように見えなくもない。

「や、その……落ち着きがなくてごめんね？　久しぶりに誰かとお喋りできたから、ちょっとだけ嬉しくて。えへへ」

頭の後ろをかくミュラは、幼い外見も相まって非常に愛らしく見えた。

「イヤらしい」

「俺、何もしてないんだよなぁ」

先程からゼータの態度がささくれだっているのだが、それはさておき。

「あとね、別に助けたのは善意だけってわけじゃないんだ。その、親近感があったというか……」

「親近感？」

太陽が首を傾げると、ミュラは太陽がつけている奴隷の首輪を指差す。

「それつけてるってことは、つまり太陽くんも奴隷なんだよね……ボクも、似たような境遇だから。助けてあげたいなって、思ったの」

奴隷の首輪をミュラは知っていた。これを見たからこそ助けてくれたらしい。

「……ミュラ、ちょっといいか？　この首輪、俺以外の人間がつけてるのも見たことあるか？」

もしかしてと思って、太陽はミュラに聞いてみることに。


元々、このエルフの国に来たのは誘拐された人間を救出するためだ。

現状、何も理解できていない中で、ミュラが情報源となってくれるとかなり助かる。

「え？　首輪については、知ってるよ……というか、塔の中で何人も見たことある。みんな、太陽くんと同じ人間だったけど」

ミュラは素直に答えてくれた。

期待通りの答え。太陽は少し前のめりになる。

「そうかっ。だったら、知っている限りでいいから、その人間の居場所とか、教えてくれないかっ？」

太陽はミュラの手を握る。

そうすれば、ミュラは途端に顔を真っ赤にして手を振り払う。

「ちょ、あにょっ……近いよぉ」

「え？　あ、うん。ごめん？」

なんだか予想外の反応だった。

初心《うぶ》というか、やけに男らしくないというか……いや、だがミュラは一人称が『ボク』だし、髪の毛も短い。それに胸もないので、太陽はどちらかといえば男の子かなくらいの態度で接していたのだが。

「えっと……もしかして、ミュラって女の子？」

疑念を口にすれば、今度は違う意味で顔を真っ赤にしたミュラが叫ぶ。

「女の子だもん！」

あ、ミスった。ミュラの反応を見て地雷を踏んだと察する太陽。

謝ろうとしても、もう遅かった。

「た、確かに胸は小さいよ？　女の子っぽさが足りないのも、理解してるよ？　その、可愛くもないし……だからって、性別を間違われるとショックだなぁ。あ、なんか涙出てきた」

自分の胸をぺたぺたと触りながら俯くミュラは、女の子といわれれば確かに女の子だった。

「イヤらしい」

「…………」

ゼータの冷たい視線にも太陽は何も言えない。

恐らく、この魔法人形《ゴーレム》は最初からミュラが女の子だと分かっていたのだろう。だから太陽がミュラに近づくたびにゴミを見るような目をしていたのだ。

「改めて、ボクはハーフエルフのミュラ……こう見えて、女の子です！」

そう訴えるミュラに太陽は頷くほかできない。

というか、ミュラは完全にふてくされてしまっており、話を聞けそうにない雰囲気だった。

彼としては奴隷についての情報を聞きたいのである。だというのに会話の選択肢を間違えたのだ。

「ごめんっ。その、ミュラは女の子だ！　ものすごい色気を感じるからなっ」

「こんなぺったんこに色気なんてあるかっ」

なだめようとしても、逆効果。童貞の太陽は墓穴を掘ることしかできない。

それから暫くの間、ミュラはふてくされたままで。

結局、情報を聞き出せたのはかなり後になってからのことだった。

ミュラは言った。

曰《いわ》く、【奴隷の首輪】というのは魔法アイテムであるという。しかも古代のエルフが作成したアイテムで、現在における製法は確立されていないとのこと。現存する奴隷の首輪は数百個くらいだとか。

曰く、人間の奴隷は実際に存在するという。ミュラも塔内で何度も見かけたらしい。だが、必ずといっていいほど人間の奴隷はすぐに見えなくなるのだとか。塔とは別の場所……例えば闘技場などでも目撃情報はあるが、その居場所は分からないようである。

「ちなみに、太陽くんたちはどうしてそんなこと聞くの？」

奴隷についての情報を一通り聞いた後に、今度はミュラからそう質問される。

聞くだけではなんなのでこちらの事情も説明することに。

「へー。太陽くんたちの状況は、なんとなく分かった。ここで出会ったのは何かの縁だし、可能な範囲で協力するよっ。まあ、あんまり助けにはならないかもだけど」

人間の奴隷について調べたいという太陽の申し出を、ミュラは快く了承してくれた。

都合が良いくらいに協力的な態度である。同じ境遇にあるから、という理由だけでは説明できないほど過剰なまでの行為だ。

どうして危険を冒してまで協力してくれるのか。不思議に思って理由を問いかけると、こんな答えが返ってきた。

「ボク、ハーフエルフだから……半分は人間で、普通のエルフほど人間が嫌いじゃないんだ。それに、君はこうやって目を見て話してくれるし、ボクを見下したりもしない。正直、ボクは同族より

に!?

太陽くんの方が好きだよ」

好き。初めて女の子に好きと言われたのだが、これが恋愛感情ではないことは童貞の太陽でも流石に分かっている。

まぁ、協力的ならいいかと彼は頷いた。

「……イヤらしい。ゼータはご主人様のこと嫌いです」

「知ってる。本当は俺のこと大好きなのも、理解してる」

「気持ち悪いです。自意識過剰かと」

「はいはい、ツンデレツンデレ」

しかし何故ゼータは先程から機嫌が悪いのか。あからさまな嫌いアピールを太陽は聞き流して。

「さて、どうしたもんかな……できれば、奴隷にされてるっぽい人たちのところに行きたいんだけど」

ふと考え込んだ太陽に、ミュラは思い出したようにこんなことを言った。

「そういえば、本当かどうか分からないけど……上に行くと、塔とは違う空間に連結した階層があるんだって。そこは限られたエルフしか入れないんだけど、もしかしたらそのあたりに人間の奴隷がいるんじゃないかっていう噂を聞いたことあるよ」

どこまで信憑性《しんぴょうせい》のある話かは分からないが、ともあれ何も情報がない中で見えた一筋の光明である。

「そうか。だったら、とりあえず上の階層に向かうのも悪くなさそうだな」

今後の方針を固めてから、太陽はここでミュラに一つのお願いをするのだった。

「俺とゼータが上に行けるよう、頼めないか？」

「うん、いいよ。ボクが案内できるのは中層……三十階層までだけど、そこまでは連れて行ってあげる。任せてっ」

太陽のお願いにミュラは笑顔で応えてくれる。

「じゃあ、一応偽装のためにこの使用人専用のローブを着てもらって……人気のないところを進めば、たぶん大丈夫かな」

そう言って手際よく準備を進めてくれた。

色あせたローブを受け取ってから、太陽とゼータは立ち上がる。

「よし、上を目指すぞ！」

と、いうことで。

人間の奴隷について調べるために、二人はミュラと一緒に上の階層に向かうのだった。


潜入は想像以上に簡単だった。

エルフの下流階級を示す灰色の衣服を着た太陽とゼータは、先導して歩くミュラについていく。

彼女が人気《ひとけ》のない進路を選んでくれているので誰にも気付かれることはなかった。

だからといって、エルフたちとすれ違わなかったわけではない。というか、上の階層に行くほどエルフの数は増えていったのだが、誰もが示し合わせたように太陽たち一行を見ようとしないのである。

「奴隷エルフはエルフの汚点って思われてるから……目を合わせたり、会話をすることはほとんどないよ。ただ、例外もいるから気を付けないといけないけど」

要するに、身分が異なるがために無視されているということらしい。

（なんか気に入らないんだよな）

グラキエルといい、アリエルといい、やはりエルフは太陽にとって不快な存在になっていた。

胸糞悪さを感じながらも、今は気付かれないことが最重要だとして太陽は歩き続ける。

そうしてやって来たのは三十階層。ミュラが案内できる一番上の階層であった。

「ここからは、貴族様たちの居住エリアにもなってるんだよね……本当は、ボクみたいな下流エルフはいたらいけないんだよ。だから、これより上の階層はボクにも分からなくて」

申し訳なさそうにするミュラだが、太陽からしてみればここまで連れてきてくれただけでも非常に助かっていた。

「いや、案内してくれて本当にありがとうな。おかげで迷わずにすんだ」

「えへへ。なんだか照れるなぁ……こちらこそ、お喋りできて楽しかったです。今度、もし会えた時にはまたお喋りしてね？」

照れくさそうに頬をかくミュラ。親しげな笑顔に、太陽はかすかな胸騒ぎを覚える。

「っ……」

ここで別れてしまえば、ミュラの生活は変わらないままだろう。奴隷エルフと見下されて生きていくのだと思うと……無性に落ち着かない気分になったのである。

過ごした時間は僅かだが、太陽はミュラに情が湧いていた。最早、彼女を他のエルフと同じように考えることはできない。

むしろ、ゼータと同じような身内と称する方が正しい気さえしていた。

彼女のために何かできないだろうか——と、少しばかり思い詰める太陽。

「ん？　どうかしたの？」

「……あのさ」

不思議そうに首をかしげるミュラに、太陽が何かを言いかけたその時。

「っ、隠れて！」

不意に、ミュラが太陽とゼータを物陰に押し込んだ。自身は二人とは少し離れた場所に移動して、いかにも一人だと言わんばかりの態度をとっている。

何事かと周囲を確認した太陽は、この場所に誰かが来るのを知覚した。

曲がり角。そこからエルフの集団が現れる。真ん中の男エルフを筆頭に、周囲には美しい女エルフがたくさんいた。

どうやら、その集団のリーダー的存在が男エルフのようだ。燃えるように赤い短髪に、血のような赤い瞳のイケメンである。

野生の男らしさがあるエルフで、周囲の女エルフたちは誰もが彼に好意を寄せているように見えた。

「グリード様、今日はどこでデートするのですかぁ？」

「もちろん俺の屋敷に決まってるだろ。今日もたっぷりと楽しもう」

「いやん、グリード様ったら」

甘ったるい声でグリードと呼ばれた男エルフに寄りかかる女エルフたち。まさしくそれは、ハーレムであった。

「イケメンかよ、虫唾が走るな」

太陽は童貞特有の嫉妬心でむかつきを覚えるが、ここは我慢と自分に言い聞かせて様子を見守ることに。

グリードは両手に女エルフを抱きながら悠然と歩いていた。

そして、通路の真ん中に佇むミュラを見て……

グリードは足を止める。

「……あ？　どうしてゴミがここにあるんだ」

赤髪の男エルフは、偉そうな態度でミュラを睨みつけていた。

「おい、ゴミ。何故、格式高いこのエルフの世界にまだあるのだ？　不快なのだが」

「あ、はは……」

一方のミュラは、心底怯えきったかのように顔色を真っ青《まさお》にしている。

先程までの明るい笑顔とは異なる、恐怖に染まった表情であった。

そんな、挙動不審な態度が赤髪のイケメンエルフは気に食わなかったようで。

「みすぼらしく、汚らしい奴め……俺の女に臭《にお》いが移ったらどうする？」

「うふふ。グリード様ったら私たちのためにっ。素敵です」

「なに、気にするな。それに、このゴミが嫌いなのは本心だ」

あからさまに嫌悪感を示してミュラを罵倒する

グリード。

「半端モノの分際で、この俺……大貴族『ヒュプリス』家の跡取りである、グリード・ヒュプリスに不快を感じさせるとは。まさにゴミだな」

「ご、ごめん、なさい」

悪意に、ミュラは身をすくませていた。グリードに頭を下げて、小動物のように身体を震わせている。

「頭が高いぞ？　その程度でよもや頭を下げたと言うつもりはないだろうな？　跪けよ、ゴミ」

謝ろうともグリードは攻撃的なままである。ミュラを見下ろすその瞳は酷く冷たかった。

「え？　で、も……この前は、邪魔だって蹴った、です」

震える声で、それでも精一杯の反論をみせるミュラ。

「下賤《げせん》が」

刹那、グリードはミュラの小さな体を突き飛ばした。

「――っ⁉」

一瞬、太陽は物陰から飛び出そうになる。

「待ってください！」

しかし、唐突に放たれたミュラの叫びによって太陽は飛び出ることができなくなった。

この叫びは太陽に向けられたものである。彼女は太陽とゼータのために、あえてグリードの前に姿を現したのだ。

自分を目立たせて、隠れている二人に意識が向かないようにしているのだ。

彼女の反応からグリードが恐怖の対象であることは容易に分かる。だというのに、ミュラは二人が潜入を続けられるように考えてあえてこうしているのだろう。

「くそっ」

そんな彼女の思いを、太陽が踏みにじるわけにはいかなかった。唇を噛んで押し黙り、ひたすらに状況を見守ることしかできない。

「このゴミめっ。以前言ったよな？　もう二度と、俺の前に姿を現すなとっ」

グリードは執拗《しつよう》にミュラに暴力を振りまいた。蹴り付け、踏みにじり、それでも感情が収まらないのか罵声を放つ。

「そもそも、どうして奴隷がここにいる！　下賤な奴が貴族様に顔を見せるな‼」

「ぅ、ぁ……っ」

ひたすらに高圧的なグリードは、うずくまって痛みにうめくミュラを責め続ける。

「これは、このまま許すわけにはいかないな……罰だ。貴様には、罰を与えてやろう」

グリードは汚らしいといわんばかりに、ミュラの灰色のローブを無造作な手つきで引きつかんだ。

そのままミュラの身体を引きずり始める。

「……ふざけんな」

あまりの扱いに太陽は我慢できなくなって、飛び出しそうになった。

それに気付いたのか……またしても、引きずられるミュラが声を張り上げる。

「ボクは、ただこの通路の先にある階段を上がって、三十一階層に行こうとしていただけです！でも、規律を破ってすみません。罰は甘んじて受けますっ」

グリードに向けられたようにも聞こえるその言葉は、やっぱり隠れている二人に向けられたものだ。

「ミュラ、お前……」

三十一階層への道を教え、それから自分は罰を受けるから気にしなくていいとまで口にする彼女に、太陽は言葉を失った。

自分が痛い目にあおうとも、ミュラは最後まで太陽とゼータに親身であり続けようとしているのだ。

「黙れ。貴様にはマナーも教えなければならないようだな」

悪態をつくグリードと、何がおかしいのかくすくす笑う取り巻きの女エルフ一同。

これからミュラがどんな扱いを受けるのかは簡

単に予想できる。

曲がり角を曲がって、ミュラは姿を消した。足を止めていた太陽は慌てて走り出す。

(やっぱり放っておけない!)

ミュラには止められていたが、関係ない。

彼女が痛い目にあうことが許せなくなった太陽は、すぐに後を追いかける。

「……くそっ」

だが、曲がり角の先にはもうミュラはいなかった。

どうやら太陽たちが来た順路とは違う道を使ったらしい。

結局、太陽はミュラを見失ってしまった。

「ご主人様、どうしますか?」

立ち尽くす太陽の後から、ゼータが声をかける。

「……ごめんな、ゼータ。俺、たぶんミュラのこと気に入ってるかも」

「左様ですか。別に、謝る必要はないかと思いますが」

太陽の言葉に、ゼータは呆れたようなため息をつく。

「むしろ、ああまで親身にされてなんとも思わないような方なんて、ゼータのご主人様失格かと」

「そ、そう? いや、お前って俺が他の女の子と喋るのは嫌いかと思ってたんだけど」

「そこまで狭量《きょうりょう》ではありません。それに、どうせご主人様はゼータが大好きなのですから」

「……さっきまで不機嫌だったくせに」

ミュラと喋っている時のゼータは面白くなさそうだったが、そのあたりは上手く折り合いをつけたようだ。

「一番はゼータなのです。そこを間違えなければ、どうぞご主人様が好きなようになさってくださいませ。ゼータは、ご主人様の後ろをついていくだけです」

太陽をまっすぐに見つめて、ゼータはそう伝える。

その言葉は彼の背中を押してくれた。

「よし、決めた！　ミュラを俺のハーレム要員にするるっ。だから、将来のお嫁さんを助けに行くぞ！」

夢見る童貞の妄言が吐き出される。

ゼータはやれやれと肩をすくめていた。

「ミュラ様のお気持ちも尊重された方が良いかと。あと、ご主人様にハーレムなんて無理だと思います」

「ちなみに、お前は一番目のお嫁さんな？　正妻だぞ？　喜んでもいいぞ？」

「ゼータのお気持ちも尊重してくださいませ。お嫁さんになりたいなんて一言も口にしていませんので」

「え？　あ、嘘。マジ？」

「はい。勘違いなさらないようお気を付けくださ
い」

調子に乗りかけた太陽に釘《くぎ》を刺しながらも、ゼータは彼を焚《た》きつける。

「ただ……ここでカッコイイところを見せてくれるのなら、ゼータも少しだけ気を緩めるかもしれませんね。その間は、無防備になっちゃいそうです」

「む、無防備……」

無防備になるということは、即ちおっぱいを触っても良いということ！　童貞の太陽はそう思って、途端にやる気をみなぎらせた。

「じゃあ、将来のハーレム要員確保と、ゼータのおっぱいを触るために……ミュラを助けに行くぞ！」

「別に触らせてあげるとは言っていませんが」

そうして二人は、連れていかれたミュラを追って走り出す。

グリードとかいうエルフはミュラに罰を与えると言っていた。もしも先程以上の酷い目にあわせているのだとすれば、容赦はしない。

「待ってろよ、ミュラ」

彼女の無事を願って太陽は荒い息を吐くのだった。

ミュラという少女は、ハーフエルフでありながら『エルフ』という種族が嫌いだったりする。

(今日も、たくさん痛めつけられるのかな……)

脳裏に浮かべるのは、前回罰を受けた時の情景。何もできないミュラを追いまわし、嘲笑い、なぶる貴族様の姿である。

ミュラはハーフエルフである。完全なエルフではなく、だからこそ純血主義のエルフにとってミュラは穢《けが》れた存在だった。

上流階級のエルフは特にミュラを嫌う傾向にあり、中流下流のエルフも露骨ではないがミュラを嫌悪している。

プライドの高い一族なので、人間の血というのはそれだけで差別の対象となるのだ。過去の因縁《いんねん》もあるらしい。

ミュラははっきり言ってエルフが苦手である。ハーフということで誰もが彼女を侮蔑《ぶべつ》してくるのだから、それも無理のないことだった。

大抵のエルフには無視されるし、時にはいわれのない罵声を浴びせられ、痛い思いをすることもしばしば。奴隷エルフとして日々を生きているが、辛《つら》くない一日などほとんどなかったと言ってもいいくらいである。

だから、いつも彼女はこんなことを願うのだ。

(この一日は、幸せでありますように)

せめて何事もなく、辛いことがないように彼女は祈っている。

だが、今日もまた彼女の願いは叶わない。

「よう、ゴミ。何を呆けている？　俺の前で失礼だとは思わないのか？」

何故なら、これからグリード・ヒュプリスによる、懲罰《ちょうばつ》という名の気晴らしが行われるからだ。

バベルの塔第二十九階層にある、修練の間と呼ばれる場所にミュラは連れて来られた。一階層がまるまる大きなホールとなっているここは、魔法の練習などでエルフが利用する場所である。壁や床などに防御障壁が張られているので、多少暴れても問題ない作りになっていた。

この場所でグリードはミュラに懲罰を与えると言っているのである。少し離れた場所には取り巻きの女性エルフたちも多数いるので、恐らくは自己誇示の意味もあるようだ。

(どうすればいいのかな)

無気力に佇む彼女は、最早抵抗の意思もないようだった。そもそも、ミュラには戦う力が皆無である。彼女は先天的に戦いの才能というものを持っていないのだ。

奴隷エルフとして生きてきたので、戦闘関連の教育を受けていないことも要因の一つである。

体も弱く、才能もなく、気も小さい彼女は戦いそのものに向いていないとも言えよう。

「やれやれ、ゴミが未だに俺の近くに残り続けるとは。まったくもって不快だな」

対して、グリード・ヒュプリスは戦闘を得意とするエリート的存在であった。

――ヒュプリス家。かつて起きた種族戦争での功績によって貴族の称号を授与された、エルフでも有数の大貴族である。

ヒュプリス家がなければエルフ族はその数を半分に減らされていた、という伝承が語り継がれるほどに名のある一族だ。その血に宿る才は現代においても健在で、次代の当主候補であるグリード・ヒュプリスは将来有望な実力者といわれている。

「ゴミはゴミ箱へ。喜べ、半人間……俺が、直接ゴミ箱にぶち込んでやろう」

実力も権力も名声も共に随一。容姿も整っており、そのせいか人気も高く……そして、だからこそグリードは『傲慢』である。

通常のエルフにもその傾向があるが、彼の場合は特に顕著だった。

「ゴミなんぞこの国には不要だ。いいかげん、人間の国に帰らないのか?」

グリードはミュラを嘲笑う。そんな彼に同調しているのか、取り巻きの女エルフたちもミュラを笑っていた。

「もしくは死ね。そして俺の前から消え失せろ」

グリードはミュラに歩み寄る。

対するミュラは引きつった笑みを浮かべながら、震える拳を必死に握りしめていた。

「あ、はは……でも、ボクは……死にたく、ないし」

「誰に向かって口をきいてる？　ゴミごときが、俺に口ごたえするな。身の程を知れ」

そしてグリードはミュラの胸倉《むなぐら》をつかみ上げる。

ボロボロのローブを絞り込むように握りしめた。

「いいかげんにエルフの世界から消えろ」

高圧的な言葉にミュラは身をすくませていた。

あまりの恐怖に何も言えなくなったようで、ガタガタと震えている。

その沈黙がまた、グリードは気に入らなかったらしい。

「返事もないとは、礼儀が本当に分からないようだな。仕方ない、身体に教えてやる。そうすれば、ゴミだろうと理解するよな？」

赤い目を細めてから、グリードは乱暴にミュラを投げ捨てた。

「ぐ、うぅ……」

「では、始めるとするか。精々踊るといい……この俺を楽しませろよ、ハーフエルフ！」

そうしてそのまま、グリードはミュラに懲罰という名の憂《う》さ晴《ば》らしを開始する。

「【紅焔の矢《プロミネンス・アロー》】」

放たれるは紅焔《こうえん》の矢。血を連想させるその焔《ほのお》は通常の炎よりも澄んだ紅《くれない》を魅せていた。

炎ではなく、焔。異質な焔は矢となってミュラを焼く。

「——あ」

熱い、とも言えなかった。熱気が肌を撫で、喉を蹂躙する。あまりの痛みに意識が明滅して、ミュラは地面に倒れ込んだ。

「ふっ……俺は優しいからな。殺したいが、殺しはしない。これは懲罰だ。貴族に対して無礼を働けばどうなるのか、身体で学べ！」

しかしその身には一切火傷がない。グリードの放った焔は、ミュラに痛みだけを与えた。

紅焔《プロミネンス》——ヒュプリス家の持つ固有の魔法属性である。火炎の上位互換とでも表現すればよいのだろうか。火力も熱量も通常の炎より高く、かつての戦争時は大群を焼き払ったとして伝説になっている焔だ。

この焔は所有者の意思によって性質を変える。低温になったり、高温になったり、あるいは対象を燃やさずに炙《あぶ》り続けることも可能だ。

グリードは呻《うめ》くミュラを眺めながら、薄っすらと笑みを浮かべる。彼の意思でミュラは燃えなかったのだ。

ただ、焔による痛みだけを与えたのである。紅焔《プロミネンス》ならばこのようにすることもできるのだ。

「【紅焔の槍《プロミネンス・スピア》】」

今度は槍のような形状をした紅焔がミュラの胸を貫く。体内を熱によって蹂躙される感覚に、ミュラは白目を剝いた。

「ガハッ」

だが、やはり彼女の体に火傷はない。それどころかまとう灰色のローブにすら焦げ跡はなかった。

燃やされる痛みのみが、グリードの意思によって与えられている。

「どうした？　まだ低級の魔法だというのに……もっと耐えてみせろよ、ゴミ！　これで終わってはつまらないだろうがっ」

続けて放たれる紅焔によって、消失しかけていたミュラの意識は強制的に引き戻された。意識を失う暇すら与えるつもりはないようである。

「や、め……っ」

「あ？　聞こえないぞ、もっと声を張れ……【紅焔の海《プロミネンス・オーシャン》】」

「————!!」

今度は全身が焼かれる感覚に、ミュラは言葉にならない叫び声を上げた。

足裏から頭の先まで達する熱に意識が途絶《とだ》えそうになるが、その寸前になると途端に熱がなくなるせいで気絶することもできない。

ミュラを徹底的に痛めつけるべく、グリードは熱の強弱を操作して気絶させないようにしているのである。

（な、んで……ボクばっかり）

痛みにのたうちまわりながら、ミュラは心の中でうめく。

生まれが少し違うだけでここまで迫害されることが理解できなかった。

彼女はエルフが嫌いである。なぜなら、自分たちとは違う種族など『ゴミ』でしかないと思っているからだ。

ハーフエルフのミュラはその境目にいる。故にゴミと認識され、ゴミには何をしてもいいと思うエルフはミュラを痛めつけて遊んでいるのだ。

そう、これはグリードにとって『遊び』である。

美しい見た目に反して残虐性を秘めたこの一族は、裏腹にとんでもない汚さを秘めている。

そのことを誰よりも理解しているミュラだからこそ、彼女はエルフが嫌いなのだ。

本当はエルフの国から出たいのだが、国がそれを許していない。結界を出る方法がないのだ。ミュラの意思ではどうにもならない問題ともいえよう。

故に、グリードの出ていけという要求はあまりにも理不尽なものだった。

（太陽くんは優しかったのに……）

身を焼かれながら、ミュラは脳内で彼を思う。目を見て話してくれた。ミュラをゴミではなく、一人の個体として認識してくれた。

生まれをバカにせず、見下すこともなく、いつだって理不尽な暴力を振るうことはなかった。

（性別は、間違われちゃったけど……）

そのことは少し怒っていたのだが。

でも、それは些細《ささい》な問題でしかなくて。

（お喋り、楽しかったなぁ）

ミュラは太陽に興味を持っている。彼と一緒にいることが楽しいと思っていた。

少なくとも、太陽の助けになれたらいいなと思うくらいには……良い感情を抱いていた。

だから彼女は太陽に親身だったのだ。

「もう、イヤだよ……」

精神を痛めつけられたミュラは、とうとう涙を流して喘ぎ声を上げる。

「たす、けて」

小さな呟きは、当然のごとく誰もが聞き入れることはなく。

「助けて？　ふ、フハハっ……フハハハハ！　誰が、ゴミを助けるために動くのだ⁉　普通、路傍の石ころが踏まれるのを身を挺《てい》して守ろうと思うか？　貴様が求めていることは、そういうことだぞ？」

むしろ嘲笑《ちょうしょう》されることになって、ミュラの心は壊れかけた。

「た、す……」


それでもなお、手を伸ばすミュラ。

最早思考はまともじゃなく、痛みから逃れることのみを考える頭はただ一心に救いを求めることしかできなかったのだ。

その手のひらは、虚空《こくう》に伸ばされて……無情に、空をつかみ――


「分かった」


――だが、大きな手のひらがミュラの手を包み込むように握った。

「【爆　発《エクスプロージョン》】」

瞬間、全てが吹き飛ばされる。

赤き焔も、残虐な笑みを浮かべるグリードも、こちらを見て嗤うエルフたちも……全てが吹き飛ばされ、代わりに現れたのは一人の『人間』だった。

「場所を探すのに手間取ったな、くそ……ごめんな、遅くなって」

爆発の中心地には、あまりパッとしない顔つきの人間がいた。

しかし、その手はミュラにとって誰よりも力強く……そして、優しかった。

優しい温《ぬく》もりにミュラは安堵する。

溢れ出た涙は悲痛のそれではなく、安心の果てに滲んだ感情の発露だった。

「太陽くん……っ」

焼け焦げた灰色のローブをはためかせ、人間――加賀見太陽はミュラの頭を優しく撫でる。

「もう大丈夫だ。俺に、全部任せろ」

たった一言だった。されども、ミュラにとっては何よりも嬉しい一言だった。

「俺が、助けるから」

その言葉を耳にして、ミュラは意識を手放す。

もう大丈夫だ。不思議とそう思わせてくれる太陽の言葉に、心から安心したのだ。


「たす、けて」

声が聞こえた。震える声だった。知っている声だった。

「た、すっ」

伸ばされた手は今にも落ちそうで、太陽は慌ててその手をつかむ。

「ミュラ……」

ハーフエルフ、ミュラが助けを求めていた。

苦しそうに、辛そうに、悶えている……その光景に、太陽の中で何かが弾けた。

「俺が、助けるから」

爆発の魔法で周囲の全てを吹き飛ばした後。

太陽は意識を失ったミュラを優しく抱きしめた。

この場所を探すために塔内を駆け回ったために息は上がっている。バベルの塔は入り組んだ構造になっているので、グリード一行を見失った太陽とゼータは道に迷っていたのだ。

そうしてようやく、ミュラの許にたどり着いた時には既に遅くて。

散々に痛めつけられた少女を目にした太陽は、己の失策を自責した。

（やっぱりあの時、すぐに助けるべきだった）

グリードに連れていかれる前、三十階層で助け出しておけばミュラは怪我せずにすんだはずだ。そう思うと、自分自身を殴りたくなる。

されども今は、そんなことを考えている場合ではない。

「ゼータ、任せた」

「かしこまりました」

背後に控えるゼータは、気を失ったミュラを受け取った。

次いで、彼女は太陽から借りたマントで自分とミュラを覆う。

太陽が装備していた、炎龍の皮製マントだ。火炎耐性は高く、太陽のちょっとした魔法であれば防ぐことが可能である。

これはゼータとミュラが魔法の巻き添えにならないようにするための手段だ。

太陽は戦いが終わるまで、二人にマントをかぶるよう指示を出したのである。

「これで、ある程度は気兼ねなくできるな……」

それを確認して太陽は軽く息をついた。

二人から目を離すと、今度は相手の方に意識を向ける。

「くっ、誰だ!? このグリード・ヒュプリスの邪魔をしたのは!!」

視線の先には吹き飛ばされたグリードがいた。ダメージはあるが致命傷は受けていないようである。

彼は大貴族の跡取りで、装備している防具も一級品だ。そのおかげで、太陽の攻撃を受けても意識を保てているようである。

「許さん……許さんぞ！ 当家の力を使って、貴様の家に罰を――」

土煙が晴れる。怒号を放っていたグリードは、しかし太陽を見るや否や口を閉ざして。

だが、即座に開かれることになる。

「醜い……醜いぞ！　よもや貴様、人間だな!?　しかも、首輪をつけた奴隷だと……どこから脱走した！」

戸惑うような言葉に、太陽は更に目を細める。

「お前、奴隷について何か知ってるっぽいな……後で聞きだしてやるか」

「黙れ、カスが！　人間ごときがこのグリード・ヒュプリスに話しかけるとは……いや、あまつさえ遊びの邪魔をするなど、許さんぞ！」

怒鳴り、グリードは再びその手のひらに焔を灯した。

「焼け死ねぇえええええええええ!!!!」

次いで放たれる、深紅の焔。それは勢いよく太陽の肉体を襲い、蹂躙して燃やしつくす――はずだった。

「温い」

だが、太陽には効かない。紅焔《プロミネンス》は太陽を燃やすことすらできずに、霧散した。

「な、な……っ!?」

驚愕するグリードに、太陽はうんざりしたように言葉を吐き出す。

「弱っ。お前、その程度であんなに調子に乗れるのか？　ある意味それも才能だな。少なくとも俺には無理だ」

太陽からすると、グリードは雑魚中の雑魚だ。違いはあれども同じ火炎魔法使い。その力量差は圧倒的で、はっきり言って話にもならない。

「お前ごときが偉そうにすんなよ、ゴミが」

奇《く》しくもその言葉は、グリードがミュラを罵倒した時の言葉と同じだった。

ゴミ――そう言われたグリードの方は憤怒《ふんぬ》する。

「奴隷ごときが、この俺をゴミだと？　笑わせるなよ、低俗な人間がぁあああああああ!!」

怒りに我を忘れたのだろう。凄まじい形相で太陽を睨み、グリードは魔法を放つ。

「【紅焔超爆発《プロミネンス・ウルエクスプロージョン》】!!」

それは、グリードの放つことができる最上級の攻撃魔法だった。

紅焔による最上級爆発魔法。通常なら対象物を焼き尽くし、跡形も残らないほどの高温で滅するという魔法である。

太陽を殺すために。確実に、絶対に、息の根を止めるために。その肉片の一つも残さない勢いで、グリードは爆発魔法を放った。

全てが、無駄であることも気付かないままに。

「うぜぇ……」

爆発の中から響くのは、苛立つような声。

「【火炎《ファイヤ》】」

次いで太陽から放たれるのは、低級も低級。火炎属性の魔法使いなら誰でも放てる、初級の魔法。

されども、膨大な魔力によって強化された低級魔法は……グリードの紅焔超爆発を呑みこむ業火となり、攻撃を打ち消すことになった。

「…………ぇ」

あたりに静けさが広がる。

低級魔法で最上級の、しかも固有魔法を払いのけた太陽は……酷く、不快そうな顔でグリードを睨んでいた。

そして、一言。

「今度は俺の番だな……覚悟はいいか？」

敵を見据える瞳に、グリードは顔を青くする。

「……っ」

圧倒的な存在から向けられた敵意に、耐えきれなくなったようだ。

先程までの威勢はとうに消えている。だが、太陽は手加減など一切しない。

「【火炎の矢《ファイヤ・アロー》】」

いきなり太陽が攻撃を放つ。矢を模《かたど》る炎は唸りをあげて突き進み、グリードの腹部を直撃した。

「くぁっ……」

通常であれば矢によって燃え上がるはずなのだが、しかしグリードは健在である。防具のおかげもあるが、火炎属性を持っているので一応耐性も高いのだ。

「ど、奴隷がエルフに攻撃、だとっ」

一方で、精神的なダメージという面ではかなり効いているらしかった。

それも無理はない。グリードからしてみれば、太陽の存在はあまりにも異常なのだ。規格外であり、想定外でもある。

「ありえない……エルフには逆らえないように命令されているはずだ。なのに、貴様は何故っ」

「そんなの知るかよ」

不遜《ふそん》な態度を貫く太陽。それが気に入らないのだろう。グリードは奥歯を噛んで太陽を睨みつけていた。

「よもや、貴様収容されている奴隷じゃないのか……ということは、もしや貴様が闘技場で暴れていたという奴隷か⁉　逃亡中とは聞いていたが、まさかここに来ていたとは」

「あ？　俺のこと噂になっているのか……」

「に、人間の分際でっ。この、格式高いエルフの塔に侵入するとは！　大方、あのゴミハーフエルフの手引きだろう⁉　半端モノで裏切り者とは、許せん！　生きている価値もないな、下賤め‼」

そうやってグリードが、吐き捨てるように悪態をついた直後。

「【炎　柱《ファイヤ・ポール》】」

地面から炎が噴き出して、赤髪赤眼のエルフを焼いた。

「ぐぁ、ぁあ……」

空高く燃え上がる炎の中で、グリードは苦しそうにうめく。その様を眺めながら太陽は表情を歪めた。

「いいかげん、お前は……いや、お前ら不快だわ。イケメンとかそういうこと関係なく、たぶん根本的に相容れないんだろうな。分かりあえる気がしない」

「き、貴様ぁ……」

太陽の攻撃を受けても意識が途絶えないのは立派だが、実力差は顕著である。

グリードは何もすることができなかった。

「【爆　発《エクスプロージョン》】」

瞬間、再度の爆発が修練の間を震わせた。

爆風によって周囲で気絶していたエルフたちは吹き飛び、そして修練の間に張られていた障壁にもヒビが入る。

　この障壁が壊れると、この爆発の被害はより大きくなるだろう。

「き、緊急事態よ……衛兵を呼んでくる！」

「意識のある子はない子を連れ出してっ」

「グリード様が足止めしている間に、急いで！」

　ここでようやくその他のエルフたちは危機的状況に気付いたようだ。慌て、焦り、各々《おのおの》が瞬時に動き出す。

「【火炎剣《ファイヤ・ソード》】」

　だが、太陽は容赦しない。

　周囲への配慮も、相手への気遣いも、全てをなくして太陽はグリードに敵意を向けていたのだ。

「や、やめろ……っ」

　爆発を受けるグリードは徐々に衰弱していった。肉体の耐久値を超えた攻撃に、グリードは弱っていく。

「やめろ、と言っているだろうが……!!」

　ただ、まだ気絶してないところをみると、やはりグリードもある程度の実力者なのだと理解できる。息も絶え絶えだが、ここまで太陽の攻撃を耐えるのはなかなかできることではない。

　紅焔《プロミネンス》の属性も伊達ではないのだろう。炎の上位互換なだけあって、太陽にとっても相性は良くない。

「【炎柱《ファイヤ・ポール》】」

「ぐぁあああああ!?」

　まあ、太陽は相性など気にも留めていないのだが。

「まだ戦えるのか……もう少し威力の高いやつがいいみたいだな」

「ま、待て！　貴様、この俺が誰だか分かっているのか!?　大貴族、ヒュプリス家の後継だぞ！　ここで俺を殺せば、即ち貴様は全てのエルフに命を狙われることになるっ」

　なおも痛めつけようとする太陽に、グリードは焦ったようにそんなことを言った。

「それを分かってるのか⁉」

全てのエルフを敵にまわすぞ、という脅し。

事実、このままいけば太陽は確実にエルフにとっての犯罪者となり、エルフたちから狙われるようになるだろう。

「うん、知ってるけど」

対する太陽はグリードとは違って淡々としていた。

「そんなの別にいいよ。もう、お前らとは分かりあえないっていうことを分かったから。仲良くする意味はないし、手加減する必要性もない」

つまり太陽はエルフへの評価を決定したのだ。

「お前らは、敵だ」

エルフは太陽にとって理解の及ばない存在である。仲良くすることは不可能だ。

「ミュラはな、俺の将来のお嫁さん候補なんだ」

「は？　あの、ゴミがか？」

「まだ子供だけど、いい子だし？　もしかしたら将来、おっぱいが大きくなるかもしれない。あいつの将来性に、俺は期待してるんだよ……俺の嫁をゴミとかいうな」

まだミュラの了承をもらってないくせに、勝手に太陽は嫁認定しているらしい。

だからこそ、彼女が傷つくことを太陽は許さないのだ。

「俺はな、お前とは違ってモテないんだ……だから、俺を好きになりそうな相手は、全力で守る」

もしかしたら将来は美人の巨乳になるかもしれない。

そんな彼女に傷がつくのは、何より太陽がイヤだ。

故に、エルフは敵だ。太陽はそう判断を下したのである。

彼が敵と認めたが最後、後は徹底的に相手の排除にかかる。そこに容赦や妥協はない。

かつての魔族がそうだった。人間という種族をさらい、殺していたあの種族に対して太陽は容赦しなかった。

これこそ、加賀見太陽が恐れられる理由である。

味方でさえ恐怖するほどの徹底ぶりは【人間失格】の異名を正に体現しており、それでいて人間を守るために全てを切り捨てるその態度は【人類の守護者】と称されるのにふさわしかった。

「ふ、ざけるな……人間の、分際でっ」

息を切らしてそう叫ぶグリードに、太陽はもう目も合わせない。

虫を踏み潰すかのようにグリードを痛めつける。

「【爆発《エクスプロージョン》】」

「――っ、ぁ……」

そして、度重なる攻撃にグリードはとうとう力尽きた。吹き飛ばされ、空高く舞い、遥か遠くに捨てられるかのごとく落ちた彼の意識は、とうに失われていた。

「よし、こんなものか」

戦闘を終えて、太陽は額を拭うような仕草を見せた。実際には汗など一つもかくことなく、余裕で勝利したのでポーズでしかないのだが。

「あの赤髪から情報を聞き出してやるかな」

太陽は気を失ったグリードに近づいていく。先程、奴隷云々について何か言っていたので情報を聞き出そうとしていたのだ。

もう既に一線は超えている。大貴族であるグリードを痛めつけたことによって、太陽は後戻りできなくなった。

加賀見太陽はエルフ族を敵として認め、かつエルフからも敵として認められたのである。

戦いの火ぶたは、切って落とされた。

エルフ族と加賀見太陽。その戦いの結末やいかに。

# 十話　アルフヘイム最大戦力

バベルの塔、最上階の王の間にて。

「陛下、塔に人間が攻めてきたようです」

エルフ国の女王であるアールヴ・アルフヘイムは、側近であるシルトから受けた報告に怪訝そうな表情を浮かべた。

「何？　もう塔まで来ているのか……人間は闘技場で奴隷祭りのショーを行っていたのではないのか？」

「逃亡して、既に移動した後のようです。現在は塔の二十九階層、修練の間で暴れているとのこと」

「そうなのじゃな……しかし報告が遅いのう。闘技場で逃した時点で来るべきじゃろうに」

「奴隷の運搬役だったアリエルに、理由を確認しましょうか？」

「……それは後で良い。ようやく尻尾《しっぽ》を出したのじゃ、すぐに妾《わらわ》も出る」

玉座に腰かけていたアールヴはゆっくりと身体を起こす。立ち上がって、配下である二人がしっかりとそろっていることを確認した。

「トリア、シルト。準備はできておるな？」

「「はい」」

呼びかけに二人のエルフが返事を返した。この、トリアとシルトというエルフこそ、アールヴの切り札でありエルフの最大戦力でもある。

「スカルはやはり来なかったのじゃな」

「一応、後で来ると言っていましたが……相変わらず、言うことを聞かない奴です」

「構わん。あれは、ああだからこそ役立つとも言えるのじゃからな」

アールヴは二人に歩み寄る。露出の多いドレスから垣間《かいま》見える太ももとおっぱいは艶《なま》めかしく、通常の男であれば目が奪われるはずだが……二人は見向きもしなかった。

それだけ、己を律することができる二人なのである。

「そなたら二人が居れば十分じゃ」

信頼を示して、それからふと彼女はこんなことを口にする。

「それにしても、臆病《おくびょう》な人間どもがようやく動いたか……あのような緩い契約で今日まで腕の立つ人間を送り込んでこなかったことが不思議じゃよ。まったく、矮小《わいしょう》な一族は考え方が理解できん」

捕獲した魔物を奴隷化して、それを売買するという契約。受け渡す際は『エルフを攻撃するな』と命令するようにと約束させてはいるが、それを破るのは簡単である。

「妾なら即座にスパイを送り込む……と思うのじゃが、まあ人間側がこちらの思惑に気付いていた可能性も捨てきれんかや？　ふむ、ともあれここで動いたということは、何かしら策があってのことじゃろう。油断は禁物じゃな」

「……下等種がそこまで考えることなどできるでしょうか？」

「下等種だからこそ、じゃよ。シルト、傲慢は己を弱くする。自惚れこそが上位種である我々エルフ族の弱点とも言えるのう……あまり、失望させてくれるなよ？」

「はっ。申し訳ありませんでした」

その他大勢のエルフとは違う。女王アールヴはシルトを叱責《しっせき》して油断を消させた。自分の種族と、人間という種族を客観的に見たが故の正しい評価であった。

「で、敵は今何をしているのじゃ？」

「二十九階層、修練の間にてヒュプリス家の後継をなぶっているようです。使っている魔法は【火炎】属性で、普通の人間ではあり得ない強さ、とのこと」

「ほう？　やはりあの種族は油断大敵じゃ……時折、突出した才を持つ者が現れる」

不快そうに呟くアールヴに、ここでずっと黙っていたトリアが言葉を発した。

「じゃあ、僕が直接出ますか？」

「うむ。トリアよ、そなたはもちろんじゃが、今回はシルトとも協力せよ。良いか？　油断だけは絶対にするなよ？」

「仰《おお》せのままに」

跪くトリアに改めて言い聞かせた後、アールヴはシルトに指示を出す。

「では行くぞ。シルトよ、空間移動魔法は任せたのじゃ」

「了解です」

そう言って、シルトは指示通り魔法を展開する。

この場には彼女に逆らう者などいない。人間族のお飾り王女とは違って、彼女はきちんと『王』をまっとうしているらしい。

「いよいよじゃ……いよいよ、エルフの誇りを取り戻す時じゃ！」

ここでようやくエルフ族の役者が動き始める。

加賀見太陽を中心に、二種族間の関係が大きく変わり始めようとしていた。


「や、やめろぉおおおお!!」

バベルの塔、二十九階層。修練の間にはグリードの悲鳴が響き渡っていた。

理由は簡単。ダメージで身動きのとれない彼を、太陽が炎で炙っているからである。

「やめてほしければ、もっと吐き出せ。ほら、人間の奴隷についての情報を言えよ」

太陽はグリードを尋問していた。炎耐性の高いグリードは普通の炎では燃えないが、太陽のでたらめな火炎魔法でなら燃やせる。

故に、グリードは恐怖で叫んでいるのだ。気絶したところを強引に覚醒《かくせい》させられ、あまつさえ火にくべられて……しかも火を扱っている当人は、魔法の制御が苦手ときた。

いつ炎が爆炎になってもおかしくない状況に、グリードは我を失いそうになっている。

「もう言ったぞ！　エルフの国に来た奴隷は闘技場に運ばれる場合もあるが、最終的にはスカルというエルフに手渡されると！　塔内のどこかにいるはずだが場所は知らなぃ！」

「……いや、まだ他に知っていることがあるかもしれないし、もっと吐き出せ。なくても吐け。お前ならできる」

「やめろと言ってるだろうがぁあああああ‼」

おかまいなしに、延々と。気のすむままに炎で焼く太陽。

そうやって、グリードをいたぶっていた時であった。

「ほう、修練の間がボロボロじゃのう。かなりの力を持っているようじゃな」

少し離れた場所から声が聞こえてきた。しかしそこには誰もいないので、太陽は怪訝に思う。

ジッとそちらを見つめていると、おもむろに空間が裂けて。

「うむ、無事二十九階層に到着したようじゃな。シルト、よくやった」

「もったいなきお言葉」

三つの人影が姿を現した。男性の中年エルフと青年エルフに、それから露出の多いドレスを身にまとう妖艶《ようえん》な女性エルフである。

「め、目の毒だな……」

童貞にこのドレスは刺激が強すぎた。強調されるおっぱいと太ももから思わず目を逸らす。直視できないエロさだった。

「よそ見とは余裕じゃのう、人間。妾はエルフ国女王、アールヴ・アルフヘイムである。そなたの名は何じゃ？　申してみよ」

ともあれ、相手は新手の敵には違いない。太陽は煩悩をすぐさま消して、三人に意識を集中する。

「加賀見太陽だ。よろしくはしないけど、一応名乗ってやる」

「偉そうじゃな。妾が言えた言葉ではないのじゃが……うむ、まあ良い。人間のそなたにエルフの姿を敬えというのもおかしな話だしのう」

「……お、おう」

太陽としては挑発したつもりだったのだが、エルフの女王を名乗るアールヴはやけに寛容であった。エルフ特有の傲慢さがみえない彼女に、太陽は調子を外される。

「しかし、派手《はで》にやったものじゃ……かなり強いのじゃな」

周囲を見渡しながら現状を分析するアールヴ。

他のエルフとは毛色の違う彼女に、太陽は言いしれぬ感覚を受けた。

（こいつは、なんかヤバイな……）

とりあえずいつでも動けるように集中力を高めておく。

「ん？　ああ、すまんのう。準備万端かや？　なれば、戦いを開始しようかのう」

態勢を整えた太陽を見ても、アールヴは余裕を崩すことなく。

ただ冷静に判断を下すのであった。

「トリア、行け」

「仰せのままに」

アールヴの言葉で前に出たのは、青年のエルフだ。

茶色のくすんだ髪の毛が印象的な青年である。見た目はひょろいというか、頼りにはならなそうな感じだった。

しかし、彼はエルフ国女王の側近。

弱いわけがないのだ。

「【強化魔法《ストレングス》】」

瞬間、トリアは強化魔法を展開する。身体能力と肉体強度が向上する効果があり、魔法使いでも近接派の者は誰もが使う魔法であった。

だが、トリアの強化魔法は……普通ではなく。

「なっ」

太陽が驚愕した瞬間には、既にトリアが目の前にいた。十メートルほどあった距離が一瞬でなくなったのである。

「――っ」

そして今度は、いつの間にか手に持っていた槍

で胸を穿《うが》たれていた。

勢いを乗せて放たれた突きは想像以上の力を有している。

太陽は膨大な保有魔力のおかげで肉体強度が高い。そのため槍が刺さりはしなかったものの、威力は殺せずに後方に吹き飛ばされた。

「く、そ」

地面を転がりながら太陽は悪態をつく。

今度は隙を作らず、速攻の爆発をぶちかまそうと手をかざした――その時にはまたしても、トリアが眼前にいた。

「っ」

今度は腹部に槍を受ける。太陽の体が衝撃でくの字に折れる中、トリアは薙ぎ払いの連撃を繰り出してきた。

流れるような動作である。強化魔法で身体能力を向上させたトリアの動きは凄まじく、太陽は全く反応できなかった。

強い。他のエルフとは全く違う。これこそが女王の側近たる理由なのだろうと、太陽は表情を歪めた。

「速すぎんだろ……！」

あまりの速度に為《な》す術もない。太陽はされるがままに攻撃を喰らって、再び宙を舞うのであった。

だが、その肉体に怪我は一つもない。

「……陛下、僕では無理そうです。攻撃が効いていません」

太陽の状態を見て、トリアは無表情のままに判断を下す。

彼の肉体強度は常人をはるかに凌駕《りょうが》するのだ。故に、槍先が肉体を貫くことができなかったのである。

「そのようじゃな。加賀見太陽を倒すには、神級の武器が必要じゃのう……用意しておかねばな。もう良いぞ、トリア。戻れ」

「はっ。かしこまりました」

勝てないと判断するや否や、アールヴはトリアを引かせた。即断ともいえる決定の早さである。

(あいつ、やっぱり他のエルフと違うっ)

今までの傲慢なエルフなら簡単に調子に乗って

くれた。だが、アールヴは違う。

調子に乗らず、冷静に状況を見据えている。

（今の内に仕留めておかないと！）

そう決断して太陽は瞬時に動いた。

「【爆発《エクスプロージョン》】!!」

トリアが下がると同時に爆発魔法を放つ。

「シルト、防ぐのじゃ」

「お任せを」

だが、ここでエルフ側も動いた。

アールヴに指示されて返事をしたのは、中年のエルフ。白髪《しらが》混じりの眼鏡が特徴的なエルフだった。

シルトは今にも爆発魔法を発動させそうな太陽を直視して、素早《すばや》く自らの魔法を展開する。

「【空間隔離】」

そして爆音が鳴り響いた。

太陽の爆発魔法が発動した、その直後。

「――は？」

太陽が気の抜けた声を上げる。爆発したはずなのに、四方数メートルから先に爆風が広がらなくて、彼は戸惑っていたのだ。

まるで見えない壁に阻まれたかのように、爆発が逆に太陽襲いかかる。一応肉体にダメージはないが……目論見とは違ってアールヴたちを殲滅《せんめつ》できなかったことに、太陽は目を見張っていた。

「なんだよ、これ……」

「これはシルトの【空間魔法】じゃ。魔法でそなたの周囲数メートルの空間を隔離したのじゃよ」

種類としてはアリエルの空間移動魔法と同じものだろうが、効果はあまりにも違った。

例えるなら、狭い小部屋に押し込まれような感じだろうか。爆風が相手に届かなかったのだ。

（ちょっと……まずくね？）

爆発が通用しないこの状況は、太陽にとってあまりよろしくなかった。

次の一手が思いつかない。動きで圧倒するトリアと、こちらの魔法を防ぐシルトの組み合わせが厄介だ。

そうやって、太陽が手を出しあぐねていると。

「ふむ、なるほど。そなたの実力は把握した……これは、今の装備じゃと勝てないな。すまないが引き分けにさせてもらおう」

アールヴがまたしても即断して、それから太陽の反応も待たずに行動に出た。

「【眠れ】」

それは、たった一つの言葉。

されども、その言葉は……太陽の脳内に直接響き渡った。

(なんだよ、これ……っ!?)

意識が落ちそうになる。アールヴの命令に、どうしても抗えそうになかった。

だが、太陽はギリギリで踏ん張った。ここで寝てはゼータとミュラが危ないのだ。

「ほう、なかなか精神力も強いのじゃな。首輪の支配下にある中で、ここまで抵抗するか」

そんな太陽をアールヴは感心したように見ている。

ちょっと前のめりになっていた。そのせいか、とても大きいおっぱいが……零れそうになっていた。

(──ぬぁ)

刹那、太陽の意識が途絶える。

必死の抵抗が、アールヴのおっぱいによって破られたのだ。童貞故に、おっぱいに意識が乱れたのである。

そのせいで命令に抗うことはできなかった。

(くっそ！　おっぱいは反則だろっ)

おっぱいに惑わされるのは二度目である。少し前に、アルカナが殺そうとしてきた以来だ。

あの時もおっぱいが揺れて精神を乱したが、またしてもおっぱいで取り乱したようである。

「…………」

そうして、彼は倒れた。

結局、命令通り眠ったのである。深い眠りについた太陽は、暫くの間起き上がることはなかった。

# 十一話　永遠の監獄ブレイク

エルフ族はかつて、この異世界ミーマメイスで最も繁栄した種族だった。人間、魔族、魔物、その他の種族を圧倒してこの世界を支配していたのだ。

エルフ族は魔法に関する能力が高い。現代のエルフ族も十分な魔法能力を持っているのだが、かつてのエルフ族は今よりも更に凄かった。

現代では作り出せない魔法アイテムを次々と作りだし、これを利用して他種族を打ち負かしていたのである。

世界を支配した古代エルフ製の魔法アイテム。

実はこれ、所有者しかアイテムの魔法を利用できないという制限がある。

太陽につけられた奴隷の首輪で例えると、主であるアルカナしか使えない――つまり、命令権が他の者にはないということだ。

だが、この制限……実は、エルフの王族に限って適用されない。古代エルフ製の魔法アイテムは、所有者のみならずエルフの王族も使えるのだ。

これを『王族の権限』という。

「ふぅ……この男が【奴隷の首輪】をつけていてくれて助かったものじゃ。どうにか無力化することができたのう」

今回、アールヴはこの権限を利用した。

太陽のつけている奴隷の首輪に【眠れ】と命令したのである。結果、奴隷の首輪は命令を受け入れ、太陽を眠りにつかせたのだ。

「…………」

うつぶせのまま動かない太陽は深い眠りに陥っているようで、寝言一つ漏らさない。

そんな彼を眺めて、トリアはアールヴに一言。

「殺しますか？」

太陽の首筋に槍を添えて、アールヴの命令を待つ。この隙に殺した方が良いと判断したらしい。

「……やってみよ」

「はい」

動かない太陽の喉元に、トリアは槍を一突きする。

されども、その先端は弾かれるのみで、喉を裂くことはできなかった。

「やはりな。こ奴、異常に保有魔力量が大きい。それに比例して肉体強度も高いようじゃな。その程度の槍では貫けまい」

殺す方法がない。そのことにアールヴは歯噛みして、でたらめな太陽を思わず睨む。こうなると予想していたからこそ、この戦いでは引き分けを狙ったのだ。

「もっと強い武器を用意しなければならない……」

と、アールヴが呟いた瞬間。

「――っ」

彼女は異変に気付いた。

太陽の中から何かが溢れ出すのを知覚したのである。

「これは、まさか！　シルト、隔離せよ！」

「お任せを‼」

アールヴの即断。シルトは反射的に空間隔離魔法を展開した。

刹那――太陽が、爆発する。

「っ……」

間一髪で隔離に成功したため、アールヴ一行に被害はない。しかし危ないところだったのは事実で、彼女は冷や汗を流していた。

「いかん……強制的に眠らせたせいで、魔力の制御が甘い。少しの刺激で暴走するのかや？　危険じゃな……」

強制的に意識を奪った太陽の魔力は駄々《だだ》漏《も》れである。そのせいか小さな刺激を与えただけで、制御できていない魔力が暴れるのだ。先程、トリアが槍で突いたことがトリガーとなって、太陽は爆発したのである。

「仮に、こ奴を眠っている隙に殺したら、とてつもない大爆発が起こる可能性があるのう……殺すのであれば、意識がある時の方が良いかもしれん」

故に、今は殺せないとアールヴ女王は決断を下す。

「一旦、地下の監獄に幽閉しておく。その間に準備を整えるべきじゃな」

そう判断を下したアールヴに、一方のトリアは不満げだった。

「今が好機なのに……」

「仕方あるまい。トリアよ、後でそなたに武器を授ける……宝物殿《ほうもつでん》に神級の武具があったはずじゃ。あれなら通用するじゃろ」

普通の武器では傷つけることも不可能。故に、強力な武器が必要だとアールヴは判断していた。

「封印を解いて後でそなたに貸す。その時に、殺せ」

「はい、分かりました」

トリアは残念そうにしながらも、素直にアールヴの言葉に従った。

この場において誰よりも悔しい思いをしているのはアールヴ本人なのだ。トリアはそんな彼女の心情を察して大人しく引いたのである。

「今はどうにもならんな……好機じゃが、仕方ないか。まったく、【死ね】と命令できんのも口惜《くちお》しいものじゃ」

眠る太陽を眺めながらアールヴは悩ましげにこめかみを押さえた。

奴隷の首輪——主の命令に絶対服従と言えば無敵そうにも聞こえるが、実際のところは命令の危険度に応じて精神の抵抗を受けるため、決してそうではない。【眠れ】や【歩け】【動くな】などは問題ないが、【死ね】や【自分を殺せ】などは命の危険があるため精神が反発するのだ。

「加賀見太陽……この男から奴隷の首輪をとってしまえば、エルフに勝ち目などない。これはそういう生物じゃ。同じ土俵に上がった時点で負ける、いわば化け物の類じゃよ。故に、壊れる危険性がある以上【死ね】と命令して試すわけにもいかないのう」

肩を落とすアールヴ。太陽の化け物っぷりに手を焼いているようだ。

そんな時、シルトは不意にこんなことを口にする。

「で……この二人は、どうしますかな？」

彼はおもむろに空間移動魔法を行使した。

直後、彼の足元に……一体の魔法人形《ゴーレム》と、気を失っている一人のハーフエルフが姿を現す。

太陽の背後でマントにくるまっていた二人、ゼータとミュラだった。

「――っ、ご主人様！　そんな、嘘……」

気絶したミュラは何も反応しないが、意識のあるゼータの方は地面に寝ている太陽を見て驚愕の表情を浮かべている。

「この人間の仲間かと」

「魔法人形《ゴーレム》に、あれはハーフエルフかや？　危険度は低いようじゃな……とりあえず、地下の最上層にでも幽閉しておけ。人質なり、何かしら利用できそうじゃ」

アールヴの指示にトリアが頷き、ゼータの確保にかかる。

だが、ゼータは抵抗するように拳を構えた。

「ご主人様、嘘ですよね？　あなた様が負けるはずなんて、ありえません……いつもみたいにふざけてないで、起きてください。起きたら、少しだけ、セクハラしてもいいですからっ」

縋るように太陽へ言葉をかけるゼータ。構えた拳は震えているが、抵抗の意思はありありとうかがえた。

トリアは目を細めて、ゼータを無力化するべく槍を振りかざそうとしている。

それと同時。

「キヒヒッ……おやおやぁ？　人間！　人間の雄がいるぞぉ……これはこれは、僥倖《ぎょうこう》なことで。キヒッ」

骸骨《がいこつ》みたいなエルフが、よろよろと歩み寄ってきた。

突然現れたそのエルフは、隣にいるアールヴになど見向きもせず、太陽にのみに視線を注いでる。

「人間だぁ……キヒヒヒヒヒ！　実験、したいなぁ……」

骨ばった手を伸ばし、眠る太陽に触れようとしていた。

それを見たゼータは血相を変える。

「ご主人様に、触るな‼」

叫び、骸骨のようなエルフに向かって突進をしかけるゼータ。

太陽を好き勝手にされたくないという一心での行動だった。

「うるさいぞぉ……【精神操作《マインドコントロール》】」

だが、対するエルフが放った一つの魔法によって、ゼータは無力化されることになる。

「ぅ……ぁ」

コテンと、ゼータは地面に崩れ落ちた。全身には力が入っていないようで、立ち上がることすらままならない。その瞳に光はなく、焦点も定まることはなかった。

「スカル、流石じゃのう……出てくるのが遅いのは気に入らないのじゃが」

その一瞬のやり取りを見て、アールヴが声をかける。そこでようやく骸骨のようなエルフ――スカルはアールヴの存在に気付いたようだ。

「んん？　女王様ではありませんかぁ。すみませんねぇ……で、この人間、どうしたんですかぁ？キヒヒッ」

不気味に笑うスカルは、舌舐めずりをしながら太陽に向かって手を伸ばす。

「あ、やめっ」

制止しようとした時は、もう遅かった。

「……おやぁ？」

スカルの指が太陽に触れたその瞬間。

「――――」

太陽が、爆発する。二度目の爆発にもシルトがどうにか対応してくれたおかげで、アールヴにもトリアにも、それからミュラとゼータにも怪我はなかった。

だが、一番近くで不用意なことをしたスカルは間に合わず。

「なんたる、魔力ぅ……」

太陽の爆発をもろに受けて、気絶した。

アールヴはやれやれと肩をすくめて息をつく。

「スカルめ、勝手なことをしおって。しかしこれは寝てても厄介じゃな……どうする？　シルト、そなたの空間移動魔法で『永遠《えいえん》の監獄《かんごく》』に飛ばせるかや？」

「不可能です。あそこは空間魔法が干渉できない領域なので……ただし、連れて行くことは可能です。この人間の周囲の空間を隔離したまま、直接運び込めば問題ないかと思われます。そうすれば、爆発しようとも周囲に被害は広がりません」

「そうか。なら、任せたぞ？　加賀見太陽を最下層『永遠の監獄』に運ぶのじゃ」

太陽の異常性にアールヴはうんざりしたように息を吐き出す。

ともあれ、無力化することはできた。今はこれで良いと、アールヴは自らを納得させたらしい。

「……とりあえず最下層に幽閉すれば、万が一にも逃げられることはないじゃろう。この前捕らえたあの人間も、幽閉しておることじゃし。これで人間側の戦力は大きく削がれたか」

太陽を無事無力化したエルフ国の女王は、口元に愉快そうな笑みを浮かべていた。

「そろそろ、人間に戦争をしかけても面白いかもしれんのう」

ともすれば、残虐ともとられかねない笑顔は、やはりエルフの証《あかし》なのか。

そんなことを呟きながら、アールヴは静かに笑うのだった。

こうして太陽は幽閉されることになる。

バベルの塔、最下層……通称『永遠の監獄』と呼ばれるその場所に、閉じ込められるのだった。

「…………っ」

目を開けると、そこは知らない場所だった。

「ここは……どこだ」

視線の先。遠い天井はゴツゴツとした岩で覆われているので、この場所がどこかの地下、あるいは洞窟であることは推測できる。ただ、どこなのかは見当もつかない。

「確か、俺は……急に眠たくなって」

エルフの国の女王であるアールヴを倒そうとしたら、その側近に阻まれた。挙句におっぱいが揺れて眠らされた。

そしてここに連れて来られたのである。

「ん？　起きたのか、太陽殿？」

「はい、一応。最悪の目覚めですけど……って、ヘズさん!?　あれ、なんでここにっ」

あまりにも自然に声をかけられたので普通に返したのだが、しかし声の方向に目を向けて太陽は驚愕の声を上げた。


ボサボサの髪の毛。決して開かれることのない眼。そして、ボロボロの袴姿……まぎれもない、この男は以前太陽に勝負を挑んできた盲目の剣士、ヘズだ。

「某も驚いている。何故貴君がこの監獄にいるのか……まあ、太陽殿は某には計り知れないお方である。何か考えがあってのことだろうと、察してはいるのだが」

「予想外の高評価に恐縮なんですけど、この場にいるのは偶然っつーか……って、ここ監獄なんすか？」

現状を全く理解できていない太陽だが、とりあえずヘズが近くにいたので質問してみることに。楽観的な性格が功を奏したのか動揺もあまりなかった。

「然り。ここはエルフ国中枢《ちゅうすう》施設、バベルの塔にある地下……通称『永遠の監獄』。大罪人が収容される場所である」

ヘズもヘズで、監獄に入れられているというのに呑気なものだった。太陽の近くに座って質問に答えている。

「ほうほう、罪人が……」

言われて、太陽は周囲を見渡した。天井には岩壁、左右には岩壁、洞窟と大差ないこの場所は牢獄だという。

大部屋のごとく広いこの空間には、太陽とヘズの他に多数のエルフもいた。

「みんな、なんかあれっすね。無気力っつーか、生気がないっていうか」

「奴隷の首輪をしているからかもしれぬ。これはつけたら最後、抵抗してもどうにもならないらしくてな……そのせいで生を諦めているらしい。全く、軟弱者である」

「……ってか、ヘズさんも奴隷の首輪つけてるじゃないですか。いったいなんでこんなところに？」

そこで再度、太陽はヘズがこの場所にいる理由を問う。

すると、ヘズはニヤリと口角を上げてこう言う。

「武者修行の一環でな。偶然エルフと出会ったものだから、わざと拉致《らち》されて暴れてやった。何人も斬っている内に大事になって、最終的にはトリアとかシルトとかいう輩《やから》に捕まり、現在にいたる」

「……相変わらず、頭おかしいことしてますね」

太陽は呆れて脱力した。修業のためにエルフを斬ってたら、大罪人になるのも無理はないと思ったのである。

「強さのためなら何をしても良いだろうに、それを理解できないとは嘆かわしいことだ……して、太陽殿はなんでここに？」

「え？　俺っすか？　俺は、えっと……塔の中で暴れまわって、偉そうなエルフが現れて、いつの間にか眠らされてここにいました」

「流石は太陽殿。無差別に暴れまわるとは某と大差ないと思うのだが……しかし解《げ》せぬな。貴君ほどの者が強制的に眠らされるなど」

太陽の言葉にヘズは眉をひそめる。

「恐らくは女王の仕業か？　あの女狐は奴隷の首輪への命令権を持っている……太陽殿も、命令されたということか」

ヘズの首にも装着されている奴隷の首輪。その効果を知っているのか、太陽の首元を見ながらヘズは訳知り顔で頷いていた。

「ああ、なるほど。そういえば、確かにアルカナ王女様に命令された時と感覚が似ていたな……自分ではどうにもできない感があった」

抗うことなどできないあの感覚は、以前アルカナに命令された時とそっくりだったことを思い出す。

「貴君にとっては厄介であろうな。某には奴隷の首輪の解決策など欠片も思いつかないが、太陽殿であればきっと問題ないはずだ。頑張ってくれ」

「……そのやけに高い評価にびっくりですよ。俺は別に、大したことない男ですから」

「謙遜《けんそん》を。太陽殿ほどの強者などこの世に存在しない。貴君は某の目標なのだ、自らを貶《おとし》める言動はよしてもらおう」

「お、おう……」

ヘズがむやみやたらにこちらを持ち上げてくるので太陽としてはむずがゆいばかりである。

褒められるのは慣れていない。頬をかきながら、太陽は照れたように話を変えた。

「で、ここから脱出するにはどうしたらいいか分かりますか？　連れが二人いて、あいつらがどうなってるか心配だし……あと、個人的にエルフの女王に話があって。どうしても出ないといけないんすけど」

そこでようやく、太陽は本題に入る。

この監獄から脱出する方法を彼は知りたかった。

ゼータとミュラの身が心配というのが一番にあって、ついでに奴隷云々の話もアールヴから直接聞きだしたいと思っていたのである。

「出たい、のか？　ほう……そうだな。そろそろ某も出るとするか。この場所はもう飽きた」

「え？　脱出の方法知ってるんですか？」

「然り。ただ、この場所は精神統一の修業にうってつけだったのでな……少しばかり長居しすぎてしまった。そろそろ外に出て、体を動かすとしよう」

「修業……相変わらずの戦闘狂かよ」

監獄にとどまっていた理由を知ってドン引きする太陽。ヘズはそんな太陽にニヤリと笑ってから、ゆっくりと立ち上がった。

「某は強さのためならなんでもする……それこそが某の望みであるからな。では、行こう。奥に行くと出入り口があるらしい。そこから出ようではないか」

すたすたと歩き始めるヘズの後ろを太陽はついていく。

広かった洞窟は、奥に進むと次第に狭くなっていった。それでも高さは太陽の五倍ほどはあるし、横も数メートルは幅があるので動くのに困るというわけではないのだが。

「もう少し行けば、出口があるかもしれぬ」

「早いっすね……でも、呆気なくないですか？　永遠の監獄とか大仰《おおぎょう》な名前ついてるくせに、簡単に脱出できるとか」

「……？　あ、すまぬ。説明を忘れておった」

のんびりと雑談しながら歩いていた、その最中。

『ギガァアアアアアアアアアアア!!』

雄たけびが聞こえた。

威嚇《いかく》するような太い声の主は、ドスドスと足音を鳴らして姿を現す。

全長三メートルはあろう体躯、筋骨隆々の肉体、その手には太陽の身の丈ほどもある大斧が握られている。そして、人間のような胴体についている頭は、牛のごとし。

そう。神獣『ミノタウロス』がそこにはいたのだ。それを指差しながらヘズは一言。

「あれが門番だ。タフネスで膂力《りょりょく》のあるミノタウロスは厄介極まりなく、この場で挑んだところで勝つのは難しいということである」

「へー……ミノタウロスが、門番してるのか」

確かにミノタウロスは厄介だ。シリウスが召喚した時も少しだけ苦労させられた。

まあ、そうは言っても少しだけだ。ほんの少し厄介かもしれないが、太陽にとっては雑魚にカテゴリーされている。

耐久力が高いといっても、ダメージが通らないわけではない。地道に炙り続ければいつか燃え尽きるだろう。

「じゃあ、燃やしますね」

そう言って太陽は己の最も得意とする魔法を放つべく、右手を前にかざした。

「【火炎《ファイヤ》】」

展開するは、膨大な炎。ミノタウロスを熱しようと思っていたのだが――

「…………あれ？」

炎は出なかった。

魔法が発現しなかった。

「無駄だ。太陽殿……この場所では魔法が使えない。古代エルフ製の魔法アイテム『永遠の監獄』は、魔法使いを閉じ込めるための収容施設なのだ。魔法が使えないようにされているらしい」

驚く太陽に、ヘズが更に説明を加える。

「マジかよ……」

改めて知った事実に太陽は大きなため息を吐き出した。

魔法が使えない中で、タフなミノタウロスとの対決が始まる。


『グルァアアアアアア!!』

雄たけびをあげるミノタウロスに、太陽は顔をしかめた。

「どうするかなぁ……」

魔法が使えない状況に太陽は頭を痛くする。

危機的状況にもかかわらず悲観した様子は見えないが、うんざりはしているらしい。

「ヘズさん、どうしよう？」

「太陽殿であればどうにでもできよう。某は暫し静観させてもらう」

「……買いかぶり過ぎなんだよなー」

太陽なんて、言ってみればチート能力をもらっただけの童貞である。そのためか彼自身の自己評価はヘズのそれより高くなかった。

『ギィイァアアアアアアア!!』

「ふぅ。仕方ない」

猛《たけ》るミノタウロスに、太陽は無策のまま一歩前へ踏み出す。

「なんとかなるだろ」

持ち前の適当さを発揮して、悩むことをやめた。地響きを立てて大斧を振りかざすミノタウロスと向かい合う。

『ガラァアア!!』

そして、大斧が振り落とされた。太陽の身の丈ほどもあるそれは、太い風斬り音を立てて太陽に迫る。

このまま激突すればぐちゃぐちゃに潰れてもおかしくない一撃。

だが、太陽はその大斧に対して、逃げることはせず。

「よっと」

それどころか、手のひらで大斧を受け止めていた。

刹那、衝撃波があたりに広がる。永遠の監獄内が震えて地面を揺らした。

だが、太陽は――

「えっと、うん。こんなものか……ちょっと拍子抜けかも」

――やっぱり無傷だった。凄まじい質量の大斧を、凄まじい膂力を誇るミノタウロスが放った一撃を、太陽は呆気なく受け止めたのである。

『ギガァア……!?』

規格外な太陽にミノタウロスさえも驚く始末。口をあんぐりと開けていた。

そんなミノタウロスに太陽は不敵な笑みを浮かべる。

「弱いな……話にならん」

そう言って彼は拳を引き絞った。

「や、なんつーかさ……俺、別に肉弾戦が嫌いってだけで、不得意なわけじゃないし。魔法を禁じられたら敵を一発で倒せないからストレス溜まるけど、まあなければないでなんとでもなるんだよ」

今まで太陽は魔法ばかりで相手を薙ぎ払ってきた。武器も使わず、低級魔法や中級魔法ばかりを使用していた。

だが、太陽の強さとは『魔法』ではないのだ。

暴走と爆発に特化したスキルも武器でこそあるが、彼の強さはそれが全てではない。

この世界において、圧倒的なアドバンテージを誇る太陽の力。

それは『保有魔力量』である。

保有魔力量が多いからこそ、太陽の暴走と爆発に特化したスキルが活かされる。たかが低級魔法であそこまでの破壊力を生み出せるのは、保有魔力量が多いことが起因しているのだ。

そして保有魔力量が多いからこそ、太陽の肉体は頑強である。ミノタウロスの一撃だろうと、それどころかあらゆる物理的攻撃は太陽の前で無意味となるのだ。

故に。

「魔法が使えないからって甘く見るなよ？」

肉弾戦とて、太陽は得意だ。直接的な暴力はあまり好きではないが、嫌いなだけでやれないことはない。

「おらよ、食らえ」

拳が、放たれる。

ミノタウロスを思いっきり殴りつける彼の力は、巨大な体躯を吹き飛ばすだけの威力を有していた。

『ゴ、ァ……』

あまりの一撃にミノタウロスは大斧を手放し、岩壁に頭をぶつけた。衝撃によって角が折れ、血が滴る。

持ち前のタフネスさのおかげで命に別状はなかったようだが、肉体的な傷よりも、ミノタウロスにとっては精神的なショックが大きかったらしい。

「お？　ビビってんのか？　かかってこいよ」

挑発にも、ミノタウロスは微動だにしなかった。

神獣と謳《うた》われたミノタウロスは、遠い昔にエルフによって奴隷の首輪をつけられてこの監獄の門番となった。以来、脱走しようとする魔法の使えない罪人を何人も叩き潰してきた。

いつしか恐怖の心は消えて、相手をいたぶる残虐性を持つようになっていたミノタウロスは……しかしこの時になって、久しぶりの恐怖を感じていた。

『ギ、ギィア……』

太陽の実力に、心が折れていたのである。

「勝負あり、か……流石は太陽殿。その実力は健在である、な」

そんな様子を見て、それまで静観していたヘズが横から口を挟んできた。

「やはり貴君は某の目標である。いずれ、その身に牙を立ててみせよう……相まみえる時を楽しみにしている」

「俺は別に楽しみじゃないんですけどね。まあ、挑戦されたらいつでも受けますけど」

そう言って構えを解いた太陽は、もうミノタウロスに興味をなくしていた。

勝負はついたと、彼は大きな欠伸を零す。

その瞬間に、ミノタウロスは隙を見た。

『グガァアアアアアアアア!!』

叫び、そして……ミノタウロスは一目散に走り出す。背中をむ向けて全力疾走するその様は、まさしく逃避のための行動だった。

ドスンドスンと、地響きを立てて走り出すミノタウロス。恥も外聞もないその哀れな姿に、盲目の剣士は舌打ちを零した。

「情けない」

逃走を選ぶその生物を、ヘズは不快だと唾棄《だき》して。

「【空閃《くうせん》】」

腰を落とし、手刀《しゅとう》を構え……そして、一気に手を振りぬいた。

あくまで『手』である。剣ではない。監獄に幽閉されていたヘズが武器など持っているはずもない。手刀とはいっても、手は手でしかなかった。

だが、その振りぬいた手は……いとも簡単にミノタウロスを真っ二つにした。

しかも、遠くにいるミノタウロスを斬殺したのである。まさしくそれは飛ぶ斬撃だった。

『――っ』

一瞬の出来事である。半分になったミノタウロスを眺めながら太陽は頬を引きつらせた。

見覚えのある攻撃だ。以前、太陽が戦った時にもこんな感じの飛ぶ斬撃を放っていた記憶がある。だが、あの時より格段に精度と威力が増しているように見えた。

「へ、ヘズさん？　今の何？」

「空閃――某が、以前貴君と対決した時に偶然放つことができた技である。それを昇華させて、対貴君用の必殺技に改良した。まだ完成してはいないが……簡単に説明すると、遠くにある物体を斬る技だ。これを習得したおかげで、射程距離が格段に広くなったということである」

「いやいや、それも驚きですけど……ってか、ヘズさん武器持ってないじゃないですか。剣ないのに斬るって、何事ですか？」

「某は剣士故、斬るのは造作もなきこと」

「答えになってねぇよ……」

「ふっ。剣に頼る剣士など二流だ。真の剣士とは己の身一つで相手を斬るものである」

「その謎理論には流石の俺もドン引きですけど」

「ミノタウロスの一撃をいとも簡単に防ぐ化け物に言われたくないが」

二人は顔を見合わせて小さく笑う。

相対するならこの上ない強敵だが、肩を並べるとこの上なく頼もしい仲間となる。

「頼りにしてますよ、ヘズさん」

「勉強させてもらおう、太陽殿」

牢獄の門番を倒して二人は悠々と足を進めるのだった。

バベルの塔とは、エルフ国『アルフヘイム』における中枢施設である。人間国の王城に相当する場所ともいえよう。

　地下層は監獄として、上層はアルフヘイムの主要施設として利用されていた。この塔にはその他にもあらゆる施設が存在している。

　貴族の住む中層を始め、空間が別離している宝物殿やとあるエルフの研究施設、他にはアールヴ・アルフヘイム本人が私室として利用している場所もあった。

　そこはバベルの塔最上階、名を【王の間】という。

「トリアよ、顔を上げよ」

「仰せのままに」

　現在、王の間には二人のエルフがいた。一人は玉座に座るアールヴ・アルフヘイムその人。そしてもう一人は、彼女の側近であるトリアである。

　跪くトリアに顔を上げるよう指示した彼女は、次いで自らの指輪を示した。

　これは【宝物殿の鍵《サンクチュアリ・ゲートリング》】という古代エルフ製の魔法アイテムである。

　バベルの塔の宝物殿につながるゲートを作ることのできるアイテムだ。この指輪があれば、どこにいても宝物殿からアイテムが取り出せるというわけである。

「これより宝物殿から武具を取り出す。そなたはどのような物がほしい？」

　そう。アールヴは宝物殿の鍵を使って、宝物殿から武器を取ろうとしていたのだ。

「加賀見太陽を殺すには、強力な武器が必要じゃ。妾が所有する武器の中でも、最上級の一品を与えてやろう」

　通常の武器では殺せなかった加賀見太陽を確実に仕留めるために。

「トリアよ、そなたには神具を与える。あれは扱いが難しいが、そなたなら問題なかろう」

神の鍛《きた》えし武具は、誰にでも扱えるというわけではない。神具そのものが認めた実力者でなければ、神具は力を発揮してくれないのだ。

エルフでも神具を扱える者は少なく、トリアはその数少ない一人だというわけである。

「……槍をもらえると嬉しいです」

アールヴの問いかけに、トリアは淡々と答える。口調は平坦で頼りないが、されどもアールヴは気にせず満足そうに首肯した。

「良かろう。そなたには期待しておる。さて、何が良いかのう。【グングニル】【ルーン】【ロンゴミアント】【ピナカ】……どれも良いが、やはりそなたにはこれじゃな」

宝物殿の鍵を使って、取り出したのは――黄金の槍。錠《じょう》のついた鎖こそ巻かれているが、それでもその美しさはありありとうかがえた。

「名は【プリューナク】。これで良いか?」

「はい。ありがとうございます」

取り出した槍を前に、トリアは微かに声を高くする。アールヴが取り出した槍には、普段無感動な彼でも感じるものがあったらしい。

それを見てアールヴは優しく微笑んだ。

「気に入ってくれて何よりじゃ。さて、今から封印を解く……暫し待て」

そうして、アールヴは【プリューナク】に巻かれた鎖を取り外しにかかる。これもまた魔法アイテムで、取り外しは王族のみしかできない。

この作業には時間がかかる。アールヴは開錠しながらトリアに現状を聞き始めた。

「して、言いつけていたことは手はず通りにすませたかや?」

「はい。アリエルをフレイヤ国の王城へ侵入させました。アルカナ・フレイヤを暗殺するように命じております」

話の内容は、人間国との戦争についてである。

「アリエルには、加賀見太陽の報告を怠《おこた》ったことと、加えて重要施設であるバベルの塔に連れてきたことで処罰を与えました。軽めにすませたのですが、任務を失敗したらもっと重い罰を与えると も言いつけたので……必ずや、人間国の王女を暗殺してくると思います」

「うむ、空間移動魔法は暗殺にうってつけの魔法じゃからな、そこは問題なかろう」

「陛下。王でなく、王女の暗殺で問題なかったのでしょうか？　どうせなら、王も殺した方が良いかと思いますけど」

「あれはただの道化じゃ。死んだところで人間側にダメージはない。無視しておけ」

そこで、カチリと錠が外れる音が響いた。時間差で次々と錠が外れる音を聞きながら、二人はなおも言葉を続ける。

「あ……そうじゃ。アリエルといえば、何故あの人間を塔に連れてきたのか聞いたかや？　最初は闘技場にいたはずなのじゃが」

「……なんでも、闘技場で手に負えなくなり、塔の兵士なら加賀見太陽を処理できると思った、とのことです」

「その考えは愚かすぎるのう……まあ、良い。汚名返上のために頑張るじゃろう。それで、他についてはどうなのじゃ？　確か、闘技場にも加賀見太陽に負けた輩がいたはずじゃが」

「はい。闘技場で加賀見太陽に負けたグラキエルという剣闘士にも処罰を与えております。あの者には先遣隊の一員として、フレイヤ王国の人間共を襲うよう厳命しました」

「グラキエル……氷魔法の使い手じゃったか？　性格に難ありと聞くが、実力は確かなようじゃな。ふむ、期待してみようかや」

美しさを求めるエルフにとって力対力という戦争はあまり好ましくない。それよりも、水面下の対決——いわゆる暗殺や奇襲などが、エルフ族好みの戦闘方法である。アールヴも例に倣《なら》って、そちらの路線で攻め立ててるらしい。

「それで、冒険者最強の【超越者】……確かシリウスとかいったかや？　あのＳＳＳランクにはきちんと兵士を向かわせておるな？」

「抜かりなく。とある場所におびき出して、集結させた将軍クラスの兵の手で殺害予定です。そちらも計画通りに進んでおります」

「それで良い。あの超越者だけは要注意じゃからのう」

人間族屈指の実力者に、エルフ族はしっかりと目を付けていた。対策も万全らしく、アールヴは心配なさそうだなと笑みを作っている。

「ヘズと加賀見太陽という二大戦力を監獄に幽閉している今がチャンスなのじゃ……フレイヤ王国を攻め立てる口実もきちんとある。長年の悲願が、ようやく果たされよう」

きっかけは、エルフに攻撃をしかけた奴隷――加賀見太陽である。

彼がエルフの貴族であるグリード・ヒュプリスに攻撃をしかけたのだ。これをエルフ側は、人間による宣戦布告と解釈することにしたのである。

故に、エルフ側からも人間への攻撃を始めたというわけだ。彼女が待ち望んでいた、人間との戦争が始まろうとしている。

「……侮《あなど》らずとも、驕《おご》らずとも、見下さずとも、やはり妾は人間が嫌いじゃ。目ざわりだし、過去に味わった屈辱は未だ消えぬ。今こそが、雪辱の時じゃ」

傲慢なエルフ族の中で、誰よりも冷静で理性的なアールヴだが、彼女もまたエルフ族の一人であることに変わりはない。

アールヴは人間が嫌いである。

そして、これはかつての話になるのだが……エルフがこそこそと隠れ住むようになったのもまた、人間のせいなのである。

過去の因縁もあった。雪辱のために、アールヴは人間に牙を剝く。

「人間はエルフの足元に跪くべきなのじゃ……いずれ全ての人間を奴隷にしてやる」

瞳に仄暗い炎を灯して、アールヴは不気味な笑顔を浮かべる。

そのタイミングで、ひときわ大きい解錠の音が鳴り響いて。

「……トリアよ、そなたの使命は一つじゃ。この槍を用いて、加賀見太陽を殺せ」

封印の解かれた神具【プリューナク】を手渡すアールヴに、トリアは再び深く頭《こうべ》を垂れる。

「仰せのままに」

うやうやしくプリューナクを受け取るトリアの目には、アールヴと違って何も映っていなかった。

だが、彼はアールヴ女王の側近である。与えられた命令を忠実にこなすべく、トリアはプリューナクを握りしめるのだった。


そうやって、着々と人間を襲う準備を進めるアールヴだったが、彼女にも一つの落ち度があった。

それは、心の奥底で人間を侮っていること。

口先では警戒している様子を見せているのだが、やはり彼女はエルフ。しかも、純潔で高潔なる、最もエルフの血が濃い王族なのだ。

彼女は、心の奥深くで『たかが』人間に負けるはずがないと思っている。現状の戦力を冷静に分析して、導き出した結論に間違いなどないと驕っていたのだ。

彼女は知らない。

人間は、ちょっとの変化で大きな『成長』をすることを――エルフは、見落としていたのだ。

彼女は知らない。

アルカナ・フレイヤの隣には【騎士王】の称号を持つエリスが常に控えていることを。己の身命を投げ打ち、王女を守らんとする最高位の騎士がいることを、彼女は知る必要すらないと思っていた。

彼女は知らない。

シリウスという召喚術師が、とある人間失格の化け物との戦いを経て更なる力を手に入れていることを。災厄級クエストすら単独で達成する最大戦力が、より力をつけたことを……彼女は予想することすらできなかった。

彼女は知らない。

無力化に成功したと確信したとある化け物が、しかし彼女の計算に当てはまらないことを……どこまでもふざけた【チート野郎】が、破天荒で規格外であることを、彼女は知っているつもりなだけで本当は知らなかったのだ。

幾つもの思い違いは、やがて違う結果を生み出すことになる。

そのことに、傲慢で愚かなエルフは……まだ気付くことはない。

# 十二話　人間側の反撃

太陽とヘズが監獄内をお散歩しているのと時を同じくして、フレイヤ王国の王城には一人のエルフが侵入していた。

（アルカナ・フレイヤの暗殺……失敗はできない）

銀髪が特徴的な、空間移動魔法の使い手であるアリエルだ。彼女はトリアからアルカナ・フレイヤ王女の暗殺を命令されていた。

（任務を成功させないと……あの罰はもう受けたくないっ）

アリエルは人間界から奴隷の運搬を任されていたエルフである。なので、太陽の運搬に失敗したアリエルには責任問題が生じて、処罰を受けたのだ。

（失敗は許されない。必ずや、アルカナ・フレイヤを殺す）

アリエルは自らに気合を入れるように力強く頷き、顔を上げた。

そこは地下牢――いつもアリエルが転移してきて、奴隷の受け渡しをしている場所である。

空間移動魔法はどんな場所にも一瞬で移動できる素晴らしい魔法だが、幾つか制約があった。視認できる範囲か、もしくは一度行ったことのある場所にしか移動できない――という制約である。

そのため、アリエルは今まで来たことのあるこの地下牢にしか空間移動できなかったのだ。彼女は息を潜めて歩き出し、城内を散策していく。

もう夜も遅くなった時間に、アリエルは王女の寝室を目指す。

（静かすぎる……妙だな）

なんというか、城内は人が極端に少なかった。耳が痛くなるほどの静けさを怪訝に思ったアリエルだが、深く考えることはなくそのまま歩みを進めることに。

階段を駆け上がり、そして……謁見の間と書かれた部屋の扉を開けた。

「……ん、エルフ？　こんな夜に、何か用か？」

そして、そこには――純白の甲冑に身を包んだ一人の騎士が佇んでいた。

「っ‼」

瞬時に警戒の態勢をとるアリエルに、純白の甲冑を纏う騎士は薄い笑みを浮かべる。

「アリエル？　いつも顔を合わせてるのに、そんなに驚くこともない」

「貴様は……エリス！」

佇む騎士――エリスに、アリエルは声を荒げた。

待ち構えられていたという事実が彼女に混乱をもたらしている。

「おかしい。今日は奴隷の売買なんてないはずなのに」

「白々しい言葉を！　何故……何故、私の到来を知っていた⁉　どうして貴様が、ここにいる！」

アリエルは動揺していた。薄く笑うエリスという存在が不気味に思えて仕方なかった。

だが、対するエリスはどこまでも冷静で。

「別に。そっちが来ることなんて、知らなかった……ただいつも通り、アルカナを護衛しているだけ」

静かな言葉を紡ぐのみである。

一方のアリエルは混乱こそ隠しきれていないが、それでも当初の目的は忘れていなかった。

「仕方ない。まずはお前からだな」

懐からナイフと長剣を取り出すアリエル。

（こいつを殺すっ）

そうして彼女は攻撃に移った。

走り、牽制《けんせい》のつもりなのかナイフを投げる。

「……遅い」

ナイフは容易く回避されるが、その直後にアリエルは長剣を振るっていた。動きは鈍《にぶ》いものの、先に投げたナイフのおかげか剣先はエリスへと届きそうである。

だが、エリスは自らの剣でアリエルの攻撃を簡単に受け止めた。優雅で華麗な動作は、両者の実力差を浮き彫りにしている。

たった一回の交錯だが、近接戦ではエリスが絶対優位に立っていると判断される程度には、実力に差があるように見えた。

見えた——のだが。

「……っ!?」

剣を受け止めたエリスの後頭部。

そこには、先程避けたはずのナイフが……突き刺さっていた。

「な、ん……で」

途端に膝をついて倒れ込むエリスに、アリエルは歪《いびつ》な笑顔を浮かべながらその頭を踏みにじる。

「くくっ……愚かな人間め！　私がなんの魔法使いなのか覚えていなかったのか!?　空間移動魔法だぞ？　投げたナイフを空間移動させるくらい造作もないことだっ!!」

そう。実は牽制にしか見えなかったナイフの投擲《とうてき》こそが本命の攻撃だったのである。長剣による肉薄を囮に、宙を舞うナイフは空間移動魔法によって軌道を変えて、エリスの後頭部に突き刺さったというわけだ。

「更に、こんなこともできるぞ？」

既に虫の息のエリスを嘲笑い、今度は長剣を無造作に振るったアリエル。適当な空間を薙ぎ払っているようにしか見えないのだが、その切っ先は空間移動されていた。

移動先は——エリスの、首。

「————」

瞬間、ぐちゃりと音を立ててエリスの首が切り落とされた。

噴き出る血が床を濡らす。凄惨な死体を前に、だがアリエルは愉快そうに笑っていた。

「やはり人間は劣等種だな。騎士王ともあろう者が呆気なく死んでしまうとは……さて、さっさと王女を暗殺しよう」

最後にもう一度、エリスの肉体を思いっきり踏みにじって、謁見の間の奥に向かおうとするアリエル。

意気揚々と、エリスに勝ったことを喜んでいたのだが。

「なるほど。空間移動魔法……厄介かも」

不意に聞こえた、聞こえるはずのない声が彼女の鼓動を速くした。

「こ、殺したはずなのに……!?」

慌てて声の方向に目を向けるアリエル。背後、エリスの死体の先、扉から顔をのぞかせていたのは――

「でも残念。アルカナの眠りは、邪魔させないから」

純白の甲冑に身を包んだ騎士だ。

彼女は、二人目のエリスに間違いなかった。

「あー……その個体はもう使えそうにない。残念」

二人目のエリスは死体となった一人目のエリスを見て、やれやれと首を振っている。

「こ、これはどういうことだ……エリス！　貴様は、何者なんだっ」

対するアリエルは混乱しているようだった。死んだエリスと、生きているエリス。二人のエリスを交互に見ては、目を白黒させている。

「この身はエリス。エリスであって、エリス以外の何者でもない」

「ふざけるな！　くそ、不愉快だ……もうなんでもいい。殺す！」

煙《けむ》に巻くエリスにアリエルは怒鳴り、そのまま攻撃へと移る。

エルフの短気な性質に息をつくエリスは、緊張する面持ちを一瞬も見せない。どこまでも余裕のある態度で、迫るエルフを見るばかりだった。

「でも、ここでエルフが攻めてくるってことは……あの化け物がばれたってこと？」

「お喋りとは余裕だな！　くらえっ」

両者には十メートルほどの距離が空いている。攻撃するには駆け寄り、肉薄しなければならない位置だ。しかし、アリエルは一切前へと動こうとしない。

代わりに、その場で剣を突き出すのみ。通常なら虚空を突くだけで終わるはずの剣戟《けんげき》は、だが【空間移動魔法】によって射程を変えることが可能となる。

「死ね!!」

繰り出された剣の突きは空間移動魔法によって切っ先が消えた。

そして切っ先が出現したのは、エリスの喉元。

「――っ」

あまりにも急な攻撃に、エリスは反応することすらできなかった。切っ先がエリスの喉を抉る。

結果、二人目のエリスもまた声を上げる間もなく死ぬことになった。血を噴き出しながらドサリと地面に倒れ、一瞬の内に動かなくなる。

「はぁ、はぁ……一体なんなんだ、こいつはっ」

予想もできなかった事態にアリエルは焦っていた。息も荒れているし、肩は上下している。

(意味不明だ……でも、これで確実に殺したはずだ)

ともあれ、二人のエリスが死んだ。邪魔はいなくなったのだからと、アリエルはアルカナを暗殺するべく捜索を再開しようとする。

「終わると思う?」

だが、またしても――

「この身は言った」「アルカナの眠りは」「邪魔させないって」「アルカナを」「殺させたり」「させるわけがない」「終わりなんて来ない」「終わるなんて思わないで」「アリエルには」「聞きたいことがたくさんある」

――声が、聞こえた。

それも複数……だというのに、同一の声音が重なって聞こえてきた。

「嘘、だ……」

驚くアリエルの周囲。謁見の間に広がるのは――純白の鎧に身を包んだ、何十人ものエリスであった。

「エリス……お前は、何者なんだ!」

怒鳴り声に、何十人ものエリスは小さな笑みを浮かべながら、からかうような口調で言葉を返す。

「この身はエリス」「エリスであって」「それ以外の何者でもない」「エリスが一人だけだなんて」「誰が言った?」「誰が決めつけた?」「アルカナの身を守るために」「エリスはたくさんいる」

同じ顔、同じ声、同じ抑揚で、歌うように言葉を繋げる何十人ものエリスに、アリエルはただただ驚愕することしかできないでいた。

「ありえない……ありえ、ない!」

「残念だったね」

一方のエリスたちには、緊張感などどこにもない。彼女たちには命の危険がないのだ。

何十人もいるのだから、誰か一人が死んだところで本当の意味で死んだことにはならない。

【複写創造《クローン》】——エリスの持つスキルである。自分の身を魔力が尽きるまで生成できるこのスキルによって、彼女は不死といっていい力を得た。

まあ、死なないとはいっても痛みがないわけではない。エリスが一人死ぬたびに、エリスは死を感じる。痛みを覚える。苦しみを味わう。常人では耐えられないほどの苦痛に喘ぐことになる。

だが、エリスは騎士王である。痛みも、苦しみも、死の恐怖さえも……アルカナを守る為ならばと、エリスは全てに耐えてきたのだ。

まあ、アルカナはエリスの能力を単なる分身と勘違いしているので、エリスがこのように痛みを覚えていることは知らない。心優しいアルカナは、エリスの能力の正体を知ればそれを使うなと厳命するはず。

それではアルカナを守れない。だからエリスは、能力の秘密をアルカナに明かしていなかった。

全てはアルカナのために。

「アルカナを守る」「ただそれだけ」「エリスの命はアルカナのためにある」「だから許さない」「アルカナを殺そうとするアリエルを」「許すわけがない」

それから再び、エリスが増えた。扉から、窓から、物陰から、天井から……あらゆる場所から、エリスが現れた。

「見張り役だったエリスも来たみたい」「とはいってもまだいるけど」「最大限の警戒態勢はとっているけど」「アリエルには」「たくさんのエリスが」「用があると言っている」

王城が静かだった理由。それは、見張りがエリスしかいなかったからである。何体ものエリスが視覚を共有し、情報を交換しあっていたのだ。そのため、アリエルの侵入にもすぐに気付けたのである。

「くっ……勝てるわけがない！」

何十……いや、百単位に及ぶエリスにアリエルは匙《さじ》を投げた。慌てた様子で空間移動魔法を展開して逃げようとする。

「【空間移動】‼」

即座に魔法を展開するアリエル。そのままアルフヘイムに戻ろうとした――のだが。

「な、なにっ……魔法が⁉」

使えなかった。空間移動魔法を展開しても、何も起こらなかったのである。

そんなアリエルをエリスは愉快そうに見つめていた。

「ダメ」「逃がすと思う？」「空間移動魔法が」「どこでも使えるなんて」「そんな都合が良いこと」「あるわけがない」

ここは、謁見の間なのである。奥には王族の個室に繋がる通路もあるのだ。王城の中でも特に侵入を許してはいけない領域である。

空間移動魔法で好き勝手に侵入されては困る場所なのだ。その対策をしていないわけがない。

「アルカナは転移魔法使い」「アリエルと同系統の魔法使い」「だから空間移動も阻害することができる」「勉強になった？」「次からは場所を選ぶと良い」「どうして地下牢で奴隷の売買をしていたのかも」「考えたら良かったのに」

地下牢のみが空間移動魔法を許可している場所なのだ。人間側もバカではない。色々と対策はしていたのである。

「ひ、ひぃ……」

空間移動魔法によって逃げることができない。

そう理解したアリエルは、戦うことを諦めたのか……尻もちをついて自らの体を抱きしめていた。

そんなアリエルに、たくさんのエリスはゆっくりと近づく。

「聞きたいこと」「たくさんある」「口を開くまで」「許さない」「口を開いても」「許さないけど」

アリエルを、多数の手によって拘束するのだった。

「ところで、痛いのは好き？」

これにてエルフによる人間族の王女暗殺計画は失敗に終わる。

逆にエルフを拘束され、尋問され……情報を吐き出されることになる。

エルフ側が人間を侮ったばっかりに、たかが一人の空間移動魔法使いで事足りると思ったばっかりに、失敗することになったのだ。

そのことを、エルフ国の女王はまだ知らない。


一方その頃、アリエルと同様に人間国に攻め入ろうとしていたエルフがここにもいた。

「ちくしょう！　なんで、この俺様が兵隊のようなことをしないといけないんだっ」

フレイヤ王国近郊にて。

一人のエルフが悪態をついていた。

美しく輝く金髪は強行軍によって乱れ、碧い瞳は怒りに濁っている。長身の痩躯は疲労からか少し猫背で、豪奢なタキシードもまたボロボロになっていた。

「俺様はグラキエル……美しき剣闘士だぞっ。ふざけるな！」

美を自称するエルフ――グラキエルは、現状に対する不満をぶちまけている。

彼は闘技場で加賀見太陽に負けた罰として、人間国を侵攻する先遣隊に加えられていたのだ。

アルフヘイムから険しい道のりを駆け抜けて、フレイヤ王国に近づいた今は休憩している途中である。

先遣隊は約百人。いずれもそこそこの錬度を誇るエルフ国の兵士たちだ。しかし、グラキエルは兵士でこそないが、実力はこの中でも群を抜いていた。

エルフの中でも特に、才能と容姿と権力を持っている彼である。故に、こんな自分が兵士のように扱われているのが気に入らなかったのだ。

「ちっ……この怒りは愚かな人間にぶつけてやろう。容赦なく惨殺してやる」

凄惨な笑顔を浮かべ、拳を握るグラキエルはどこか不気味でさえある。太陽に負かされた恨みも未だ晴れていない中で、トリアによって罰を与えられた彼のプライドはこれ以上ないくらいに傷つけられていた。

恨みが胸中で渦巻いている。

今の彼ならたとえ女子供だろうと容赦なく殺せるだろう。傲慢で、残虐なエルフを体現する存在こそが、グラキエルなのだから。

「おい、凡俗ども！　そろそろ行くぞ‼」

感情のままに叫ぶグラキエルは同族のエルフだろうと見下した物言いをしていた。それでも兵士たちは自らの分《ぶ》を弁え、グラキエルに粛々と従っている。

「日が昇る前に、人間共に奇襲をしかける！」

深夜——月がない夜だった。百名あまりいるエルフ一行は、グラキエルを先頭に進行を再開する。

目指すはフレイヤ王国城下町。

トリアからは、多数の一般市民を虐殺して宣戦布告をしろと命じられていた。

命令を遂行するべく動いていた、その時だった。

「あらあらん？　遅いわよもうっ。アタクシ、待ちくたびれちゃってよ！」

拓《ひら》けた荒野。闇の中から唐突にしみでたその影は、やけにねっとりとした声を発した。

「誰だっ⁉」

瞬時に警戒の態勢をとるエルフたち。グラキエルもまた前傾の姿勢をとって、突然現れたその影に注意する。

「光を！」

命令一つで、兵士の一人が光を灯す。そこに見えたのは筋骨隆々の人間であった。

短く刈られた坊主頭。ジョリジョリの青ひげ。明らかに似合っていないビキニアーマー。

人間にしても、なかなか異様な存在感を醸《かも》し出している人物だった。

そんな彼の名は。

「初めましてね、エルフのみんな！　アタクシはシリウスよん？　シリシリって呼んでね？　うっふん」

――人間界で最強と謳われる一人。唯一のSSSランク冒険者でもあり、二つ名は【超越者】。その名はシリウスであった。

「超越者か！」

相手の正体を突き止めて、エルフ一行はその表情を恐怖に変えた。

シリウスの噂に気おくれした……わけではなく。

「醜い！」

「め、目がぁ……!!」

「存在が罪だろ！」

「き、気持ち悪い……」

シリウスのその容姿に、美しさを至上とするエルフたちは気持ち悪くなったのだ。

「下等種が……せめて身の程にあった恰好をしろ！　醜くて仕方がない」

グラキエルも直視しないようにしながら、嫌悪感を丸出しにしている。

エルフたちに好き放題言われているシリウスだが、その表情は恍惚《こうこつ》に満ちていた。

「あはんっ。最高だわ……アナタ達の綺麗な顔が今から絶望に染まるかと思うと――ぞくぞくしちゃうわん」

どうやらシリウスの好みの琴線に触れたらしい。容姿が整っており、かつ傲慢なエルフたちをたいそう気に入ったようだ。

「アタクシ、男の子のイヤがる顔が大好きなのよ！　どう？　アタクシって気持ち悪い？　残念ねぇ……こんなアタクシに、アナタたちは今から色んなことをされるのよん」

　同族でさえも恐れるその歪んだ性的嗜好に、エルフたちが耐えきれるはずもなく。

「下等種の分際で調子に乗るなよ⁉　このグラキエル様を不快にさせやがって……ただではすまないと思え」

　グラキエルは声を荒げてシリウスを睨んだ。

「アナタ、好みよ。決めたわ！　絶対に、アナタをペットにしてみせるっ」

　それでもまあ、シリウスは余裕の態度を崩さないわけだが。

「こ、殺す！　殺してやる！」

「威勢がいいわねぇ……まったく、愚かで本当に可愛いわ」

　うっとりと目を細めながらシリウスは唐突に語りだす。

「ねぇ、何か違和感を覚えないの？　アタクシ程の実力者が、こうしてアナタたちの前に何の前触れもなく現れると思って？　少しは頭を使った方がよろしくてよん？」

「あ？　それはいったいどういう……」

「アナタたちの将軍様は、今どこで何をしてるのかしらん？」

「――っ」

　シリウスの言葉に、そこでようやくグラキエルは気付いた。

「将軍たちは、確か……お前の、抹殺《まっさつ》をっ」

　エルフの誇る有数の実力者たちは、シリウスの討伐に向かっていたはず。

　名だたる将軍たちは、シリウスを殺せと命じられていたはず。

　だというのに、何故シリウスがここにいる？

　そもそもどうして、シリウスは闇にまぎれて行軍していたグラキエルたちを……待ち構えることができたのだ？

「気付くのが遅いわねん。本当に、おバカさん」

含んだような笑みに、しかしグラキエルは言葉を返すことができなかった。

「将軍たちの皆さんは、全部倒しちゃったわよ？　エルフって本当に可哀想……ちょっと痛めつけたら、泣き叫んで色々と教えてくれたわ。だから、アナタたちを待ち伏せすることもできたのよん」

仮に、シリウスの言葉が本当なのだとしたら。

もしもの話……否、それは違うとグラキエルは断じた。シリウスがこの場にいることが、シリウスの言葉が真実であることの証明に他ならない。

シリウスは、将軍たちを倒したのだ。それも、余裕で……傷一つ負うことなく。

エルフ国の強者をいとも簡単に退《しりぞ》けたのである。

——超越者。生物としての限界を超えた人間を前に、グラキエルはとある化け物を重ねた。

（こいつは……あの奴隷野郎と、同じだ）

加賀見太陽と同じだと、グラキエルは思ったのだ。

どう足掻いても勝てない。立ち向かうという行動そのものが愚か。

「将軍たちの悲鳴は素敵だったわ……アナタたちとどっちが素敵か、比べてみるのも悪くないかしらん？」

舌なめずりをするシリウスに、グラキエルは決断を下す。

「逃げろ……逃げろぉおおおおおおお!!」

勝てるはずなどない。経緯は何であれ今は兵を率いる身である。全滅を回避するために、グラキエルはとにかく逃げることを指示したのだ。

「女王様に……この現状をお知らせするのだ!!」

まったくもって、思惑通りに状況が動いてないことを。

もっと人間を警戒しなければならない……と、そんなことをグラキエルはここに至って気付いたのである。

しかしながら。

「逃がすと思ってるのかしらん？」

もう、手遅れであった。

「【召喚《サモン》】――『炎龍』」

まず召喚されたのは、かつて異世界ミーマメイスを恐怖に陥れた災厄の龍種。

「【召喚《サモン》】――『魔王』」

そして次に召喚されたのは、悪辣なる魔族の王。

『『加賀見太陽殺すぅうううううううう!!』』

元気な鳴き声と共に現れた二つの化け物に、グラキエルは目を見張った。

「そ、んな……っ」

美しき顔はもう恐怖でぐちゃぐちゃになっている。

「やめてくれぇえええええ!!」

人間界、フレイヤ王国近郊の荒野にて。

阿鼻叫喚《あびきょうかん》が、響き渡る。

『加賀見太陽殺すぅうううううううう!!』

『八つ裂きにしてやるぅうううううううう!!』

原因は、今しがた召喚された二体の召喚獣のせいである。

かつて、災厄級クエストに指定されていた二体の超生物。

炎龍。

魔王。

この二体がエルフ相手に暴れまわっていたのだ。

『奴はどこだ!!』

「ぐぎ、がっ……！」

炎龍は吠《ほ》える。近くのエルフを咥《くわ》え、その全身を噛み砕かんと牙で圧迫する。血を吐きうめくエルフは苦悶の表情で喘ぐばかり。

『今度こそぶっ殺す!!』

「ひ、ぃ……あぁ」

魔王は猛る。手当たり次第にエルフを闇魔法で襲い、幻覚を見せてその精神を痛めつける。幻覚に苦しむエルフはあまりの恐怖に泡を吹いていた。

『『加賀見太陽殺すぅうううううううう!!』』

二体の超生物はそんなことを叫んで暴れまわっ

ていた。ストレスが溜まっているのか、その行動は酷く荒い。洗練さなど欠片も感じさせない暴力の猛威は、エルフの身体と心をみるみる削っていった。

「な、何故、どうして……災厄の化け物が二匹も使役できているのだっ⁉」

グラキエルも例外ではなかった。腰を抜かして恐怖に顔を青くしている。

「ん？　それはもちろん、契約したからに決まってるわ。魔王ちゃんと炎龍ちゃんが、アタクシの下僕《げぼく》になると契約してくれたのよん」

そんなグラキエルに、シリウスが穏やかな口調で答える。

「炎龍ちゃんとも、元々は生贄召喚による一時契約しか結べてなかったけどねん？　なんでも、加賀見太陽きゅんに復讐がしたいらしいわ」

そして聞こえた加賀見太陽の名前に、グラキエルは歯を噛みしめた。

「また、あいつか……っ！」

どこまで行っても邪魔をする。いてもいなくても迷惑だった。

「太陽きゅんってば、罪な男ね。あの二体も彼に首ったけよ？　アタクシの僕《しもべ》になって従属契約を結べば、従属した召喚獣は力が増すから。代わりにアタクシの命令に逆らえなくなるけど、それでもいいから契約してくれって言われちゃったわ」

召喚術師であるシリウスは、契約を通して召喚獣を喚び出すことができる。この契約は基本的に対等なもので、たとえば『死ね』や『自分を食べろ』など理不尽な命令は聞けないこととなっている。

だが、例外となる契約が一つだけあった。

従属契約――召喚術師に絶対服従する代わりに、召喚術師の魔力を無制限に引き出せるという契約である。これがあるからこそ炎龍と魔王は契約を結んだのだ。

この力の増大は生贄召喚よりも大きい。制約が大きければ大きいほど、その分得られる力も大きいということだ。つまり簡単に説明すると、炎龍と魔王は自らのプライドと引き換えに力を手に入れたということである。

『『加賀見太陽殺すぅぅぅぅぅぅぅ』』

仲良く同じことを叫びながらエルフの兵士たちを痛めつける二体の召喚獣を見て、シリウスは興奮したように鼻の穴を大きくした。

「本当は、アタクシに従うなんてイヤなくせに……それくらい太陽きゅんへの憎しみが強いってことよねん。うふふっ、そそられちゃうじゃない」

憎悪で目を血走らせる二体の召喚獣。

その八つ当たりでとばっちりを受けるエルフが少しだけ可哀想だった。

「あらあら、もう立ってるエルフはいないわよん？　アナタたち、ちょっと根性ないんじゃないかしら？　抵抗しなさいよっ。アタクシを、満足させなさい‼」

「……くっ」

気付けば、グラキエル以外のエルフは気絶していた。血を流し、涙と鼻水を流し、あまつさえ失禁までしている様はあまり美しいとはいえない。

「オホホホホホ！　泣きなさい！　もっと、絶望しなさい‼」

死屍累々《ししるいるい》とはまさにこのことである。一応、死んでまではいないのだが。

（ヤバイ……ヤバイヤバイヤバイヤバイヤバイ）

グラキエルは歯を鳴らして自らを抱きしめる。

歴然とした力の差に戦う心は折れていた。

（逃げないと、ヤバイ）

この場から逃げなければいけない。そう思って、グラキエルは懐に手を突っ込む。

（こいつでどうにかっ！）

取り出したのは、透明な結晶。

魔法アイテム『魔法晶《まほうしょう》』である。これは一つの魔法を込められる便利なアイテムだ。

この魔法晶にグラキエルはある魔法を込めていた。

それは――

「【空間移動】──『アルフヘイム』‼」

──空間移動魔法。グラキエルの婚約者であるアリエルに込めてもらった、いざという時のための奥の手だった。これで逃げようとしたのである。

これは本当に最後の手段であった。魔法晶は尋常ではないくらいに高いし、正規のルートでは手に入らないアイテムでもある。

エルフ国の魔法アイテムは基本的にアールヴが管理しているので、使用したのがばれたらグラキエルは更なる罰を与えられる。

だが、それでも……この状況はまずかった。だからグラキエルは魔法晶を使う決断をしたのである。

「うふふ。アナタは一番可愛いわねんっ。諦めの悪いところが、アタクシ好みよ」

魔法晶が砕けると同時、この場から消えかけたグラキエルを見て……シリウスはおもむろに手を伸ばした。

「だからぁ、逃げるのはダメだわん」

そして、その伸ばされた手は……何もない空間にしみこむように入りこんで。

「ん、捕まえたっ」

再び引きずり出された右手には、なんとグラキエルの首根っこがつかまれていた。

「──は？」

今しがたアルフヘイムに空間移動したとばかり思っていたグラキエルは、シリウスに首根っこをつかまれている状況に口をぽかんと開けていた。

何が起きているのか分からないと言わんばかりに、目を大きくしている。

「うっふん。どうしたのかしらん？　空間移動魔法がエルフだけの専売特許だなんて思われたら困るわ」

そう言って、シリウスは赤子に言い聞かせるように自身の力を説明した。

「邪龍……聞いたことない？　災厄級クエストの一つ。神隠しの犯人……この邪龍ね、実は空間移動魔法の使い手なのよ」

毎年気まぐれにこの世界から人間やエルフ、魔族などをさらっていた邪龍。空間移動魔法を使って生物をさらっていたこの生物を、少し前にシリウスは討伐した。

否。それだけにあらず、シリウスは……邪龍を召喚獣として『使役《しえき》』さえしていたのだ。

「邪龍をアタクシの身体に憑依召喚させてたの。空間移動魔法だって、今の状態なら使えちゃうわ」

だからこそ、グラキエルたちの前に現れた当初、シリウスは空間から突然現れたのだ。別の場所でエルフの将軍一行に襲われ、返り討ちにして情報を聞きだした後、邪龍を憑依させて空間移動してきたというわけである。

「空間魔法って、同じ属性同士だと干渉することができるのよ？　アナタは空間魔法使いじゃないから、分からないと思うけどねん」

空間移動も絶対ではない。同じ属性同士だとこうして干渉されることもある。

そのため、グラキエルは逃げることができなかったのだ。

「愚かで、無知で、生意気……でも気に入ったわ！　どうしてあげようかしら？」

首根っこをつかんでニヤニヤと笑うシリウス。グラキエルは泣きそうな顔をしながらも、唇を噛みしめて震える声を発するのだった。

「くっ……殺せ！　人間に辱《はずかし》めを受けるくらいなら殺された方がマシだ！」

プライドの高いグラキエルは何よりも己の矜持《きょうじ》を守ろうとする。

このまま死んだ方がいい。そう言っていたのだ。

「あはぁ……その顔、興奮しちゃうわっ」

まあ、シリウスはそんな態度が好きなので、殺したりして手放すわけがなかった。

「さて……アナタ、たくさん情報持ってそうだし。これから遊びましょう？」

野獣のような目でグラキエルを見つめて、グラキエルの頬を舐めるシリウス。

「ひぃぃ……」

グラキエルはもう耐えきれないようだった。あまりの動揺に白目を剝いて気を失う。

完膚《かんぷ》なきまでにシリウスの勝利だった。

「後でたっぷり可愛がってあげるわぁ……」

ねっとりとした笑顔を浮かべて、シリウスはグラキエルを小脇に抱える。

「炎龍ちゃん、魔王ちゃん、こっち来て」

『『――っ』』

それから振り返って二体を呼んだ。炎龍と魔王は命令に逆らえないので、大人しく歩み寄ってくる。

「御苦労さま。炎龍ちゃん、なでなで」

まずは炎龍の尻尾を撫でるシリウス。炎龍は苦しそうにうめき、辱めに耐えていた。

『加賀見太陽めぇ……いつか殺してやるぅ』

これも全部、あの化け物じみた人間のせいだと信じて。

いつかぶち殺してやると憎悪を膨らませた後に、炎龍は消えていった。


「じゃあ、魔王ちゃん。もみもみ」

次に魔王のお尻をもみもみするシリウス。魔王は天を仰いで涙をこらえ、自らの現状に嘆いていた。

「うふふ。抵抗、しないのぉ？」

『復讐のためだ。我が身を捧げることもいとわない』

「その心意気、素敵ね。ご褒美にキスしちゃうわ」

今度はぶちゅーっと頰に吸いつかれて、意識が飛びそうになる魔王。

（加賀見太陽……いつか殺す!!）

全ての元凶《げんきょう》は加賀見太陽だと思い込んで。

とりあえず魔王は、再び加賀見太陽と相まみえることを願うのだった。

何はともあれ、エルフによる人間界侵攻は防がれた。

シリウスの抹殺も失敗に終わった。

歴然とした彼我《ひが》の戦力差に、しかしエルフの女王はまだ気付かない。

ところかわって、バベルの塔地下では。

「ヘズさん。もう少しで出口があるとか言ってませんでしたっけ？」

「然り。もう少しのはずである。別に間違ったことは言っていない」

「そう言われてからもうかなり歩いてませんけど……？　ミノタウロス倒してからもう既に結構な時間が経ってますけど」

「もう少しは、もう少しである」

ヘズと一緒に歩く加賀見太陽が難儀そうにため息をついていた。

出口がすぐにあるとばかり思っていたのに、結構遠かったのでうんざりしているらしい。

その上。

「ぐへっ」

不意に飛来してきた矢が額にぶつかって太陽は更に表情を険しくした。もう何度目かも分からない罠に、まんまと引っ掛かたのである。

「落とし穴、横槍、突然の矢、いきなりのギロチン……俺じゃなかったら死んでるだろこれ」

永遠の監獄も伊達じゃない。脱出させないように色々と工夫されているのだなと、太陽は二度目のため息を吐き出した。

そんな時にヘズがぽつりと呟く。

「それにしても遠いな……もしかして迷ったか？」

「おいこら。ヘズさん、今なんて言った？」

聞き間違いだと思いたい言葉だったが、どうやら太陽の耳は正常だったらしく。

「すまぬ。迷った」

申し開きもなくあっけらかんとした表情のヘズに、太陽は一気に脱力するのだった。

「はぁ……っつーか、そういえばなんですけど。なんで俺ばっかり罠に引っ掛かってるんですか？ヘズさんは何で罠に引っ掛からないんすか？」

「某には見えておるからな。罠になど引っ掛からん」

「な、なら教えてくださいよ……」

「ん？　教えてほしかったのか？　あまりにも罠に引っ掛かるものだから、てっきり趣味なのかと」

「そんな趣味ねぇよっ」

呑気に歩く二人に緊張感はなく。

現在、人間界にエルフが進行中であることに気付くこともなく、二人はのんびり脱獄するのだった。

# 十三話　トリアとシルトと戦闘狂

エルフ国アルフヘイム、バベルの塔最上階にて。

アールヴはトリアとシルトを呼び出していた。

「さて、そなたら二人には加賀見太陽の抹殺を命ずる。今は最下層の監獄に閉じ込めているところじゃが、あれがジッとしているとは思えん。処刑場におびき出して始末しろ」

アールヴは跪く二人に命令を与える。

「仰せのままに」

「お任せを」

トリアとシルトは深く頭を下げて、命令の完遂を宣言した。

二人ならば問題ないとでも思っているのか、アールヴの態度には余裕がみてとれる。

「保険もかけておこうかの。すぐにスカルを呼び出し、監禁層に幽閉している加賀見太陽の仲間……確か、魔法人形《ゴーレム》とハーフエルフだったかや？　あの二人を人質として利用する。もしもそなたらが勝負に苦しいと判断したら、スカルに連絡して人質も使うのじゃ」

状況を冷静に判断して、出せる手は全て出し尽くさんと思考するアールヴ。

細かい指示を与えた後に満足気な息を漏らした。

「ふむ、こんなところじゃな。そなたら二人であれば、どんな敵でも倒せるはず。期待しておるぞ？　行け！」

その言葉を背に受けてトリアとシルトは動きだす。加賀美太陽を抹殺するべく、バベルの地下――処刑場に降り立った。

ここは最下層『永遠の監獄』のすぐ上にある階層である。永遠の監獄内は魔法が使えないため、魔法が使えるこの処刑場に呼び出すことで罪人の処刑を行っているのだ。

「さて、扉を設置してやるか……【空間連結】」

シルトはそこで空間魔法を展開する。

バベルの塔で唯一、永遠の監獄に魔法的な干渉ができる処刑場と、永遠の監獄に空間を連結させたのだ。

シルトが魔法を発動させると同時、扉が出現する。この扉の先には永遠の監獄がつながっているため、加賀見太陽とヘズをここにおびきだせるというわけだ。

「トリア、準備をしておけ」

「そっちこそ……」

二人は意識を研ぎ澄ませる。

敬愛するアールヴに与えられた命令をこなすべく、人間の二人が来るのを待ち構えるのだった。


「……流石にそろそろ怒っていい？」

「……甘んじて受け入れよう」

バベルの塔、最下層――永遠の監獄内にて。


加賀見太陽は泣きそうな顔で俯くヘズを睨んでいた。

「迷い過ぎじゃないですかね!?　いかにも出口を知ってるそぶりみせてたくせに、ふたを開けてみれば何も分かってないじゃないですか！　本当に、戦闘以外何もできないですねっ」

「ぐうの音も出ないとはこのことか」

どれくらい時間が経っただろうか。いいかげん歩き疲れた頃、太陽の我慢は限界に達したのである。

「しかも、行く先々でミノタウロス！　無駄に体力のある牛人間とばっかり戦わされるとか、どんな罰ゲームだよっ」

「まさしくその通り。あのような雑魚と戦っても修業にすらならないからな」

「誰のせいだと……はぁ。もういいっす」

想像以上にポンコツ人間だったヘズに呆れつつ、太陽はもういいと頭を振る。

「なんか疲れたなぁ……」

疲労も少しずつではあるが、着実に蓄積している。余計な体力は使いたくなかった。

ともあれ、進まなければ出口に到着することもない。

そのまま歩き続けることしばらく。

「お、これはっ」

曲がり角を曲がると、そこには一つの扉があった。不自然に設置された扉にはとても違和感を覚えるものの、進まないことには何も変わらない。

「とりあえず入ってみます？」

「貴君に従おう」

罠の可能性もあるが、二人は扉をくぐってみることにした。

扉の奥。そこにあったのは拓けた場所だった。広場のような形状をしている。

「もしかして……あれが出口だったのか？」

呆気ない出口の発見に太陽は脱力する。あんなに苦労したのに……とため息をついていた。

それと同時、この空間に太陽とヘズ以外の声が響き渡る。

「ようやく来たか、人間共」

「……さっさと、殺そう」

そこには二人のエルフが佇んでいた。

彼らはアールヴの側近。

エルフ国アルフヘイムでも随一の強者だ。

「私の名はシルト。女王様の命により、お前らを殺させてもらう」

「僕はトリア……名前は覚えなくていいよ。どうせ君たちは死ぬんだから」

トリアとシルトである。

二人は剣呑な表情で太陽とヘズを睨んでいた。

しかし太陽は空気を読まない。

「【火炎の矢《ファイヤ・アロー》】」

先程は使えなかった魔法をダメ元で行使してみる。

すると、予想外にも魔法は放てたのだが……なんと、魔法があらぬ方向に飛んだのである。今までで初めての現象に、彼は首をひねった。

「あれ、なんか魔法が制御できない？」

その言葉にシルトが呆れた様子で言葉を返す。

「お主はもう我々エルフには攻撃できない。何故なら、女王様がお主を捕縛した際に『エルフに攻撃するな』と奴隷の首輪へ命令したからだ」

どうやら奴隷の首輪の影響下に入っているらしい。せっかく魔法が使えるようになったというのに、面倒な状況になっているなと太陽は眉をひそめた。

今にも戦いたそうなトリアとシルトを前に、それでも太陽は我が道を行く。

「ちょっとタイム。ヘズさん、作戦会議しよう」

「心得た」

敵を目前にしても、太陽はマイペースだった。ヘズと肩を組んで耳打ちをし始める。

「どうします？　瞬殺したいんですけど、たぶん俺首輪のせいで攻撃できません」

先程の現象を鑑《かんが》みて、どうやら太陽はエルフに攻撃ができないらしい。そのため、この状況で二人を相手取るのは少し厄介だと思ったのである。

「そうか……太陽殿ならいつでも首輪の命令など跳ねのけられると思うのだが、まあこの状況はまだ首輪の命令に抵抗するまでもない。あの二人にも本気を出す必要はない——ということか」

そしてヘズは誤解する。

自問自答して勝手に結論を出していた。

「理解した。では、某が二人と戦うとしよう……なに、奴らには以前負けた借りがある。ここらで返しておきたいのでな」

「……勝手に盛り上がってますね。いや、別にいいんですけど。分かりました、じゃああの二人はお願いします」

そうして大まかな方針を固めた後に、ようやく太陽とヘズは前に向き直った。

「待たせたな、お前らの相手はヘズさんがやるらしい。俺は先に行かせてもらう……あ、因みに俺の仲間ってどこ？　迎えに行きたいんだけど」

へらへらと笑う太陽。捕まっているということの状況において、しかし彼はどこまでも余裕そうだった。

そんな態度にトリアは無表情だが、シルトは呆れたような仕草を見せる。

「先に行かせると思っているのか？　加賀見太陽はここで殺すし……仲間の居場所も素直に答えるわけがない」

やれやれとシルトは肩をすくめていたのだが。

「……君の仲間は上にいる。監禁層で、捕まってる」

一方のトリアは、ぼーっとしたままに太陽の質問に答えていた。

「トリア!?　お主、何を言っているのだ！　敵の質問にバカ正直に答えなくてもいいっ」

慌ててシルトが声を上げるも、既に遅い。太陽はしっかりと聞いていた。

「あ、そうなの？　分かった、じゃあ上に行けばいいんだな」

そう言って走りだす太陽。一方、隣のヘズは戦闘の準備を進めていた。

「さて、そろそろ剣も必要になるな……来い、不滅の剣《デュランダル》」

言葉の後、その手に細くまっすぐな刀が姿を現す。エルフの手によってとある場所に保管されていた、ヘズの愛剣――不滅の剣《デュランダル》だ。

主の呼びかけに応えて、その刀身を一旦塵へと変えた不滅の剣《デュランダル》は……魔力によって空間を移動して、ヘズの許で刀身を再構築したのだ。

神の鍛えし武具は意思を持つ。主と認めた者に尽くす神具不滅の剣《デュランダル》は、常にヘズと共に在るのだ。故に、呼びかけに応じて姿を現したというわけである。

「太陽殿、後は任せておけ」

「はい、よろしくお願いします」

臨戦態勢をとったヘズは、今にも抜刀しそうだ。

「くぅ……トリアめっ。お主はそれだから才能だけの男と言われるのだ！　もっと考えて動けっ」

「僕は女王様の犬だ。考える必要なんてない。ただ、命じられたことをできる力があれば、それだけでいい」

「愚か者めっ！　もう良い……お主はそこの剣士の相手をしろ！　私は加賀見太陽の足止めをするから、さっさと倒して加勢に来い!!」

怒鳴るシルトに、トリアはただ無言で頷くのみ。

それでも、エルフ二人の間で意思疎通はできたらしい。各々の役目を果たすべく、意識を切り替えたようだ。

「加賀見太陽、ついて来いっ。お主の相手は私がやる」

「え？　イヤだけど」

「天《あま》の邪鬼《じゃく》かお主はっ。どの道、この方角に出口はあるのだ……大人しくついてこい」

太陽を誘導するように走りだすシルト。トリアから離れて、彼の邪魔にならないための配慮のようである。

「行かせると思っているのか？」

そこにヘズが横槍を入れてきた。トリアとシルトの二人を相手にすると言ったのだ。この場からシルトを逃がすまいと動き出そうとしている。

だが、その動きは……文字通り横から槍を繰り出したトリアのせいで、封じられることになった。

「くっ、速い……」

間一髪で防いだヘズは、息を漏らしてトリアを睨んだ。対するトリアは相変わらずの無表情で、平坦《へいたん》な声を発する。

「君の相手は僕だ」

よそ見をしている暇はないようだ。ヘズはすぐに意識を切り替えて、トリアだけに集中する。

シルトのことは一旦頭から外すことにした。

(太陽殿にはすまないが、ここはこのエルフに集中させてもらおう)

そう思って彼はシルトと向かい合う。

もう太陽とシルトは見えなくなっていた。シルトのことは太陽に丸投げすることに。

「前回の借り、返させてもらう」

「無駄だと思う……僕、強いし」

そうして、魔力なしの無能と呼ばれた盲目の狂戦士は、エルフ国女王の側近トリアに剣を向けた。

更なる高みへと、近づくために。

ヘズは、少し前に戦って歯が立たなかったトリアと……再び相まみえる。


「……よし、このあたりでいいだろう」

トリアとヘズから少し離れて、辿りついた先にあったのは階段であった。

「ここを上ればいいんだな？　案内ご苦労さん」

シルトが立ち止まったのを確認して、太陽はすぐに上へ駆けあがろうとする。トリアの言葉通りならミュラとゼータが上にいるはずなのだ。

「だから、行かせないと言っているであろう……【空間隔離】」

「ですよねー」

だが、ここでやはりシルトが邪魔をしてきた。

周囲の空間を遮って太陽自身を動けなくする。

透明な壁に包まれたような感覚だった。

「面倒だな……これやめてくんない？　俺、上に行きたいって言ってるじゃん」

「私がお主の言葉を聞く必要などない。大人しく待っていろ……トリアがあの剣士を殺すまでな」

白髪頭をなでつけ、眼鏡をくいっと直す中年のエルフ。太陽はシルトにイヤそうな顔を見せて、これみよがしにため息をつく。

「いやいや、無理だろそれ。ヘズさんあれだぞ？　手で牛人間斬るんだぞ？　あんな化け物に勝てるわけないいだろ」

低級魔法で周囲一帯を更地《さらち》にする化け物が言うなと、シルトは呆れたように肩をすくめた。

「まあ、それを言うなら我らのトリアも化け物だ。あれはなかなかの逸材でな……負けるわけがない。現に、前回戦った時は圧勝した。心配する必要などない」

「ふーん。そういえばヘズさん、あんたとあの無表情エルフに負けたんだっけ？　でも、たぶん今度は勝つでしょ。ヘズさんめちゃくちゃ執念深いし。あと、頭おかしいくらい戦闘狂だし」

太陽はヘズのことは全く心配してないようだ。

「それより気になるのはミュラとゼータだな。あの二人はどうしてんの？」

ここで、太陽は二人の身の安全を問いかける。

「俺としては、無事でいてくれると信じている。もしも無事じゃなかったり、何かしら苦しい思いをしていたら……ちょっと困る」

「困る、とは？」

太陽の言葉にシルトは眉をひそめる。そこで明らかに太陽の様子が変わったのだ。

先程までは飄々としていたというのに、今はなんというか……禍々しいほどの雰囲気を発していたのだ。

彼は言う。氷のように冷たく、無感動な声を零した。

「あの二人に危害が加えられていた場合……たぶん、自分を制御できなくなるから、困るって言ってるんだよ」

「――っ」

今までのふざけた様子はどこにもない。明確な殺意を前に、シルトは息を呑んでいた。

（こいつは危ないな……）

本気だと直感した。もしも、ミュラとゼータに何かあれば、加賀見太陽は間違いなくエルフを滅ぼす。そう確信させるほど太陽の声音は重かったのだ。

シルトはゆっくりと深呼吸してから、太陽の逆《げき》鱗《りん》に触れないよう言葉を選ぶ。

「……その点については、心配しなくて結構。あの二人はお主に対する人質だからな。危害を加えては人質の意味がなくなる」

「そっか。うん、だと思った。お前らの女王様ってうちの王女様と違って頭良さそうだったから、きっと捕虜としてちゃんと扱ってくれてるって信じてたよ。利用価値があるもんな。傷つけるわけ、ないか」

捕虜とは、無傷であるからこそ価値があるのだ。傷つけて、変に太陽を刺激することの方が愚かだとエルフ側も理解はしている。

故に、アールヴはミュラとゼータを監禁せよとだけ命じて、痛めつけろとは口にしなかったのである。

「うん、じゃあ二人の無事も分かったことだし……適当に暴れることにするかな。俺の知りたいことは全部、あんたの女王様に聞かせてもらうぞ？」

人間の奴隷について。

エルフ国の女王アールヴ・アルフヘイムが全て把握しているだろうと太陽は予測して、啖呵《たんか》を切る。

対するトリアは、当然のように首を横に振った。

「させると思うか？　私は女王様の側近。お主を殺すよう命じられているのだ。お主はここで殺す」

「逆に聞くけど、そんなことできると思ってんのか？」

トリアの言葉に、しかし太陽は不遜に笑って応えた。

「お前、俺を捕まえた気でいるみたいだけど……甘いぞ？」

「は？」

そう口にした直後。

「【極大爆発《エクスプロージョン・バーストオーバー》】」

太陽が放ったのは——火炎属性の上級魔法であった。

「っ!?」

刹那、凄まじい爆発が太陽を閉じ込めていた空間を襲う。四方数メートルの立方体の中で、膨大な火炎と轟音が鳴り響いていた。

その衝撃は絶大の一言である。

あまりの威力にシルトが作り出した空間が耐えきれなくなるほどの一撃であった。

「お、壊れるな」

ピキピキ、と空間にヒビが入って……次の瞬間には、粉々に砕け散っていく。

自由の身となった太陽は満足気に大きく頷いていた。

「いやー、俺もやっぱりレベルアップはしてるんだな。初めて上級魔法使ったんだけど、上手く発動してくれたみたいだ」

今まで中級魔法までしか使っていなかったのだが、ふと思い立って上級魔法を試してみたらしい。結果、不具合なく発動して無事、隔離空間を壊せたということである。

「くっ、そんな……私の空間魔法が破られるなどっ」

意表をついた太陽の突破に、冷静だったシルトは動揺を見せていた。太陽はその心の隙をつくかのように次々と言葉を繰り出していく。

「え？　もしかしてあの程度で俺を封じられるとでも思ってたのか？　おいおい嘘だろ。もっと頑張れよっ。お前は女王様の側近なんだろ？」

持ち前の煽りスキルをフル活用して、シルトを揺さぶる太陽。流石のシルトも少し頭にきたようで、若干声を荒げていた。

「い、いいだろう……っ！　私の全力を見るがいいっ」

シルトはそう言って、再び太陽の周囲に空間魔法を展開した。

「【空間隔離】——『八重奏《オクタプル》』!!」

太陽の周囲に八つの空間が出現する。八つの空間を層のように重ねることで、耐久力を更に高くしたようだ。

「これでお主でも逃げられまいっ」

「……これがお前の本気なんだな？　じゃあ、俺も少しだけ本気を出してやる」

鼻息を荒くするシルトに、太陽は不敵な笑みを浮かべて。

「【超新星爆発《スーパーノヴァ》】」

繰り出したのは、太陽の膨大な魔力をひたすらに圧縮して爆発させた、彼のオリジナル魔法であった。

——パキン!!　と、魔法が放たれると同時に八つの空間が砕ける。一瞬も持ちこたえることなく隔離空間は壊れたのだ。

否、それだけではない。爆発は八つの空間を壊してなお周囲に広がり、シルトへと襲いかかった。

「ちっ……」

間一髪で空間移動魔法を行使したシルトは、少し離れた場所で自身の周囲に空間隔離魔法を展開する。そうすることで爆発の影響は防げたが、太陽の身は自由になっていた。

「ま、こんなもんかな。俺がちょっと本気を出したら、お前程度だと防ぐこともできないってわけだ……じゃ、俺行くから」

軽く手を挙げて再び走りだす太陽。

「……私一人ではどうにもならんな」

シルトはその後ろ姿を眺めることしかできなかった。かけ離れた実力差を実感したので、深追いはしないことにしたらしい。

（後でスカルと協力して、人質を利用するか……さて、連絡をしなくては）

加賀見太陽は化け物だ。どうにもならないと理解して、シルトはアールヴの言いつけ通り人質を利用することを考える。空間魔法で人質の許に向かっているはずのスカルへ連絡を取ろうとした。

連絡なので声だけ通ればいい。そのように空間を連結させる。会話はできるようになったはずだが。

（……？　スカルめ、私の声を無視しているな？）

だがスカルは返事をしない。いくら声をかけても、無言を決め込んでいるようだった。

そのことにシルトは苛立つも、ともあれ今はスカルに文句を言っている暇はない。

「足止めはスカルがやってくれると信じよう……あの狂人に会いに行くのは後だ。私がまずやるべきは、トリアと協力してあの剣士を倒すこと……その後に加賀見太陽を討てばいい」

そう自身の行動を決めてから、シルトは元の場所に空間移動した。太陽のことは一旦頭から離して、今度はトリアの加勢をすることに思考を集中させる。

（前に戦った時のように、私の魔法で相手の動きを封じてしまえば……すぐにでも決着はつくはず）

そんなことを考えていると、すぐに広場に到着。

そこで見たのは……

「ん？　シルト、ここはもう終わった。僕が、勝ったから」

槍でわき腹を抉られたヘズと、無表情で勝利を口にするトリアの姿であった。

もともと、ヘズがアルフヘイムに来たのは偶然のことだった。武者修行の道中にたまたまエルフと出会ったのである。

襲いかかってきたそのエルフはそこまで強くなかった。ヘズであれば返り討ちにできたのだが、ふとあることを思い立って彼は自ら拉致されたのである。

『エルフとの戦いは、対魔法戦のいい修業になる』

そう。ヘズは、対魔法戦の力量を高めるために修業を続けていたのだ。エルフは魔法の技術に秀でた種族なので、まさにうってつけの相手だと思ったのである。

『……太陽殿に、勝つために』

ヘズは力を求めていた。

太陽にまるで歯が立たずに負けたあの時のことを彼は決して忘れていない。攻撃範囲が広く、威力の高い爆発の魔法に為す術もなく負けたことを、ヘズはとても悔しく思っており、なんとか雪辱を果たそうと願っていたのだ。

『射程が足りん……剣の間合いに頼っていてはダメだ』

もっと間合いを伸ばす必要性をヘズは感じていた。そのための修行をアルフヘイムで行おうとしていたのである。

とはいえ、アルフヘイムに入る際、ヘズは奴隷の首輪をつけられていた。本来ならアルフヘイム内で暴れることはできなかったはずである。

だが、ヘズは奴隷の首輪に簡単に抗うことができた。

実はこれ、精神に直接作用するアイテムなのだが、強靭《きょうじん》な精神力を持つヘズには効かなかったのである。

エルフに攻撃するなという命令に背いて、片っぱしからエルフに戦いを挑んでいったのだ。

『全ては、太陽殿に勝つために！』

相手の魔法が発動するよりも早く。

剣の射程外だろうと関係なく。遠くでのうのうと魔法を展開する魔法使いを、斬る！

それがヘズの思いついた、太陽を倒すたった一つの手段だった。

そのために編み出した技が【空閃】。触れずとも相手を斬るこの技は、磨けば太陽だろうと倒せるかもしれない——と、ヘズは少しだけ自惚れていた。

百人程のエルフを斬り飛ばした頃だっただろうか。いよいよ修業も終わりかというタイミングで、ヘズは二人と出会ったのである。

エルフ国女王、アールヴ・アルフヘイムの側近。

槍という意味を冠する名を与えられたトリアと、盾という意味を冠する名を与えられたシルト。

この二人にヘズは負けたのである。

『傲慢！　驕っていたのかっ……やはり、某は未熟』

シルトの空間隔離魔法にヘズの編み出した【空閃】は通用せず。

攻撃も、回避も、何もかもが空間魔法で封じられた上で繰り出されたのは……トリアの空間を超えた一撃だった。

敗北。完膚なき敗北にヘズは歯を噛みしめた。

太陽どころではない。

ヘズはトリアとシルトにさえ後れをとっていた。明らかな実力差にヘズは己の未熟さを嘆いた。

『己を見直さなければ……』

そうして、バベルの地下——永遠の監獄に幽閉されたヘズは、精神統一の修業に明け暮れた。

もう驕りはしない。傲慢の心をなくし、慢心を消した。その身を一振りの剣のように鋭く磨き上げた。

そこでヘズは太陽と出会ったのだ。

監獄内での再会には驚いたものの、これに好機を見たヘズは脱出を決意をする。

それから、運命の巡り合わせだったのか、早々にトリアとの再戦の機会を得ることができた。

「前回の借り、返させてもらう」

不滅の剣《デュランダル》を掲げて、ヘズは闘志を燃やす。

「無駄だと思う……僕、強いし」

対するトリアは、前に対戦した時と同じように飄々としていた。前と異なっていたのはトリアの持っている槍くらいだろう。

(黄金の槍……これは?)

美しい装飾の施された槍にはなんとなく不気味な印象があった。警戒の色を強めてヘズは勝負に入る。

「――っ!!」

そこからはヘズの一方的な一人相撲《ずもう》だった。

トリアは身体強化魔法を使ったのみで、それ以外には特に目立った動きを見せない。ヘズの攻撃に合わせて動くだけで、彼自身からは攻めようとする意思が見えなかった。

だが、それでも勝てない。ヘズの磨いた技はそのことごとくを防がれる。傲慢な己を消そうとも、そこにある実力の壁をヘズは未だ乗り越えられていなかったのだ。

「くっ……」

長くは経たなかったであろう時間。攻めあぐねてうめき声を漏らしたヘズを見てなのか、そこでようやくトリアが攻撃に出た。

「行くよ……プリューナク――【神雷《ライトニング》】」

五つに分かれた穂先から、放たれたのは眩い雷。

神具プリューナクの持つ特異性質【神雷《ライトニング》】をトリアはここで発動させたのだ。

「っ!?」

不意を突いた雷の一撃にヘズの動きは遅れた。

結果、ただでさえ速い雷を斬ることができず、その身に受けることとなる。

瞬間に訪れた雷の衝撃にヘズの身体は麻痺した。

「はい、終わり」

そこでトリアが勝負を決めたのである。

持ち前の瞬間移動じみた動きでヘズに接近し、そのわき腹を穿つ。

ヘズは身体が痺れていたせいで防御もできず、攻撃を受けることになった。

「ぐ、ぁ……」

刺されて、ヘズの視界が明滅する。溢れ出る血が袴を濡らし、彼自身の意識を朦朧《もうろう》とさせていた。

「ん？　シルト、ここはもう終わった。僕が、勝ったから」

だが、トリアの一言によって……ヘズの意識は一気に覚醒する。

（まだ、負けて……ない！）

二度目の敗北を彼は許さない。

もう負けたくないという執念が、痛みを乗り越えてヘズの意識をつなぎとめる。

「まだ、だ」

わき腹を抉ったトリアへ、ヘズは血を吐きながら剣を振るった。がむしゃらに振るった剣はでたらめな軌道を描いていたが、その一撃に驚いたのかトリアは槍を引き抜いてヘズから距離をとる。

「びっくりした……まだ動けるんだね」

「この程度、造作もないことだ」

ヘズは荒い息を吐きだしてから言葉を続ける。

「痛みには、慣れている」

「慣れの問題じゃないよ？　その出血量……死ぬんじゃないかな」

「死んでもいい」

だが、死ぬよりもイヤなのは。

「負けることには、未だに慣れないからな……足掻かせてもらおう」

魔力ゼロの能なし。生まれつきの落ちこぼれ。そう蔑《さげす》まれて生きてきた。

幾千もの敗北を背負い、その度に痛みを負い、だが前を見続けた。

痛みにはもう慣れた。だが、敗北には慣れない。慣れたくもない。

目も見えず、魔力もなく、だからこそヘズは……己が最強であると信じたのだから。

「今度こそ、勝つ」

そしてヘズは剣を構えた。

シルトがこの場にいるのはもう知覚している。

二対一で不利な状況だ。

だからといって、負ける気は毛頭ないが。

「私の存在を忘れられては困るな……【空間隔離】」

シルトが動く。前と同じように、ヘズの周囲の空間を隔離する。以前はこの空間魔法に対処することができずにやられたのだ。

「トリア、行け」

やはり、シルトとトリアは前回と同じように動くつもりらしい。シルトの空間魔法でヘズを封じ、トリアの空間を超える一撃でとどめを刺す。


「――ふぅ」

相手の動きを知覚して、ヘズは息をついた。剣の刀身を鞘に戻して、身体を一気に脱力させる。

「前は、超えることができなかった」

トリアは既に迫っていた。

雷を纏う槍を突き出しているのを感じた。

そこでヘズもまた動く。

「だが、今度こそ」

脱力から、一気に抜刀。

力を一瞬に込めて自らの最大限を引き出す。

放った技は、【空閃】。

「空間ごと、斬る一閃を」

触れずとも斬る技ではない。空間ごと相手を斬り払う技を、ヘズは放ったのだ。

刹那――


「……ぐはっ⁉」

――空間が、ズレた。

否、それは錯覚。空間がズレたと勘違いするほどの斬撃は空間隔離の魔法を破り、トリアの一撃を退け……あまつさえ、遠くにいたシルトの胸部に裂傷を刻んだ。

「ようやく、完成だ」

己の技にヘズは笑う。

満足のいく一撃に彼は破顔していたのだ。

この時、ヘズはまたしても己の限界を超えた。生まれてから超え続けていた限界の、更なる向こうへ辿りついたヘズは目前の敵に向かって笑いかける。

「次は、貴君だ」

「…………」

無言のトリアに、不滅の剣《デュランダル》を構えて。

ヘズは再び斬りかかっていく。

トリアは、敗北を知らない。

生まれてから一度として彼は負けたことがない。


——天才。そう、トリアは先天的に大きな才能を持っているのだ。彼自身はなんの努力もしていないが、勝負をすれば天才故に勝てたのである。

初めは魔法など使わずに、素手だけで相手を薙ぎ払っていた。次に槍を使うようになり、彼に敵う者はその時点で誰もいなくなった。

そして最後に【強化魔法《ストレングス》】を覚えて、トリアは強くなることをやめた。十分すぎるほどの強さを手に入れたトリアは、エルフの国アルフヘイムでも随一の強者となった。

実力を認められ、アールヴの側近として仕えるようになってからも、トリアは一度として負けたことがない。アールヴの指示に従って、いかなる敵だろうと簡単に葬ってきた。

それだけの実力が彼にはあったのだ。

『みんな、なんでこんなに弱いんだろう？』

トリアにとって戦いとは作業である。楽しくもないし、辛くもない。退屈でこそあれ、ミスすることもない簡単な作業だ。そこには情熱も、信念も、覚悟もない。

トリアは天才なのだ。何も特別なことをしなくても、相手を倒すことができる。

「軽いな」

だからこそなのだろうか。

トリアが天才で、今までなんの苦労もなく強くなったから、ヘズはこんなことを思ったのかもしれない。

「貴君の攻撃は軽すぎる」

シルトを倒し、それから再びの討ち合いを経て……盲目の剣士はそんなことを口にした。

「手負いの某を前に、攻めあぐねているのがその証拠だ。その一撃から何も感じない。まるで何もない……貴君との戦いは、面白くない」

先程まではトリアが圧倒していた。だが、今はまったくの互角だった。

均衡した討ち合いにトリアは眉根を寄せている。

「どうして……さっきとは、別人みたい」

「別人ではない。ただ単純に、某が強くなっているだけだ」

剣を鞘に、腰を落として……ヘズはまっすぐにトリアを見据える。

「才能に溺《おぼ》れた凡夫《ぼんぶ》か……くだらん。血をたぎらせ、相手に呼応し、その真なる力を発揮し合ってこそ、戦いは戦い足り得るのだ。貴君との相対は、戦いとはいわない。これではただの作業だ」

ヘズはトリアの心を見抜いているらしい。呆れたように息を吐き出している。

「……そうだよ。それの何が悪い？」

しかしトリアは無表情だった。いつも通り無感動に、やる気がなさそうな態度で槍を構えている。

「どうせ僕が勝つ。そっちがいくら成長しようとも、僕が負けるわけがない」

「傲慢か。エルフという種族は、本当にくだらん……まあ、やってみるがいい。己の愚劣さをしかと味わわせてやろう」

「偉そうだね。そのわき腹の傷を忘れたの？」

そこでトリアが突然、駆け出す。

強化魔法《ストレングス》によって身体能力を強化したが故に、その移動は瞬間移動じみた速度を有していた。

「それはもう飽きた」

ただし、ヘズにはもう通用しない。持ち前の魔力感知によってトリアがどこに移動するのかを刹那に把握したヘズは、鞘走りを利用した居合い斬りを無造作に放った。

「……っ」

剣の軌道はトリアの首を捉えている。

寸分の狂いもない一振りに、トリアは攻撃を断念して回避の行動を選んだ。それが功を奏して、剣先が頬を掠《かす》めるだけで致命傷にはならない。

だが、確かに攻撃が当たった。

ヘズは戦いの中で着実に成長している……トリアの動きを完璧に捕捉しようとしている。

「次は、外さん」

徐々に徐々に、トリアは追い詰められていた。

天才故に苦戦を知らないトリアは、この時になって初めて相手の執念というものを感じた。


「分からないな……勝つことって、そんなに大事なの？　強さって追い求める必要ある？　勝たなくても、強くなくても、生きていける。なのに、なんで？」

「男故に。それ以外の理由はない……某は、男故に最強を目指す。ただ、それだけのこと」

トリアにはやはり分からない。

ヘズの謎理論は論理を超えている。

「意味不明……もういいよ。さっさと終わらせる」

うんざりしたように肩を落として、難儀そうに彼は槍を構えた。手こずっている今の状況が気に食わないのか、若干の苛立ちもみせている。

「いけ、【プリューナク】──【神雷・鳴《めい》】」

そして、トリアは……プリューナクを投擲した。

飛来する神槍《じんそう》は稲妻のように輝き、ヘズを襲う。

神槍プリューナク。『貫くもの』を意味するこの槍は、もともと投げ槍として鍛えられた神具だ。

投げれば稲妻となり、相手に死をもたらす。

「迎え討て、【不滅の剣《デュランダル》】」

対するヘズの剣もまた、神具だった。不滅を謳う剣を構え、持ち前の剣技を振るって稲妻を斬り裂かんとする。

加賀見太陽の炎も……あまつさえ爆発さえも斬ったヘズの剣だ。

当然、稲妻ごときを斬れないわけがなかった。

「【空閃】!!」

空間ごと、稲妻となった神槍を斬り払う。そうすることで迸《ほとばし》る稲妻は軌道を変え、ヘズに届かずにそれていく。

完璧な迎撃。だが、その時には既にトリアが動いていた。

「【二重強化魔法《ストレングス・ダブル》】」

それは、天才故の発想なのか。

強化魔法を二つ重ね、暴れそうになる体内の魔力を持ち前の才能で押さえつけ、更に身体能力を向上させたトリアは光のような速さでヘズへと迫っていた。

「【瞬閃】」

ただし、ヘズはそれさえも読み切っている。流れるような動作で次撃へと移った盲目の剣士は、寸分違《すんぶんたが》わずトリアの首へと剣を振るった。

「――っ」

死ぬ。トリアは生まれて初めて、死を直観した。

（まだ、命令を……達成していない）

死ぬのは早い。ここで死んでは命令を遂行できない。

死ぬわけにはいかない……死にたくない！

そう思った直後に、彼の身体は勝手に動いていた。

「【三重強化魔法《ストレングス・トリプル》】！」

最早、時間さえ追い越すかのような。

限界を超えた強化魔法を展開して、トリア以外の全てが時を止める。

当然、ヘズの動きもまた……時を止めるかのように遅くなっていた。

それほどまでに感覚が研ぎ澄まされていたのである。

(やれる)

ヘズの剣をかわし、自らの身体を強引に動かして、ヘズの腹部に拳を入れる。

その拳は凄まじい勢いを有していたのか、ヘズの腹部を容易に貫いた。

(勝った)

そうほくそ笑むと同時に、三重に展開した強化魔法がとぎれる。

瞬間、時間が元に戻った。

「……!?」

ヘズは何が起きたのか理解できていない。捉えたと思ったらトリアが腹部を貫いていたのだ。

致命的な攻撃に血を吐き、膝をつくヘズ。

「な、んだ……これっ」

一方のトリアもまた、突然に訪れた痛みにうめいていた。限界を超えて身体を酷使した代償である。

息は荒い。視界は霞んでいる。全身が熱を持ち、痛みで意識が飛びそうである。


「でも、勝った」

勝利。ヘズに、勝つことができた。

いつも通り、ではなかったが……それでも勝つことができた。

「次は、あの人間を」

邪魔者は消した。あとは、アールヴの命令通り加賀見太陽を殺さなければ——と、思ったその瞬間であった。


「なめるな」


足元に膝をついたはずのヘズが、剣を突いてきた。意識外からの攻撃にトリアは反応することができず、彼もまた腹部を貫かれる。

「……う、ぁ」

勝ったと思っていた。ここまでダメージを与えて、倒れない敵はいなかった。

だが、ヘズは……倒れるどころか、立ち上がってさえいた。

今度は逆に、トリアが膝をつかされて。

「某は……負けるのが、嫌いなのだ」

剣を引き抜かれた直後、トリアはとうとう地面に倒れた。

もう、身体には力が入らない。

(負け……た？)

初めての敗北に彼は歯を噛みしめる。

(く、そ……)

悔しさを覚えても、全てはもう遅い。

「某の、勝ちだ」

ヘズの宣言と同時にトリアの意識は闇に落ちた。

わき腹を抉られ、腹部を貫かれ、多量の血を流そうとも……その執念で、ヘズは勝利をもぎとったのだ。

「もう、誰にも負けない」

盲目の戦士は笑い、そして……立ったまま意識を消失させる。

彼もまた、限界を超えていたのだ。


こうして、エルフ国アルフヘイム最大戦力のトリアとシルトが舞台から姿を消すことになる。この事実は、エルフにとって単なる敗北と言うには収まらない衝撃的な事態であった。

まず、エルフで最強と言われるトリアが負けた。この時点で、エルフは追い込まれたも同然だが……更にまずいことに、シルトも負けたので、彼によってアルフヘイムに張られていた結界が壊れたのである。

空間魔法のスペシャリストであるシルトがいたからこそ、アルフヘイムは外部から捕捉されなかったのだ。

だが、今となってはもう外部から侵入を防ぐ手立てはない。アルフヘイムは無防備となってしまったのだ。

人間側の猛攻は止まらない。着実に、エルフ国は追い詰められていくことになる。

# 十四話　心を持った魔法人形《ゴーレム》

――バベルの塔の地下、比較的地上に近い監禁層にミュラとゼータは閉じ込められていた。

「くっ……ミュラ様、やはりゼータでは勝てそうにありません」

「ゼータさんっ、あんまり無理しないで」

ドームのような形状をしたこの場所に、二人は監禁されていた。

一応、出入り口はすぐそこにある。二人はそこから脱出をしようとしているのだが、見張り役の人形――シータ型戦闘魔法人形《バトル・ゴーレム》に行く手を封じられていた。

「シータ型の魔法人形《ゴーレム》……あれはゼータより新型の魔法人形《ゴーレム》で、しかも戦闘に特化しているようです」

エルフ産魔法人形《ゴーレム》で、人間国に流れているのは古い世代のものだったらしい。エルフ国ではより新型の魔法人形《ゴーレム》が存在していた。

「……ゼータの方が可愛いですが、戦闘能力ではこちらが劣るかと」

そのフォルムは可愛さとかけ離れている。形状としては木偶人形に近い。目鼻のない顔に、黒光りする真っ黒な身体。太陽の世界で例えると、真っ黒なマネキンと言ったところか。

ただ、戦闘には長《た》けている。二本の剣を振るそのシータ型魔法人形に、ゼータは敵いそうになかった。

「仕方ありません。ご主人様が来るのを待ちましょう」

身体の埃を払いながら淡々とそう言うゼータに、ミュラは不安そうな表情を見せる。

「……太陽くん、来てくれるかな?」

「心配無用です。ご主人様はスケベでへたれで可哀想な方でございますが、身内に対してはとてもお優しい方です。ゼータのためなら死んでも来てくれます」

「そっか。そうだよね、うん……ゼータさんのためなら、来てくれるよね」

「もちろん、ミュラ様のためにも。ゼータ程ではありませんが、ご主人様はミュラ様にも好意を持っているので」

　ゼータには不安が一切ない。心から太陽のことを信じているようであった。

　そんなゼータに、ミュラは頬を緩める。

「なんだかんだ言って、ゼータさんは太陽くんのことが好きだよね」

「好きではありません。ご主人様がゼータを好きなだけです。勘違いしないでくださいませ。別にゼータは好きとかじゃないです。不快です。訂正してください」

「そんな早口で言われても」

　微笑ましいゼータの反応にミュラの不安が消えていく。

「太陽くん……早く来てくれないかなぁ……」

　小さく笑いながら、そんなことを呟いた時だった。

「残念だったな。助けはもう必要ない。貴様は、俺に処理されるのだからな」

　声が、聞こえた。

　それは、待ち望んだ声ではなかった。

　それどころか、ミュラがこの世で一番恐怖していた声だった。

　振りかえる。ドームの出入り口、シータ型魔法人形の陰から現れたのは……

「グリード、様……」

　そう。グリード・ヒュプリスがそこにはいたのだ。

　燃えるような赤髪。血のように紅《あか》い瞳。端正な顔立ち……は以前と少し違っており、そこには大きな火傷の痕があった。

「ゴミがぁ……貴様のせいで、俺は罰を受けた！

この借りは返させてもらう……貴様も、加賀見太陽も、同じように苦しめてやろう‼」

八つ当たりも甚だしい。グリードは太陽に負けた罰を受けたようだが、それをミュラのせいだと決めつけているようだ。

「殺してやる……お前を、苦しめた上で殺してやる‼」

声を張り上げるグリードにミュラは身を震わせる。そんな彼女を守るように手を握ったのは、隣にいたゼータだった。

「大丈夫です。ミュラ様、あのエルフの言うことなど聞かなくて結構です……ご主人様が、きっと来てくれます。それまで、抵抗すればいいだけの話です」

怯えるミュラを庇うように前へ出たゼータに、グリードは殺意の込もった視線を向ける。

「人形の分際で歯向かうとは何事だ！　いいだろう……壊してやる」

激情に身を任せているのか、紅焔の魔法を展開してゼータに放とうとした。

だが、そんなグリードの肩を誰かがつかむ。

「キヒヒ……グリード君？　ちょっといいかねぇ？　吾輩《わがはい》はあの人形に興味があるんだよぉ。壊さないでくれたまえ」

骸骨のように骨ばった顔。エルフというのに美というものを一切感じさせないそいつの名は――スカル。

人間の研究に執着している一風変わったエルフだ。

彼は先程、アールヴからミュラとゼータを人質にとれと命令されていたのだが。

「取引は、そこのハーフエルフ君だけで良いんだよねぇ？　余計なことしないでくれよぉ」

「ちっ。あれだけ金をもらっておいて、強欲な奴だな……まぁいい。俺に壊されたくなかったら、さっさとあの人形をどかせ」

しかし、スカルはアールヴの命令を聞く気はないようだった。勝手にグリードと取引をしたみたいである。

「キヒヒ……分かった分かった。手早くすませるよぅ」

不気味な笑みを浮かべてから、スカルはグリードの前に出る。

それから、ゼータに指を向けた後に。

「【精神操作《マインドコントロール》】――『動くな』」

以前、二十九階層の修練の間でやったような精神操作の魔法を、ゼータに放つのであった。

「――っ」

途端にゼータは動けなくなる。喋ることもできなくなり、当然ミュラを守ることもできなくなった。

「『自分の首を絞めろ』」

命令は続く。スカルは更にゼータの身体を操作して、自ら首を絞めさせた。

「魔法人形《ゴーレム》が窒息しないと思わないでくれよぉ……吾輩の作品なのでねぇ。人間と同じように、死の条件もまたしっかりと複製しているんだぁ」

ニタリと笑うスカルに、ここでミュラは気付いた。

「脅し……？」

そう。ミュラが抵抗すれば、ゼータを殺すと言っているのである。

「ゴミでもそれくらいは分かるのか。だったら選べ。抵抗して、この人形が壊れた後に痛めつけられるか。抵抗せず、人形と一緒に痛めつけられるか」

「……っ」

いずれにしてもミュラはグリードから逃れられない。ならばせめて、ゼータが過剰に傷つけられないように、と……素直にグリードの前に出た。

「この、ゴミが!!」

「く、ぁ」

そして同時に、ミュラは脇腹に蹴りを入れられる。容赦のない一撃に彼女は膝をつき、グリードが続けて頭を踏みにじったせいで転倒した。

痛みに意識がもうろうとする中で、グリードが彼女の髪を引きつかんでその顔を強引に上げる。

「足りないな。俺が受けた痛みに比べると、まだまだ足りない！　もっと苦しませてやる！　おい、スカル。そっちは好きにやれ。俺も好きにやらせてもらう」

「どうぞぉ。吾輩は、あの人形で少しだけ実験したいことがあるんでねぇ。気のすむまでやればいい」

「……仮に、あの加賀見太陽が来たら手筈通りに動け。いいな？」

しっしっと追い払うように手を振るスカルに背を向けて、グリードはミュラをドームの奥へ連れていく。そこは死角になっていて、ドームを一望した程度では見えない場所だった。

そこで、グリードはミュラに暴力を加える。

気を失わないよう、かつ痛みは最大限に手加減された攻撃に、ミュラはどうしようもなかった。

「なんで、こんな……っ」

「ゴミの分際で、この国にいるということ。それが、お前の罪だ」

恨みに満たされたグリードの思考は支離滅裂である。

理不尽な暴力だ。しかしミュラは戦う力のない奴隷エルフ、抵抗することなど当然できない。

「痛い……痛いっ」

それから延々と、ミュラはグリードに暴力を振るわれ続けることになる。

「さて……ゼータ型魔法人形《ゴーレム》七号君。もう動いていいよぉ」

一方のスカルは、グリードが暴れ始めたのを確認してから、ようやくゼータの魔法を解いた。

身体の自由を得たゼータは警戒するように身構え、スカルを強く睨む。

「……ゼータに、なんの用でしょうか？　あなた様など、もうすぐ来るご主人様にやられてしまうでしょう。なるべく穏便にすませたいなら、ミュラ様への暴力をやめさせてください……ゼータたちは捕虜です。傷つけるのは、いかがなものかと」

どうにかミュラを助けたい。その思いで慣れない交渉を試みるゼータに、スカルはニタリとした笑みを返していた。

「確かに、捕虜は大切に扱うべきだろうねぇ。女王様からも、二人は大切に扱うよう指示されている。仮に、あの化け物みたいな人間君を止められなかった際は、人質にできるよう準備をしておけとのことでねぇ」

「それでは、ミュラ様をっ」

「ああ、そうだねぇ。さっき、シルト君からも連絡があったようだし、本当はこんなことしたらダメなんだろうねぇ……でも、知ったことじゃないんだよぉ」

「っ……」

狂気に歪んだ顔に、ゼータは会話が通じないことを知る。

「どうでもいい。全部、どうでもいいんだよぉ！　吾輩が求めるのは一つ……完璧な人間を作ること　さぁ！　人間、人間だっ。愚かで無能、だというのに吾輩たちエルフと肩を並べる種族!!　なんと興味深い存在か……なんと愛しい生物か！　吾輩の興味は、そこにしかないのだよぉ？」

「な、何を、言って……」

「魔法人形《ゴーレム》。何故、君はエルフ産なのに、人間の形状をしているか分かるかねぇ？」

突然饒舌《じょうぜつ》に語りだしたスカルに、ゼータは身を震わせる。感情のないはずの身体がどうしようもないくらいに震えだした。

それは、製造物としての根源的恐怖だったのか。

「魔法人形《ゴーレム》の製造目的……それは、完璧な人間を作ること!!　君だってそうだよぉ……ゼータ型魔法人形七号。吾輩の傑作物の一体！」

作られた物として、作った者へ……ゼータはスカルに恐怖を感じていたのだ。

そう。スカルは魔法人形《ゴーレム》の製作者にして、ゼータの生みの親である。

「キヒ……キヒヒ、キヒヒヒヒヒ!!　嗚呼、なんと嬉しいことか……吾輩の製造物が、こうして戻ってきてくれた！　しかも、なんてことだろうねぇ。あれほど製造できなかった『心』が、君にはあるじゃないかぁ!!」

対するスカルは歓喜に身を震わせていた。

「初めて見た時からっ。自我を持ち、あまつさえあの人間に心酔した態度を見せたときからっ！　吾輩は、いた時からっ。【精神操作《マインドコントロール》】の魔法が効七号に完成を見た……君が、吾輩の最高傑作なんだよぉ！」

ゆらゆらと歩み寄るスカルに、ゼータは尻もちをつく。身体の震えは止まらず、上手く言葉を発することもできなかった。

「ご主人様……っ」

そこで溢れ出た、機能として搭載された涙を見て、スカルもまた涙を流す。こちらはゼータと違って喜びという感情の発露だが。

「キヒヒヒヒヒヒヒヒヒ!!　さあ、実験だぁ……実験だよぉ！　ゼータ型魔法人形《ゴーレム》七号君！」

ゆらりと手を伸ばしてメイド服を破るスカル。


腹部に刻まれた魔法陣に手をかざして、スカルは哄笑していた。

「その心は、どこにある？」

心を持った魔法人形《ゴーレム》。その心はどこにあるのか調べるために、スカルは実験を開始する。

体の中はもちろん、記憶の中まで……どこに心があるのかを探すべく、スカルはゼータを分解する。

「【精神操作《マインドコントロール》】」

こうしてゼータの心は、壊されたのだ。


――砕けていく。

思い出が欠片となって散らばっていく。

かつて、彼女はただの人形だった。自我などなく、ただ命令された通りに動くだけのアイテムでしかなかった。

そんな彼女――ゼータが人格を作り出せたのは、主である彼のおかげだった。

（ご主人様……）

月が綺麗な夜のこと。

ゼータは太陽に買われた。高額な値段がついていたが、太陽はゼータを一目見て即座に購入を決意したのである。

当初、彼女は太陽に買われてもなんとも思っていなかった。ただ主が変わっただけで、やることは変わらないと思い込んでいたからだ。

命令された通りに作業をこなすだけの人形。ゼータは自身をそう定義づけていた。

だが、そんなゼータを太陽は許さなかった。

『ご購入いただきありがとうございます。これから当機をよろしくお願い致します』

『当機って……それ、可愛くないな。別の呼び方がいいんじゃないか？』

『ですが、当機は人形でございます。可愛いかどうかは問題ではないかと』

『問題だろ。せっかく顔が可愛いのに、堅苦しいのは似合わないんじゃないか？』

『……よく分かりませんが、それではこのゼータ型魔法人形《ゴーレム》七号をなんと呼べば良いのでしょうか？』

『うーん、ゼータとかどう？　呼びやすくていいと思うんだけど』

『——理解、しました。当機、ではなく……これより、ゼータは自分のことをゼータと呼びます』

名前をつけてくれたのも、ご主人様だった。

『そんなボロボロの衣服はゼータに似合わないな。服でも買って来るか』

『……なんでも良いと思うのですが』

『そう言うな。ってか、そのボロ服だといろんなところが見えそうになって俺が落ち着かないんだよ……あ、このメイド服なんていいんじゃないか!?』

『それ、露出という点で考えると今の服と然程《さほど》変わらないと思うのですが』

メイドという職業を、お洋服を、存在意義をくれたのもご主人様だった。

人格を尊重してくれた。同じ人間であるかのように扱ってくれた。その中で、ゼータの自我ははっきりしていった。

加賀見太陽と一緒に時間を過ごしていくうちに、彼女は自分という存在を確立させていったのだ。

『ご主人様、お給金を上げてほしいです』

『え？　まだ足りないのかよっ……まぁ、上げてやるけど』

わがままを言っても、太陽は全く怒らなかった。

『ゼータ……ありがとうな。お前が隣にいてくれて、本当に嬉しいよ』

むしろ太陽は、ゼータに対してことあるごとに感謝の言葉を伝えてくれた。

そのたびに、感謝したいのはこっちだ――と、ゼータは思っていた。

（ゼータをおそばに置いていただき、ありがとうございます）

そう言ってあげたかったが、彼女は天邪鬼なので結局は反対の言葉を口にしてしまうばかり。

それはそれで太陽は喜んでいたが、ゼータはいつも心の中で後悔していた。

（ゼータは、ご主人様のことをお慕いしております）

何があっても、どんなことが起ころうとも、彼女は太陽についていくと決めている。

ゼータにとって、太陽は全てだった。

ご主人様と一緒に歩むことが、ゼータの存在意義である。

（ダメ、です……消えないでっ）

だから、彼との思い出が消えていくことが、彼女には耐えられなかった。

スカルの手によって、ゼータの記憶は砕かれていく。欠片となって零れていく。

心の在処《ありか》を探すという、ゼータにとってはどうでもいい理由で……ゼータの大切なものが壊されていった。

（ご主人様……っ）

次第に、意識も希薄になる。

徐々に太陽の存在も消えていった。

彼女は必死に思い出そうとするが、無駄でしかない。

全部全部、なくなっていくのだ……ゼータにはただ、涙を流すことしかできなかった。

（────）

やがて、記憶の全てが削除されて。

ゼータは、ゼータでなくなる。

太陽という存在理由を失った彼女は、また元の人形に戻ったのだ──。


「ゼータ？」

その呼びかけに振り向いた彼女は、いつも一緒にいた彼女と同じ姿形をしていた。

「……その名称は当機を指しているのでしょうか？　否、訂正を求めます」

だが、彼女は……加賀見太陽の知る彼女ではなかった。

「当機はゼータ型魔法人形《ゴーレム》七号。ゼータなる個体とは異なります」

紫紺の長い髪の毛。眉ほどの高さで切りそろえられた前髪。均整のとれた体型、その身を覆うメイド服……は、腹部が破れてこそいたが、それでも彼女は『ゼータ』に違いないはずだった。

「あなた様は、どちら様でしょうか？」

でも違う。

ゼータは……ゼータでは、なく。

「おい、冗談はやめろよ……俺だよ。加賀見太陽だ。お前の愛するご主人様だっ。そんな、他人みたいな演技やめてくれ」

太陽の呼びかけに、ゼータはいつものように罵声を返してくれなかった。

ただ不思議そうに首を傾げて、平坦な声を紡ぐのみ。

「申し訳ありません。ゼータ型魔法人形《ゴーレム》七号には、加賀見太陽なる人物の記録はありません。ご了承くださいませ」

微かに宿る、感情の抑揚も。

確かに感じた、温かな声音も。

全て、なくなっていた。

「――――っ」

今しがた地下から駆け上がって来た太陽は、監禁層ですぐにゼータを見つけた。地下から続く階段の前に彼女はいたのである。

こんなところで佇む彼女に疑念を感じながらも、声をかけてみたところ……太陽は、ゼータがゼータではなくなっていることに気付いたのだ。

「そんな、嘘だろ……だって、さっきのエルフは、無事だって」

シルトは傷つけていないと言った。太陽との交渉材料の価値を下げる愚策などとらないと、はっきり口にしていた。

だというのに、この状況は何だ。

「ゼータ……お前、本当に何も覚えていないのか？　俺のことも、屋敷で過ごしたことも、何もかも忘れたのか？」

「……？　覚えて、いるとは？　ゼータ型魔法人形《ゴーレム》七号には、何も記録がありません。必要な知識などはありますが、あなた様の仰るエピソードは皆無です」

本当にゼータは何も分からないようだった。太陽のことも、全ての思い出も……忘れ去ったようだった。

「キヒヒヒ！　そうだよぉ……この魔法人形《ゴーレム》は、何も覚えてないよ。だって、吾輩が記録を消したからねぇ!!」

そこで太陽は、一人のエルフに気付いた。この階層の中央付近で何者かが声を発している。

骸骨のような顔。エルフにあるまじき醜悪さを放つそいつの笑い声に、太陽はピクリと反応する。

「お前か？」

「ん～？　何が、吾輩なのかなぁ？」

「お前が……ゼータの記憶を消したのか？」

発する声は、酷く冷たい。

「記憶、とはまた愉快な表現をするものだねぇ。これは人形。記憶にあらず、記録と表現した方が適切だよぉ」

「……どうして？」

いつもの能天気さはどこにいったのか。太陽は虚ろな目でスカルを見据えている。

対して、スカルは上機嫌に言葉を紡いだ。

「どうして？　それは、実験のために決まっている！　この魔法人形《ゴーレム》にある『心』とは、一体どこに宿っているのか？　その答えを、吾輩は知りたいのだよぉ」

熱に浮かされるように、唾《つば》を吐きながら一方的に喋りはじめるスカル。

「心は、身体にはなかった！　身体を分解し、隅々までチェックしてみた。だがパーツの状態には多少の摩耗こそあれども、製造直後とほとんど変わりなかった！　だから、吾輩は仮定する。心とは『記録』に宿るのではないか――とね！」

太陽は、不快だった。

「仮定を基に、今度は実証に入った！　魔法人形《ゴーレム》の記録を消去し、そして心が生みだされた原因であろう君と対面させることで刺激を与え……それでも無反応であれば、晴れて吾輩の仮定は証明されることになる！　心は記録によって生まれるのだと、定義づけることができる!!　ただし、反応した場合は……心と記録に相関性はないことになるねぇ。そうなると、少し考察を深めなければならなくなる」

スカルの言葉に太陽は拳を握る。理解を放棄するくらい、彼は頭に血が昇っていた。

「さあ、ゼータ型魔法人形《ゴーレム》七号よ!!　この人間と顔を合わせて、何か自分に変化はあったかい？　答えるんだ、今すぐにっ」

「いいえ。何も、感じませんでした」

ただし、ゼータの声だけは……しっかりと理解できていた。

「ただ、なんというか……奇妙な言葉がゼータ型魔法人形《ゴーレム》七号の中で生まれております」

「……なんだって？　ふぅむ、それはちょっと予想外だねぇ……でも言ってみなさい。なんて言葉が思い浮かんだのかね？」

「『いただいたメイド服、破ってしまって申し訳ありません』——と」

その言葉に、太陽は目を押さえる。

「あと、なんでしょうか……目から、液体が漏れ出ています。もしかしたら当機は故障しているのかもしれません」

微かに揺れた声音に、太陽は唇をかみしめる。

「やっぱり、お前はゼータなんだな……そんな安物のメイド服、いつまでも大切に着やがって。最初にあげたやつだからって、そんなに毎日着るなよ。あの時はお前を買ったから金がなかっただけで、今はもっとちゃんとしたものを買えるんだよ……」

最初は、可愛くもなんともないボロボロの服を着ていた。だから太陽は、なけなしの金をはたいてゼータにメイド服を買ってやった。趣味全開だし、ゼータ本人もイヤがっていたが……それでも、なんだかんだ大事に使ってくれていた。


お金を稼いで、もっと上等なものを買い与えてやっても……ゼータは、この一着をいつまでも大切にしていた。

そんなゼータを、太陽は身内のように愛していた。

「おかしい……どういうことだ？　心は、記録に宿らない？　記録とは関係ないのか⁉　なら、どこにある……胸か？　否、そこは変わりはなかった。何も変化などなかった……なのに、何故？　何故？」

いつもそばにいてくれた。

太陽にとってゼータは、愛する身内だった。

「もともと、心はある……こいつらはもと人間なんだぞぉ？　ゼータ型ではその魂を人形に閉じ込め、完璧な人間を作成したはずだったんだぁ……でも、人形にした途端心は消え去った。じゃあどういうことだ？　心とはなんだっ。調べないと……実験しないとぉ。この魔法人形《ゴーレム》を、バラバラにして検証しないといけないねぇ‼」

だから太陽は——もう、自分を制御できなくなっていた。

「……俺の弱さって、なんだと思う？」

「——は？　なんだね、人間……ちょっと静かにしてくれたまえ。今、凄く大切なことを考察しているんだからぁ」

「それはさ、異世界人であることだ」

唐突な言葉にスカルはぽかんと太陽を見つめるのみ。それでも太陽は気にせず、淡々とした言葉を続ける。

「異世界人だからさ、倫理観っていうか……価値観がお前らとは根本的に違う。例えば、お前らでいう種族の違いって、俺からしてみれば国が違う程度でしかないんだ。見た目が違うだけで、中身は一緒だって考えてしまうんだよ」

この異世界ミーマメイスに来た当初、太陽は魔族と出会っても殺すことなどできなかった。言葉を話せる以上、人間と同じような存在だとばかり思っていたからだ。

「でもさ、この世界では違う。種族の違いは、即ち生物種の違いだ。俺の世界で言うところの、人間と熊って感じだよな。分かりあえるわけがない。現に魔族は人間を殺してたわけだし……だから、殺した。魔族に対しては、殺すべき存在だと自分を納得させることができた」

だが、エルフの場合は……心のどこかでセーブをかけていた。

「エルフはさ、魔族より人間にかなり近い。実際、俺の目の前で人間が殺されなかったっていうこともあるせいか、やっぱり手加減してたんだと思う。今まで何人かのエルフと戦ったけど、誰ひとり殺せなかった」

痛めつけるだけで、それ以上は何もできなかった。

「これが、俺の弱さなんだよな……非情になりきれない。お前らが当たり前のようにできる、一歩踏み出した行為を……俺は簡単にすることができない」

太陽は平和な国で育った。戦いとは無縁の世界で育った。

だから『殺す』という行為が……実のところ、得意ではなかった。

でも、そんな迷いは全て消して魔族は殺した。魔王まで、殲滅しきってやった。

「お前らエルフに関しても同様だったんだろうな。殺すまで至れなかった……だけど、もう大丈夫そうだ」

太陽は心が冷めていくのを感じた。

虫を殺すように。なんの感情もなく……エルフを消そうと思えたのだ。

「殺す」

ハッタリではない。

明確な意思の下に吐きだされた殺意が太陽を覆う。

「ただ、ゼータを元に戻せるというのなら……楽に死なせてやるけど？」

「キヒヒッ！　消去した記録が、戻るわけないだろうがっ」

「……だと思ったよ。だから、まあ殺させてもらう」

太陽は、止まらない。

否、止まれない。

「【火炎魔法付与《アディション・ファイヤマジック》】」

太陽が己に付与魔法をかけて、肉体を強化した次の瞬間。

「――ぇ？」

スカルは、ドームの天井に張り付いていた。

「な、にが……っ⁉」

遅れて、感覚が追いつく。一瞬の間に殴られ、上に吹き飛ばされたのだと知ったスカルは……太陽の動きがあまりにも速いことに目を見張った。

「ぐ、がっ……ぁ」

そして、腹部を殴られたことによって、身体の内部がぐちゃぐちゃになっているのを知覚する。

「死ね」

地面を蹴ってスカルの方に飛び上がる太陽が、最後の一撃を放って。

「──────」

そうして、ぐちゃりとスカルの身体が爆散した──


スカルが初めて人間に魅了されたのは、もう数百年も前のことである。

それまでは他のエルフと同様、人間など取るに足らない弱小な生物だと思っていた。魔法能力は低く、繁殖力だけが取り柄の可哀想な存在だとばかり勘違いしていたのである。

だが、すぐにスカルは気付くことができた。

種族戦争──あらゆる種族が世界の覇権を狙い、争い合っていた日々の中。

人間と相対したその時に、スカルは人間という生物の本質を見た。

全体的に見れば弱小生物。平均すると能力の低いはずの人間は、しかしその多様性のためか稀に突出して秀でた存在が生まれる。

それらの個体は誰もが示し合わせたかのように、英雄となって人間を守るのだ。

強さを持つ者故の責任感か。守らなければならないという使命感か。独特の精神を持つ人間は、だからこそ……エルフにはない強さを持っていた。

──心。そう、それは心の力なのだと、スカルは戦いの中で学んだ。エルフとは比べ物にならない精神の強さこそが、心なのだとスカルは結論付けた。

ここぞという場面での覚醒。

倒したと確信してからの復活。

絶対的に追い込んだ状況からの逆境を跳ね返す胆力。

論理では語れないそれらの現象は人間の『心』に起因する。

そのことに気付いたスカルは、自らの種族よりも……人間という存在に、強く惹かれた。

――人間の『心』をエルフが手に入れたら、エルフはもっと強くなる！

当初は、そんな目的があってスカルは人間の研究に着手した。その一段階目として、もともと戦闘用に作成していた魔法人形《ゴーレム》に心を生みだそうとしたのだ。

だが、研究はすぐに行き詰った。どのような魔法を組んでも、魔法人形《ゴーレム》に心が生まれることはなかった。

だからなのか、スカルの好奇心はいつしか妄執へと変わり果てる。

完璧な人間を作ること。心を作ること。エルフをより強くすると言う最初の目的は記憶の彼方に消えて、ただそれだけを追い求めるようになった。

そのためにならなんでもやった。上流階級のエルフをたぶらかして金を集め、人間の誘拐を進言し、秘密裏に実験を進める日々。もともと土魔法のスペシャリストだったスカルは、その過程で人間を操る術にも長けていった。

記憶や感情の操作から始まり、やがて魂そのものを制御する方法も編み出していく。さらった人間は数十程度だが、たったそれだけでスカルは人間の全てを把握できた。

天才。スカルもまた、トリアと同じように天才だったのだろう。だが、この天才をもってしても人間の『心』は生みだすことができなかった。

ガンマ型では外装を人間に似せた。だが心は生まれない。

デルタ型では機能も人間に似せた。だが心は生まれない。

イプシロン型では思考の回路を弄って好き嫌いなどの個性を持たせてみた。だが心は生まれなかった。

あるはずの声も、思考も、全て機能することなく……人形の域を超えることはできなかった。

そして、ゼータ型では疑似的な魂ではなく、本物の人間から魂を抽出して魔法人形《ゴーレム》に搭載してみた。すると、魔法人形《ゴーレム》は初めて機能としてあった声を発してくれた。

ただ、心はやはり生まれなかった。無機質なやり取りに感情はない。ただの反射なのだと結論付けた頃に、スカルの寿命は限界に迫ることに。

それからは少し遠回りをした。一旦人間の研究を止めて、魔法人形《ゴーレム》の性能強化に取り組む。

エータ型、シータ型と戦闘に特化した人形を作って金を稼いだ。その過程で研究済みのゼータ型も売却した。

金を稼いだら、今度は自身の命を延命する装置を製作して手段を確立した。

持っている土属性の魔法を駆使して、不死となるよう自身の魂や肉体にも細工を施した。

そうして、ようやく研究に本腰を入れられる状態になって……そこで、スカルは太陽と出会い、殺されたのだ。

(まだ死ねないよぉ……ようやく、心が作成できると知ったんだからねぇ。まだまだ、研究は進めさせてもらおうかなぁ)

ぐちゃぐちゃの肉片となったスカルは、殺されたはずなのに思考していた。

――否。肉体は殺したが、正確に表現すると死んではいない。彼は研究によって自身の魂と肉体を乖離《かいり》させることに成功していた。故に、肉体が壊れようとも生命として死ぬことはないのだ。

肉体が肉片となっても問題はない。肉体もまた自身の土魔法によって形成しているので修復可能であった。

「……まったく、酷いことするねぇ」

ぺちゃりと音を立てて落ちた肉片は、ぐちゅぐちゅと音を立てて再び頭を形成していく。

「キヒヒ……びっくりしたかなぁ？　吾輩は死なないよぉ」

「そうか。じゃあ、何度だって殺してやるよ」

刹那に距離を詰めた太陽が、今度はその頭を思いっきり踏みにじる。またしても肉片となったスカルだが、その時には既に魂の移動に成功していた。

「やれやれ……君は荒い」

遠くに待機していた、シータ型魔法人形《ゴーレム》。戦闘に特化したその魔法人形《ゴーレム》にスカルは自身の魂を移動させたのだ。

肉体を修復させることも可能だが、魔法人形《ゴーレム》に乗り移ることで物理的な攻撃に対処する心づもりらしい。

「でも無駄だよぉ!! 吾輩は最早魂だけの存在でねぇ……肉体はない。君がいくら吾輩の肉体を壊そうとも、無駄ってことさぁ！」

バカにするように太陽を嘲笑うスカル。真っ黒なのっぺりとした顔で笑う姿は不気味である。

だが、太陽は動じていない。嵐の前の静けさとでもいえばいいのか……やけに、いや必要以上に冷静だった。

スカルの言葉を耳にして、ピクリと眉をあげる。

「……なるほど。じゃあ、魂への攻撃は効くのか」

「ん～？ まあ、理論的にはそうだねぇ……でも、吾輩は精神魔法のスペシャリストだよぉ？ そう簡単に攻撃が効くとは思わないことだねぇ」

「【地獄の業火《ヘルズファイヤ》】」

今度は問答もなく。

流れるように自然な動作で発動させたのは、火炎属性中級魔法の【地獄の業火《ヘルズファイヤ》】だ。

「魂だけって……要するに、お前は死霊系統の魔物と変わらないってことだろ？」

地獄の業火《ヘルズファイヤ》――どす黒い炎をまき散らすその魔法は、太陽の莫大な魔力によって物理的な効果も大きいが……その真価は、対死霊系に高い効果があることである。

相手の魂を燃焼するその獄炎は、魂が燃え尽きるまで消えることはない。

「燃えろ」

瞬間、スカルは燃え上がった。

「ぐぁああああああああああああ!?」

痛みを克服したと慢心していたスカルは、久しぶりの苦痛に絶叫する。膨大な魔力の込められた地獄の炎は、容易にスカルの精神防御をぶち壊した。

じわじわと魂を燃やされる感覚は、足元から炎で焼かれる感覚に似ている。

その苦痛を受けて、スカルはすぐに魂を移動させた。

元々の肉体を修復して、そこに入りこむ。だが、炎は魂そのものを燃焼しているのだ……

「ぎ、が……ぁあああああああ!!」

痛みは、変わらない。

獄炎はすぐに修復した肉体を包んだ。物理的にも燃え始めた肉体に堪《たま》りかねて、スカルは……

ゼータに魂を移動させようとする。

(そうだ……初めからこうすれば良かったんだぁ!)

ゼータであれば、太陽が攻撃をしかけることはできない。それどころか、このゼータの身体が燃えるのを嫌って魔法を解除するはず。

そう、期待を抱いていたわけだが。

「――イヤ、です」

魂が……弾かれた。

「申し訳ありません。製造者であるあなた様を、この身体が拒んでおります」

何かが、スカルを拒絶している。

それは、明確な意思のような……否、正しく表現すれば『心』というべきだろうか。

(心は、消えてぃない……!?)

記録は消えようとも。

心はやはり、なくなっていなかった。ゼータをスカルから守っていた。

彼女に入りこむことは、最早不可能。

「くっ」

結局、スカルはシータ型魔法人形《ゴーレム》の身体に戻るほかなく。

「が、ぐぁ……っ!!」

獄炎に魂が燃焼される痛みを耐えるしかないのだった。

「頑丈だな。精神魔法が得意だからか？　燃える速度が遅い……まあ、消えることもなさそうだし、ゆっくりと燃えていけばいい」

ともすればそれは、死よりも辛い痛みの拷問でさえある。

「わ……吾輩が、死ぬことなどっ。そんなわけが、ぁ……」

燃えながらも叫ぶスカルに、太陽はゆっくりと歩み寄って。

「殺すって言っただろ？　だから、死ねよ」

その身をつかんで、思いっきりドームの上方へと投げ飛ばした。

次いで、太陽もまた全身全霊の力を込めて飛び上がり、宙に浮かぶスカルに狙いをつけて拳を引き絞る。

「つらぁあああああああ!!」

最後に放たれた拳による一撃は、まっすぐにスカルの魂が入ったシータ型魔法人形《ゴーレム》の腹部を打ちぬいた。

戦闘に特化した魔法人形《ゴーレム》は頑丈で、スカルの肉体のようにぐちゃぐちゃになることはなかったが……逆に威力が分散することもなく、後方へ吹き飛ばされる。

魔法人形《ゴーレム》は監禁層の天井を貫き、そのままバベルの塔の上層を次々とぶち破っていった。ついには最上層部の壁を突き抜け、外へと飛び出す。

（まだ、研究が……研究がぁあああああ!!）

そうして、アルフヘイムの遥か上空に至って。

スカルの入ったシータ型魔法人形《ゴーレム》の身体が、限界を迎えた。

――爆発。

轟音が、エルフ国アルフヘイムへと広がる。

それは、終わりへの鐘の音。

加賀見太陽による、エルフへの宣戦布告のようでもあった。

「ゼータ……待たせてごめんな」

スカルを殴り飛ばした太陽は、そう言ってゼータの頭に手を置いた。

「全部終わってから、また一緒に暮らそう」

そんなことを口にする太陽に、記憶をなくしたゼータはこんなことを言い返す。

「しかし……当機は、あなた様のことを覚えておりません」

「そんなこと関係ない。お前は俺の所有物だ。反論は許さん」

小さく微笑む太陽に、ゼータはコクリと首を傾げる。

「……また、言葉が思い浮かびました。『ゼータは、もう少しお給金を高くしてほしいです』――と。なんでしょうか、これは？」

「知るかよ……まだ貰う気かお前？」

記憶はなくなっても、ゼータはゼータ。そのことを改めて理解して、太陽は脱力する。

「まぁいいんだけどさ。金ならいくらでもあげるから、そのかわりしっかりそばにいてくれよ」

「……『はい、もちろんです』――と。言葉が思い浮かびます」

「思い浮かんでるってことは、それはお前の言葉っていうことだろ。一々、めんどくさいこと言うな」

それからもう一度頭を撫でる太陽。

スカルと戦っていた時の怒りはもう感じない。いつもの能天気な太陽だった。

「あ、そういえばお前、俺におっぱい触らせるって約束してたけど……そ、それはもちろん守るよな？」

スケベで、へたれで、更に童貞。

そんな太陽が、ゼータは嫌いじゃないようだ。安堵したように頬を緩めている。

「……いえ、忘れましたので、約束はなかったことにしてください」

「っ!?　ま、マジか……これも全部エルフのせいだ！　くそ、せっかくゼータもデレかけてたのに、ふざけんな。童貞卒業がまた遠くなった」

地団駄を踏む太陽にゼータは目を細める。

彼女は怒っている太陽よりも、今の太陽が好きだった。

「……残念でしたね」

からかうようにそう言えば、太陽は息をつく。

「はぁ……さて、ゼータにこんなことをしてくれた女王様とは、ちょっと話をしないといけないな」

太陽は、脳裏にとあるエルフの姿を思い浮かべていた。

アールヴ・アルフヘイム。エルフ国の女王である。

ゼータをこんな目にあわせた種族のトップともなる存在なので、一連の件について無関係だと太陽は思っていないのだ。

今にもアールヴ女王の許に行きたいところだが、その前にやることがある。

「ミュラも捜さないと……なあ、ゼータ。ミュラの居場所、知らないか？」

ゼータと一緒に捕まっているであろうミュラのことも捜さないといけない。

と、ここでゼータが、不思議そうな顔をしながらドームの奥を指指す。

「申し訳ありません。ミュラ様なる人物の記録はないのですが……あちらに、もう二人ほどの生命反応があります」

彼女の示した先には、ドームから見ると死角になっているスペースがあった。太陽は無言で進み、そちらを確認しようとする。

その足音に釣られたのか。

「う、動くな！　このハーフエルフがどうなってもいいのか⁉」

不意に、赤髪のエルフが飛び出してきた。その腕にはミュラが抱きかかえられている。首に剣を突き付けているので、恐らくは人質のつもりなのだろう。

「くっ、あの役立たずめ……簡単に負けるとはっ」

グリードはスカルがやられたので出るタイミングを失っていたのだ。本当は、スカルの魔法で太陽を服従させたところで、登場する予定だったのだが……その思惑は失敗に終わった。

太陽の圧倒的な強さに恐怖してもいたので、このまま隠れてやり過ごそうとしていたらしい。

結局は見つかったので、こうしてミュラを人質に出てきたというわけである。

「ぅ……ぁ」

グリードに抱えられたミュラの意識は朦朧としているようだった。手酷く、執拗なまでに暴力を振るわれたのだろう。

「お前が妙な真似をしたら、こいつを殺す！」

「ちょうどいいところに」

虚勢を張るグリードに、太陽はラッキーと言わんばかりに歩み寄る。

「知りたいことは、お前に聞くとしよう」

そして、次の瞬間には。

「ぐぁあああああああ!?」

反応する暇も与えずにグリードを殴り飛ばしていた。

頬に拳を受けて、背後の壁に激突。壁にめりこんだグリードは、すぐにミュラよりボロボロになる。

「こ、ろ……す」

「殺す？　俺をか？　お前ごときに、俺が殺されるわけないだろ」

いつもより刺《とげ》のある口調の太陽。そのまま荒々しい足取りでグリードへと歩み寄り、その赤髪を無造作に引きつかむ。

「質問に答えろ。俺の望む答えを言えば、殺さないでやる」

「い、痛い……離せっ」

もがくグリードは相変わらず頑丈なようで、太陽に殴られてなお意識を保っている。

それを好都合と言わんばかりに、太陽は彼に問いかけた。

「お前らの女王様に会いたい。どうすればいい」

アールヴの居場所、そして行く方法が分からなかったのだ。

「に、人間に答える言葉などないっ」

「……前のこと忘れたのか？　お前、いい加減に学習しろよ」

以前、修練の間でも同じような尋問を行ったわけだが……抵抗するグリードに、太陽は息を吐く。

「今度は優しくないからな」

そう冷たく言い放って、太陽はいきなりグリードの顔に向けて拳を放った。

「ぁ」

凄まじい拳圧にグリードは声を漏らす。まるで、免《まぬが》れない死を前に生を諦めた小動物のように、身を震わせた。

「よっと」

「――っ」

だが、太陽の拳はグリードの鼻先で寸止めされる。おかげでグリードはその一撃を受けずにすんだが、死の恐怖はしっかりと刻まれたようだ。

「もう一度聞く。お前らの女王様に会いたいんだけど、どうすればいい？」

再度の問いかけに、グリードは従順に答える。

「こ、この魔法晶に、空間移動の魔法が込められている。これで、女王様のいる【王の間】まで行けるはず……」

グリードが取り出したのは、手のひらに収まる大きさの魔法の水晶。

これは魔法の込められているアイテムである。中に空間移動魔法が込められているらしく、アールヴのいるバベルの塔最上階【王の間】に行けるとグリードは素直に言った。

魔法晶は砕くことで魔法が発動する仕組みになっているとのこと。

アールヴからスカルに手渡されたものらしいが、グリードが何かに使えるかもと金で買っていたのである。

相変わらず簡単に口を割る赤髪のエルフに、太陽はそうかと頷いて。

「じゃあ寝てろ」

「ぐはっ」

その腹部を軽く殴って、グリードの意識を落とすのであった。

グリードがようやく静かになってから、太陽は地面で横になるミュラの許に歩み寄る。

「……やっぱり殺しとくか」

しかし、痛々しい彼女の姿に太陽は苛立ち、もう一度グリードを殴った。今度は強めに殴ったので、グリードはより深く壁に埋もれることになる。

「あの……あなた様のそうした姿を見ると、当機――ゼータの胸がざわつきます」

そのまま二撃目に移ろうとする太陽だが、ゼータのか細い声に彼は我を取り戻した。

怒りに感情が荒れていたようである。深呼吸して、自らの意識を整える。

「……悪い。ゼータ、ミュラのこと頼めるか？」

ようやくグリードから意識を外した太陽は、背を向けてミュラとゼータの方に向かった。

「はい。その……勝手なことを言って申し訳ありません」

「いいよ、こっちこそ怖がらせて悪かった。もう大丈夫だから」

そう言って頭を振る太陽は、グリードから奪った魔法晶を握りしめた。

「で、どうする？　ゼータは、ここに残るか？」

「……可能であればついていきたいです。そうしたいという欲求があります」

「……分かった。今度はちゃんと守る。絶対に、守るから」

太陽はそう己に誓う。二人をこれ以上傷つけまいと、唇を噛みしめた。

ゼータがミュラを抱きかかえたのを見て、太陽は魔法晶を握り砕く。

「よし、行くぞ」

そうして三人は、込められた空間移動魔法によってアールヴの許に向かった。

いよいよ、最終決戦である。

# 十五話　アールヴ・アルフヘイムの死闘

アールヴ・アルフヘイムは目を見開いた。

「よう、エルフの女王様。ちょっとお前に聞きたいことがあるんだけど」

バベルの塔最上階【王の間】に突然現れた加賀見太陽に、アールヴは驚いていた。

(何故、こ奴が……まさかっ)

トリアとシルトに殺害を命じていたはずの加賀見太陽が、まだ生きている。加えて、彼は隣にハーフエルフと魔法人形《ゴーレム》を引き連れていた。

この現状を目の当たりにして、アールヴは理解する。

(トリアとシルトは、負けたということじゃな……)

まず察したのは、太陽の殺害を命じた二人が失敗したということ。

(スカルも失敗したか……いや、あれは妾の命令通りに動かなかったのじゃな。ハーフエルフが、あんなに傷ついている)

次に気付いたのは、人質をとってうまく立ち回れと指示しておいたはずのスカルが、命令に背いたということだ。

(勝手なことをしおって……加賀見太陽の怒りを買ったのじゃなっ⁉)

負けただけでなく、あまつさえ空間移動魔法の込められた魔法晶まで奪われたスカルにアールヴは唇を噛む。

本当は、人質作戦が失敗してもスカルから素早く報告を受けられるようにと、そんな考えで空間移動の魔法晶を渡していたのだ。

結果的にはそれが裏目に出てしまい、太陽にここまで来られた。そのことにアールヴは激しい焦りを感じる。

全て誤算だった。何もかもが計算違いであった。

この最悪な状況を目の当たりにして、アールヴはようやく自身の『驕り』に気付く。

(失敗した……ようじゃな)

トリアとシルトの二人なら大丈夫だろうと……加賀見太陽を殺せるだろうと、高をくくっていた。だが、二人は勝てなかった。アルフヘイムの二大戦力が敵わなかった、というわけである。

それは即ち、絶体絶命の状況を意味しているわけで。

エルフの誰だろうと、加賀見太陽には敵わない。だからこそアールヴは、覚悟を決めることしかできなかった。

(妾が、なんとかせねば)

己の失態だ。本来ならもっと用心するべきだった。

万全の準備を整えて挑むべき敵だったというのに、やはりエルフ……心のどこかに慢心があったのだと今更ながらに後悔するアールヴは、冷や汗を流す。

たとえ勝ち目が薄くても、女王としてアールヴ・アルフヘイムは全力を尽くす。

そう決意して、アールヴは彼を見据えるのだった。

「おい、聞こえてんのか？　返事しろよ」

「……聞こえておる。して、話とはなんじゃ」

動揺を悟られないように言葉を返しながら、アールヴは更に思考する。

彼女は幸か不幸か、頭が良かった。

だからこそ、これがいかに追い詰められた状況であるかを……加賀見太陽という存在がどれほど規格外であるかを、イヤというほど思い知っていたのである。

普通に戦っても勝ち目はない。

故に、彼女は決断する。

(ここで、殺す)

でなければ、負けるのは――エルフだ。

普通にやっても勝てないだろう。だが、倒せる可能性がここにならばある。アールヴはそう判断する。

何故なら、この状況において彼女にはたった一つだけ優位な点があるからだ。

それは――【奴隷の首輪】である。

対象の精神を隷属させるこの首輪、強すぎる命令は精神の抵抗を受けるため壊れる危険性もあるが……それでも、この状況ではそのリスクを冒す必要がある。

（エルフを倒したということは、恐らく最初の命令はもう抵抗反発《レジスト》に成功しているということじゃな……）

奴隷の首輪は精神に直接作用する。

だからこそ、精神の抵抗や反発を奴隷の首輪本体が直接受けることになるのだ。抵抗反発《レジスト》が強すぎれば、首輪が耐え切れなくなって壊れてしまう。

そのため命令の強制もできなくなるのである。

ただし、この抵抗は常人では不可能。凄まじい精神力で己を律することのできる者にしか反発はできないのだが……その点を、加賀見太陽は克服していたようだった。


アールヴは知らないが、実は先程スカルがゼータの記憶を消したことが引き金となって太陽は命令を抵抗反発《レジスト》することに成功していたりする。

だから『エルフに攻撃するな』と命令を受けていたはずの太陽が、スカルには攻撃することができたのだ。

ちなみに、ヘズの場合は最初から抵抗反発《レジスト》に成功していた。彼の精神力は並外れており、奴隷の首輪では制御できなかったのである。

（強い反発にあうじゃろう……恐らく、奴隷の首輪が砕け散る可能性もある。じゃが、ここしかない!!）

勝負は、速攻でしか勝ち目がない。

不意打ち騙し討ちの類の汚い手だが、綺麗ごとなどいえる状況ではない。

ここで殺す。そのための隙を作る。

「お前らエルフにゼータの記憶が消されたんだ。元に戻す方法があるなら教えろ」

即断したアールヴは、すぐさま王族の権限を利用して奴隷の首輪に命令を飛ばすのであった。

「【死ね】」

交渉など不要。そう言わんばかりの不意打ちに、太陽は反応すらできなかった。

「――っ」

命令を受けた途端に、太陽は首元を押さえてうずくまる。

奴隷の首輪に届いた【死ね】という命令が太陽を苦しめているのだ。

だが、太陽は死なない。絶対服従の首輪は、されども効果を発揮することができていなかった。

精神が、命令に抵抗反発《レジスト》しているのである。そもそも【死ね】というのは誰であろうとも強く抵抗するのが当然の命令だ。

常時であれば、反発にあって奴隷の首輪が壊れるリスクがある以上、アールヴはこのようなことはしない。

ただ、今は壊れるリスクを承知の上で、太陽の動きを止める必要があった。【眠れ】などの弱い命令では数秒もしない内に抵抗反発《レジスト》される恐れがある。

アールヴは時間がほしかったのだ。

「な、んだよ……これっ」

太陽は死ねという命令に抵抗していた。絶対強制の命令を拒絶しようと必死に抗っている。そのため、現実世界を見る余裕がなくなっていた。

これだ。アールヴが狙っていたのは、この命令にレジストする際に生じる隙だったのだ。

(よし!)

ここで、太陽はどさりと地面に倒れこむ。意識は失っていないが動くこともできなくなっていた。

(これで数十秒は時間が稼げたはず！　この隙に殺せば、エルフの勝利じゃっ)

ここしかなかった。

これしかなかった。

可能性は、たった一つだけだった。

奴隷の首輪に抗っている隙に、太陽を殺す。

そのためにアールヴは【宝物殿の鍵《サンクチュアリ・ゲートリング》】を発動させて武器を取り出した。

それは、禍々しい黒き槍。名は【ゲイボルグ】という。

貫くという性能に特化した神具だ。

(これなら、膨大な魔力で覆われた加賀見太陽でも、貫ける)

心臓を穿てば即死させることが可能だ。

「ここで……死ね!!」

エルフ国の女王として。

民衆を守る君主として。

アールヴはゲイボルグを太陽に向かって振りかざす。

太陽はぴくりとも動いていない。

そのまま突き出せば、殺せる——はずであった。

「ダメ、ですっ」

だが、魔法人形《ゴーレム》がそれを阻む。魔法を放つ間すら惜しんだのだろう。その身を投げ出して太陽をかばおうとしていた。


このままゲイボルグを突けば魔法人形《ゴーレム》に刺さることになる。そうなれば抜くのに手間取るだろうし、かといって魔法人形《ゴーレム》ごと加賀見太陽を貫くには、アールヴの腕力が不足している。

一瞬を争うこの瞬間において、魔法人形《ゴーレム》の妨害は致命的になりうるものであった。

(それも、予想しておったがな!!)

だが、アールヴ・アルフヘイムは他より思考能力が秀でている。

この場にある可能性を彼女は見逃していなかった。もう失敗はするまいと、不確定要素であるゼータをも考慮に入れていたのである。

動ける彼女なら、攻撃を邪魔してきてもおかしくない。そう思ったからこそ、アールヴは対応できるように意識をゼータにも傾けていたのだ。

その甲斐あって時間を消費することなく魔法人形《ゴーレム》に対処できた。

「どけっ」

ゲイボルグで突き刺すのではなく。

「っ！」

薙ぎ払う。その一撃によって、魔法人形《ゴーレム》の身体を吹き飛ばすアールヴ。流れるように自然な一撃に魔法人形《ゴーレム》は何もできなかった。

太陽との射線上から吹き飛んでいく。

(行ける)

誰も阻む者はいない。太陽も未だ動かないまま。殺せる。そう確信して、アールヴはさらに力を込めてゲイボルグを前へと突き出した。

(これで、エルフの誇りを……っ)

太陽の心臓を、穿つ。

その生命を、射貫く。

そうして、アールヴは……勝利を手に入れる
——

「させない」

——はずであった。

「…………っ」

しかし、ここでアールヴの計算が外れる。

誰も阻むことはないと思っていたその射線上に、いつの間に目を覚ましたのか……ボロボロのハーフエルフがいたのである。

それは、アールヴにとっても予想外の出来事。気を失っているとばかり思っていたハーフエルフを、彼女は最初から度外視していたのだ。

「く、そ」

もうゲイボルグは止まらない。太陽を確実に殺さんと、力を過剰に込めていたこともあって制御できなかった。

「がはっ……」

穂先がミュラの腹部を貫くことになる。

大量の吐血が、ゲイボルグを濡らした。

「どけ、ハーフエルフぅううううう!!」

その瞬間、アールヴは我を忘れたかのように焦りだした。

「どけ！　どくのじゃ、ハーフエルフ!!　今殺さねば……エルフは、おしまいなのじゃぞ!?　同族

を見捨てるのかっ」

「そんなの知らない……ボクはエルフが嫌いです。だから、太陽くんの味方をしているだけ」

「……女王である妾に反発するのかや!? いいから、どけと言っておるじゃろう!!」

アールヴはゲイボルグを引き抜こうとする。だが、ミュラがそれを許さない。腹部を貫く槍を握って、必死に抵抗した。

「ぐ、うぅ」

痛みはもちろん、ミュラを苦しめている。グリードに負わされた怪我もあって、意識があるのがおかしな状態ですらあった。

それでも、ミュラは……太陽を守りたいという一心で起き上がったのである。

太陽が殺されそうだと感じて、彼女は無理矢理に自らを奮い立たせたのである。

「太陽くんは、ボクの光だ」

かすれる声には、されども力強い響きが宿っていて。

「殺させたりしない……今度はボクがっ」

決して折れない、覚悟があった。

「ボクが、守るんだっ」

「な、く……」

抵抗は強く、ゲイボルグは抜けず……そして、ミュラの覚悟に気圧《けお》されたアールヴは思考を阻害される。

どうにかしなければならない。だが、どうにかする手段が思いつかない。

(このままでは……このままではっ)

太陽が起きる。そう思って焦れども、穂先がミュラに捕まれたまま動いてくれなかった。

結果、アールヴの思惑は外れることになる。

そう。その時が、訪れたのだ。

「………間に合わなかった、か」

不意に、アールヴが全てを諦めた。ゲイボルグから手を放し、彼女は力なくうなだれる。

「っ、なんだよいきなり……っ」

加賀見太陽が首輪の支配下から解放された。

命令に反発して、自由を取り戻したのだ。

パキンという音は、首輪が外れた証拠である。

化け物が――加賀見太陽が覚醒したのだ。

結局、殺すことはできなかった。ゼータとミュラに邪魔されて、アールヴは最後のチャンスをつかむことができなかったのである。

そのことに彼女は絶望する。

「そんな……」

彼女らしからぬ弱々しい声は、誰にも届くことなく虚空に消えていくのだった。

# 十六話　蹂躙開始

目を覚ました加賀見太陽は、あまりの惨状に自らの失敗を悟った。

「ミュラ、ゼータ……」

彼の目に映ったのは、槍に貫かれて血だらけになったミュラと、少し離れた場所で倒れているゼータの姿である。

「俺を、かばって」

奴隷の首輪のせいで太陽が動かなくなっていた間、二人が守ってくれたのだ。

守ると約束したのに怪我をさせた。それどころか、逆に守られることになった。

不甲斐なさを感じて、太陽は自らに怒りを覚える。

「くそっ……最悪だ。まだ俺は甘かった」

その視線は、呆然と佇むアールヴ・アルフヘイムへと向けられている。

はじめ、彼はアールヴと交渉しようとした。ゼータを元に戻すよう求めるつもりだったのだが、相手は最初から話を聞く気など全くなかったのだ。

不意打ちされ、二人を傷つけられて……太陽は、自嘲するような笑みを浮かべる。

「会話なんて無駄だな……もういい。もろもろの知りたいことは、他のエルフに聞くことにする」

本当は、このアールヴは生かしておくべきだ。しでかしたことの責任を取らせるべきで、ここで殺すのは愚策でしかないだろう。

だというのに太陽は迷わない。

「お前は許さない」

ゼータを、ミュラを……このエルフは傷つけた。だから許さないと、太陽は宣言する。

今度こそ自らの甘さを捨てて、冷徹なまでに太陽は言い切ったのだ。

またしても彼は、いつもの能天気さを消す。太陽にそぐわない剣呑とした雰囲気を醸し出していた。

対して、アールヴは力なくうなだれるのみ。

「……もう負けじゃ。妾のやるべきは、時間稼ぎか」

頭の良いアールヴは、もう勝つことが無理だと理解しているようだ。

加賀見太陽が本気になった。勝ち目などない。彼はそう思わせるくらい規格外の存在である。

故に彼女は、女王として最低限の責務を果たすべく。

「【宝物殿の鍵《サンクチュアリ・ゲートリング》】──『エルフの鐘楼《しょうろう》』」

おもむろに、手のひらほどの大きさの鐘を取り出した。それを軽く揺らすと同時、エルフ国アルフヘイム全体に鐘の音が鳴り響く。

これはエルフにおける、緊急避難の合図だ。鐘の音を聞いた住民たちは、決められた場所に集合することになっている。

そして空間移動魔法の使い手によって、とある場所に避難させるよう予め取り決められていた。

(せめて、民衆を死なせないように)

勝てないなりに、できることを。恐らくは今、空間移動の魔法使いたちが懸命に住民たちを所定の避難地に運んでいるはずだ。その時間を稼ぐことが、エルフの女王としての使命だと彼女は自らに言い聞かせている。

(この地も、終わりか)

シルトが敗れたことによって結界は崩壊している。もうここに留まる意味はなかった。

民衆さえ生きていれば、エルフは再興できる。

そのためにも、アールヴは太陽の足止めをしなければならない。

「覚悟しろよ」

目の前に佇む加賀見太陽は不気味な表情を浮かべていた。無表情に近い今の彼は、どこかおぞましさすら感じさせる。

「っ……」

彼を見てアールヴの身体は震えた。

勝つことはもう不可能。トリアとシルトが敗北した時点でそのことは分かっている。

だが引こうとはしなかった。住民が避難するまでは、女王として逃げないと決意していたのだ。

(この場には奴の仲間もいる……大規模攻撃はまだできないじゃろう。で、あれば、時間稼ぎも可能なはず)

このバベルの塔には太陽の仲間であるヘズ、ゼータ、そしてミュラがいる。周囲一帯を吹き飛ばすほどの大きな魔法はまだ放てないはずだと、アールヴは考えていた。

「アタクシの登場よ!!」

空間から、筋骨隆々のオカマ野郎が現れるまで……アールヴは、まだ大丈夫だと信じていたのだ。

だというのに、このオカマの登場でアールヴはさらなる絶望に苦しむこととなる。

(空間移動魔法じゃと!? なんで、こ奴が……いや、そうか。シルトが倒されたから、結界も壊れているのじゃったな)

人間族最強のシリウスが、結果で守られているはずのアルフヘイムに侵入している。

本来なら有り得ないことだ。だが、結界を維持していたシルトが気絶している今、結界は機能していない。

そのせいで超越者の侵入を許してしまった。エルフからすれば、戦力的にも状況は悪くなるばかりである。

「ん? お前は、えっと……オカマの」

「シリウスよん? 加賀見太陽きゅんってば、忘れっぽいのねん!」

「ああ、そうそう。で、なんでここに?」

太陽の問いに、シリウスはくねくねしながら答える。

「王女様の命令で手伝いに来たのよ。とは言っても、相手は女の子だし、あんまりやる気はないけれど」

「手伝いは要らない。でも、そこにいるミュラとゼータを連れ帰って治療させてほしい。あ、それと下層にヘズさんもいるから」

「はいはい、任せてよろしくてよん？」

交わされた二人の会話に、アールヴは更なる絶望に陥る。

「そ、んな……」

手負いのミュラ、ゼータがいなくなる。つまり、加賀見太陽は周囲を気にすることなく、存分に暴れることができるようになるのだ。

（時間稼ぎさえ……）

微かな希望さえも砕かれる。全てが悪い方向へと流れていた。

しばらく、呆然としてしまうアールヴ。

太陽も動かずに、シリウスによる仲間の回収を待つ。

その間、彼女は何もできなかった。それくらい余裕がなくなっていたのだ。

持ち前の冷静さも、決断力も、とうになくなっている。

「回収終了よん！　後は任せたわねん」

「分かった」

そうして太陽の戦闘準備が整った。

鐘の音はまだ鳴り終わっていない……これは即ち、避難が未だ終了していないことを意味していた。

「……っ」

絶望の中で、それでもアールヴは折れそうになる心を支える。

難しいが、太陽を止める。民衆が避難を終えるまでは耐えなければならないと、己に言い聞かせる。

そして始まるのはアールヴによる全身全霊を賭した時間稼ぎ。

戦いでも何でもない……加賀見太陽による一方的な蹂躙が、始まるのだ。

「【超新星爆発《スーパーノヴァ》】」

初撃にて、詰みであった。

「―――」

声すら出す暇もなく、凄まじい爆発がエルフ国アルフヘイム全土を襲う。自然との調和を好むエルフの建造物は全て木でできているため、燃え尽きるのは一瞬であった。

アルフヘイムは刹那に焦土と化す。当然、そこに生命はなく……アールヴ・アルフヘイムの命もまた同様に燃え尽きたというわけである。

だが、これで終わりということにはならなかった。

アールヴの死と同時、彼女が装備していた魔法アイテムの指輪が一つ砕ける。

【五秒前の輪廻《ファイブバック・リング》】

この魔法アイテムは、所有者の死を引き金に発動。効果は、世界を五秒前に戻すというものだ。

発動回数は一度きりなので、使用と同時に指輪は砕けるが……その代わり、死んでも生き返ることができる。

古代エルフ製の魔法アイテムの中でも群を抜いて優れた指輪だ。

それを五個装着しているアールヴは、即ち五回なら死んでも問題ないわけで。

その死は、一度目の死としかならなかったのだ。

アールヴの世界が五秒前に戻される。

（なんだ、あれは……っ）

だが、突然の死をアールヴは理解できていなかった。

太陽が超新星爆発《スーパーノヴァ》を放つ数秒前に戻ってもなお呆けて、その数秒を上手く活用することができない。

（こんなの、理不尽じゃ）

鼓動で心臓が痛い。恐怖で歯の根が合わない。死から戻ったとはいえ、死んだ記憶は残っているのだ。

あまりにも一瞬で焼け死んだという事実に、アールヴは自失していた。

故に、またしても――彼女は死んだ。

「【超新星爆発《スーパーノヴァ》】」

本日二つ目の【五秒前の輪廻《ファイブバック・リング》】が砕け、世界が再び五秒前へと戻された。

「ふざけるな！　妾を……エルフを、舐めるなっ」

二度目の回帰は、絶望に負けないよう己を鼓舞するべく叫んで、アールヴは【宝物殿の鍵《サンクチュアリ・ゲートリング》】に手を突っ込む。

「【永遠の迷宮《エターナル・ラビリンス》】!!」

そうして発動した魔法アイテムは、【永遠の《エターナル・》迷宮《ラビリンス》】。異空間に相手を閉じ込めるという効果を持つこのアイテムによって、中に入れられた者は……永遠に異空間をさまよい続ける。

そうなる、はずだった。

「【超新星爆発《スーパーノヴァ》】」

迷宮に閉じ込められたはずの太陽は、それでも変わりなく超極大威力の爆発魔法を放つ。

膨大な魔力と暴走に特化したスキルによって強化された爆発は、異空間そのものを破壊した。

「ふーん、流石はエルフの女王様。これくらいの小手調べなら防げるのか」

空間を破壊してアールヴの許に戻ってきた太陽は無表情でアールヴを見つめている。

対するアールヴは最早気丈に振舞うことができずに、己の身体を強く抱きしめていた。

（あれで、小手調べ……？　妾の命を二つ奪ったあれが、ほんの様子見にすぎないと？）

ぞっとした。同時に、自分が何に喧嘩を売ったのか、まだ理解できていなかったことをここに至って理解した。

「そなたは……化け物じゃ」

「よく言われるよ」

魔法能力に秀でたエルフ族の女王から見ても加賀見太陽という存在は異常であった。

ともすれば同じ生物かどうかも疑わしいくらいに、この人間は常識を超えている。

ふと、背中を向けて逃げ出したい欲求に駆られた。

しかしそれはできない。民衆を守るために、逃げることも死ぬことも、アールヴには許されていないのだ。

「【火炎魔法付与《アディション・ファイヤマジック》】【派生・爆発《ディライブ・エクスプロージョン》】」

いきなり展開された身体付与魔法に、アールヴは唇をかみしめた。

（こんなの、無理じゃっ）

太陽が纏った炎は凄まじい熱を持ち、同じ室内にいるアールヴの身を焼いている。

装備しているアイテムがなければとっくに焼け死んでいる熱量だ。

「調子がいいな……上級魔法が発動してくれた」

そして、一歩。

前へ踏み出して放たれた太陽の拳は、繰り出されると同時に爆発を放った。

「――っ」

拳の射線上にいたアールヴは危機感を覚えて、慌てて横に身を投げ出す。

その直後、先程まで彼女がいた場所を……爆発の衝撃波が通り過ぎて行った。

全方位ではない、指向性のある爆発とでも言えばいいのか。まっすぐに収束された爆発魔法は、バベルの塔の壁に穴を空けるほどの威力を有していた。

これこそが炎属性の付与魔法、その派生である。

爆発を自由自在に操る上級魔法は、ただでさえ厄介なのだが……太陽のそれは、もっと凶悪になっていた。

続けざまに今度は蹴りが放たれる。

「く、そっ」

先程の拳とは違って、蹴りによる爆発は扇形に広がっていた。逃げ道は、ただ一つ……先程太陽がぶち空けた壁の穴しかない。

そこから身を投げ出し、遥か上空から落下したアールヴは……そこで、自らの失敗に気付いた。

（しまった……まだ、避難がっ）

地上には未だ避難中の一般のエルフたちがちらほらと見えた。まだエルフの鐘楼も鳴り終わっていない。ここで太陽による攻撃が加えられたら……民衆まで巻き込まれる。

そのことに気付いて慌てたが、もう遅かった。

「【灼熱の業火《ファイヤ・ブラスト》】」

バベルの塔から飛び出て来た太陽が放った炎は、アールヴへと向けて放たれたのだが……目測を誤ったのか、あらぬ方向へ飛んで行った。

そのせいでアルフヘイムの一角が灼熱の業火に包み込まれる。

中には、一般のエルフも混じっていた。

アールヴが外に出たばっかりに、民衆が巻き込まれたのである。

(………くっ)

この時の決断は早かった。

民衆を巻き込んだと気付くや否や、アールヴは小刀を取り出して己の喉を突く。

死。同時に、【五秒前の輪廻《ファイブバック・リング》】が発動して、世界が五秒前に戻された。

(民衆は、殺させない……)

五秒前、太陽が蹴りを放った瞬間に戻ってアールヴは目を閉じる。自らの愚行を反省して、今度は民衆を巻き込まないよう……太陽の攻撃を正面から受けることにしたのだ。

「ぐ、ぁあああああ!!」

当然、爆発が身を焦がしてアールヴは悶えることになる。装備していた魔法アイテムのおかげで死ぬことはなかったが、ダメージは大きかった。

身体は既にボロボロである。戦いが始まってまだ数分しか経っていないというのに、悲惨な状態だった。

だが、地獄はまだ終わらない。

エルフの鐘楼はなおも鳴り響いている。

(あと、どれくらい……耐えればいいのじゃ?)

アールヴは思わず泣きそうになっていた。

「【火炎の矢《ファイヤ・アロー》】」

攻撃が来る。まだ戦いは続く。

(少しでも、長く……時間をっ)

その瞬間にアールヴは【宝物殿の鍵《サンクチュアリ・ゲートリング》】より一つの魔法アイテムを取り出した。

「【魔法殺し《マジック・スレイヤー》】──『盾』」

取り出したのは、アールヴの身の丈ほどある大きな盾。

幾何学的文様が刻まれたその盾にアールヴは身を隠した。

「っ！」

瞬間、太陽の魔法が着弾。しかし、盾に魔法が触れるや否や、火炎の矢は霧散していった。

「……それ、もしかして魔法を無効化するのか？」

太陽の推測通り、その盾は魔法を無効化する古代エルフ製の魔法アイテムだ。魔法で壊れない奴隷の首輪や、バベルの塔最下層に存在する永遠の牢獄と同じ性質を持っている。

「じゃあ、質量で押すか……【火炎剣《ファイヤ・ソード》】」

そして放たれたのは、炎の剣。

(化け物……)

その巨大さにアールヴは息を呑む。明らかに盾で防げる大きさを超えていた。

膨大な質量の焔にアールヴは恐怖する。盾の陰から出ないよう小さく身を丸めた。


直後、盾に炎剣がぶつかった。効果はきちんと発揮されて魔法は無効化できたが、盾の及ばない範囲……床や天井、壁などは炎剣によって切られた。

バベルの塔に、亀裂が奔《はし》る。すぐにアールヴの足元も崩れ始め、彼女の身体は落下しそうになった。

「【宝物殿の鍵《サクチュアリ・ゲートリング》】──【飛翔の羽根《フライ・ウィング》】」

そこで取り出したのは、羽根のついた靴だ。装備することで空を飛ぶことができるアイテムである。

これを使って、アールヴは落下することなく空高く舞い上がった。

(下は、ダメじゃ……まだ避難がすんでおらん)

先程の二の舞にはならないための配慮。だが、空に浮かぶということは……格好の的になったというわけでもあって。

「【灼熱の業火《ファイヤ・ブラスト》】」

「──っ」

膨大な量の業火がアールヴへと放たれた。すぐに盾に身を隠すアールヴだが……あまりにも高温で、かつ多量の炎は精神に恐怖を植え付ける。結果、身体がすくんでしまい、足元の一部を盾の外に晒した。

そうなれば、必然。

「う……っ」

炎に触れて足が炭化した。少しの失敗がとてつもない事態に発展する。痛みで意識が一瞬落ちたアールヴは、盾の外に左腕を晒すことに。

「【炎蛇《ファイヤ・スネーク》】」

そうして、今度は左腕を失うことになった。

炎の蛇に食いちぎられた左腕からはとてつもない激痛が生じる。思わず落下しかけた。

(まだ、じゃ……まだっ!!)

しかし、どうにか踏みとどまる。女王としての責任感が諦めることを許さなかったのだ。

その覚悟一つで、アールヴは痛みを跳ねのける。

「う……く、【宝物殿の鍵《サンクチュアリ・ゲートリング》】――【状態回帰《ステイト・リカバリー》】」

どうにかこうにか、状態回帰の魔法アイテムを取り出したアールヴ。この魔法アイテムの効果は、使用者の寿命を縮めることを代償に、身体の状態を時間的に巻き戻すというものだ。

「回復もできるのか……便利な魔法アイテムだな」

腕と足が戻る様を見て、太陽は無感動にそう呟く。

ただ、脅威は一切感じていなかった。

魔法が無効化されるといっても、触れたものだけである。太陽の魔法は盾で防げる次元を超えているので、警戒すらしていなかった。

質量で押されれば、盾による防御など無意味。

「……妾では、ここが限界か」

防御すら不可能と知って、アールヴはそっと息をつく。

頑張ったところで、もうどうしようもなかった。あまりにも太陽が強すぎてアールヴには取れる手段がない。

故に、彼女は装備している指輪――防御系の魔法アイテムを発動させた。【身体硬化】【ダメージ軽減】【物理耐性高】【魔法耐性高】【炎熱耐性高】などの効果を持っている指輪である。

「呑気にしてんじゃねぇよ」

それと同時、加賀見太陽が塔から跳躍した。身体能力が魔法によって強化されているので、アールヴが空を飛んでいようとも射程圏内だったのである。

「化け物が！」

アールヴはすぐさま太陽の方向に盾を構える。

そして――彼の拳が、盾へとぶつかった。

「【極大爆発《エクスプロージョン・バーストオーバー》】」

拳から放たれたのは、上級の爆発魔法だ。凄まじい威力を有したその一撃は、魔法こそ盾で無力化できたものの……威力までは、殺せなかった。

「ぐ、ぁ……」

吹き飛び、バベルの塔の側面にぶつかるアールヴ。

あまりの衝撃に壁面へとめり込み、バベルの塔そのものも大きく揺らしていた。

「…………っ」

アールヴは声すら出すことができない。

一方のバベルの塔も、攻撃の威力に耐えることができずに――倒壊し始めた。

エルフ国アルフヘイムの象徴、バベルの塔が壊れる。アルフヘイムに瓦礫《がれき》を落としながら、崩れていく。

「っ、……!?」

瓦礫と一緒に地面に落ちたアールヴは、落下した衝撃によって意識を失いそうになる。しかし、女王としての責任感が気絶するのを許さなかった。民衆が逃げ切るまでは戦い続けなければと、アールヴは意識を繋ぎとめる。

慌てて周囲を見渡すも、既にそこは瓦礫によって破壊されている。

(民衆が……っ)

瓦礫に巻き込まれただろうか。また死んで、五秒前に戻るべきか。

そう思ったと同時、ふと気付いた。

「鐘楼が……聞こえない？」

鳴り響いていた鐘楼が、いつの間にか聞こえなくなっている。

それはつまり――エルフの避難が、終了したということでもあって。

「やっと、これで」

終わりだ。もう頑張らなくてもいい。

加賀見太陽と、戦わなくていい……そう分かって、アールヴは思わず涙を流していた。

理不尽に立ち向かうほど、怖いものはない。痛みも、辛さも、ようやく乗り越えることができたのだ。

避難は無事終了。土地こそ失ったが、エルフが生きていれば再興は可能。頑張った甲斐あって、民衆の被害はゼロだ。

このことをアールヴは歓喜する。

「……ん？　まだ死んでなかったのか？」

遅れて着地した加賀見太陽から、アールヴはもう意識を外していた。戦いが終わったと安堵して、太陽と向き合うのをやめたのである。

「【宝物殿の鍵《サンクチュアリ・ゲートリング》】――【魔法晶】」

取り出したのは魔法の封じ込められた結晶。

その魔法は――【空間移動魔法】であった。

行き先は、エルフ族に万が一があった時に取り決めていた、避難地。

そこでみんなと協力して……エルフ族を再興しよう。

加賀見太陽は脅威だが、所詮は人間。寿命が終るのを待って、それから再びエルフの誇りを取り戻せばいい。

「良かった、のじゃ……っ」

まだ終わっていない、と未来への希望を抱くアールヴ。

彼女は魔法晶を砕いて、空間移動魔法を発動させた。

「初めまして、エルフ族の女王様。わたくしは、アルカナ・フレイヤ。人間族フレイヤ王国の、王女です」

だが、希望は……すぐに、消え失せる。

「え？」

空間移動した先。

そこには予想通り多数のエルフがいた。だが、そのエルフたちは……皆、拘束されていた。

「な、ぜ……？」

理由は分かりきっている。

エルフを拘束したのは、そこに何故かある玉座に悠々と座っている……アルカナ・フレイヤの仕業だ。そんな簡単なことを、しかしアールヴは理解したくなかった。

「交渉を、しましょうか」

無邪気に微笑むアルカナ・フレイヤを、アールヴ・アルフヘイムは直視できない。

「ちなみに、そちらの言動によっては、エルフの何人かが死にますので。そこらへん、注意するといいんじゃないでしょうか？」

ニッコリとしたその微笑みは、アールヴにとって悪魔のそれにしか見えなかった。

（終わった……）

まだ終わっていないと、思っていたのに。

頑張ったところで意味などなかった……その事実に、アールヴ・アルフヘイムは心を折られた。

こうして、エルフと人間の戦いは幕を下ろした。

結果は、人間側の……圧倒的な勝利であった。

# 十七話　奴隷化

エルフ族では、何か緊急の事態が起きた際には、すぐさま逃げられるよう、ある取り決めが定められていた。

もしも【エルフの鐘楼】が鳴ったら、住民は所定の場所に集合し、空間移動魔法の使えるエルフによって指定された避難地に集まる。そうして逃げた先で、力を合わせて再び再興する。

その取り決めが今回は徒《あだ》となった。

「どうして、そなたがここに……？」

避難地——とある森の奥深くにて、どこからか持ってきた玉座に座るアルカナ・フレイヤにアールヴは問いかける。

「そちらがけしかけてきた暗殺者さんにお話を聞いたそうですよ？　ね、エリス？」

「うん……少し痛めつけたら、快く教えてくれた」

二人の言葉にアールヴは唇を結ぶ。

（アリエルが漏らしたか……空間移動魔法使いには、避難地を教えていた。拷問でそれを聞きだしたということじゃな）

誤算。否、傲慢から生じた油断が、この事態を招いたのだとアールヴは知る。彼女は天才だが、エルフの特性である高慢な性質が失敗を生んだのだ。

エルフ国のことなど筒抜けだったのである。遅れてそのことに気付き、アールヴを胸を強く押さえた。

全て自分の責任だ。

だから、なるべく……後の交渉でエルフが不利にならないように。

せめてそれだけはと、アールヴは顔を上げるのだった。

「さて、まずは一つ確認があるのですが」

玉座で足を組むアルカナ・フレイヤはまるでお茶を飲んでいるかのような軽い態度で、言葉を紡ぐ。

「わたくしたち人間の同胞をさらっていたことに、間違いはありませんね？」

一つ目の問いかけは、今まで陰で行っていた誘拐について。

「……さあ、妾は知らないが」

この情報はエルフ側が不利になる。そう思ってアールヴはとぼけようとした。

その瞬間である。

「エリス、やって」

「分かった」

アルカナ・フレイヤの隣に佇んでいたエリスが剣を抜いて……捕縛されている一人のエルフに近づき、剣を振り上げた。

つまり、殺そうとしていたのだ。

「待て！　いきなり、何をするのじゃっ」

慌てて声を上げると、アルカナは上品に笑った。


「先に言いましたよ？　そちらの言動次第で、エルフが死ぬと。今の答えはわたくしの求めるものじゃなかったので、一人殺しておこうかと」

その笑顔にアールヴは鳥肌を立てる。

（こ奴は……平然と）

生物を殺すことを、なんとも思っていない。アルカナ・フレイヤという王女は無邪気に、それでいて幼稚に殺害を実行できる人物だと見抜いて、この交渉の難しさをアールヴは知った。

もしも答えを間違えたら、アルカナは何人も殺すだろう。泣きわめこうが、慈悲を求めようが、彼女には通用しない。

アールヴは知らないが、危険だからという理由で同族すら殺そうとしていた人物なのだ。他種族を殺すことなど、なんとも思わないのは当然である。

（ここは、力ずくで……否、それは無理か）

アルカナとエリスくらいであれば瞬殺できる自信はあった。だが、すぐそこに控えている炎龍と魔王を見て、アールヴは首を振る。

災厄級クエストと謳われた化け物二匹を従えるほどの戦力が、相手にはあるのだ。

どうしようもない。詰みだと、改めてアールヴは自覚した。更にいうなら、この場にいるエルフは全員ではなく、一部でしかない。アルカナは、もしも何かあれば他の場所にいるのであろうエルフたちを殺す心づもりなのだ。

「では、もう一度聞きましょう。そちらが誘拐を行っていたのは真実ですか？」

再びの問いかけに、アールヴは……答えるほかなく。

「そうじゃ。誘拐は、した。厳密にいえば、することを許可したというべきか」

大人しく自白して、願う他なかった。

この人間味のないアルカナが、気紛れにエルフを生かしてくれることを……祈ることしかできない。

「誰が実行しようと関係ありません。責任者はあなたですので。それで、何人ですか？　今、どのような状態ですか？」

「人数は、三十二。全てスカルというエルフが実験に使っていたため……魂が、肉体と分離している状態だと聞いている」

アールヴは正直に話した。

魔法人形《ゴーレム》に魂を埋め込んだこと。女はゼータ型に、男はまだ未完成の最新型であるイオータ型魔法人形《ゴーレム》に搭載して実験中だったこと。

そして、肉体には……スカルの実験によって様々な手が加えられていることも、包み隠さず説明した。

「なるほどなるほど、そういうことでしたか」

その説明は人間にとって胸糞悪い話のはずだ。

しかしアルカナは手元のティーカップを口に運びながら、世間話を聞くような態度を崩さない。

その自然さが逆に不気味だった。

（……読めん）

人間族フレイヤ王国の王女、アルカナ・フレイヤの心はアールヴの頭脳をもってしても全く読めない、特異な人間だったのだ。

「では、元に戻せますか？」

「…………は？」

だから、アルカナの言葉をすぐには理解できなかった。

「肉体と魂を元に戻せるかと聞いているのです。誘拐する前の状態でなければなりません。記憶も、しっかりと元通りにできますか？」

壊れたのなら直せばいい。

その論理を自らの種族にも当てはめているのだろうが、生物を生物とみなしていないその思考はアールヴの恐怖を増幅させた。

「それは……」

どう答えていいのか分からず、口ごもるアールヴ。

対するアルカナは、その態度を見て何か理解したように頷いた。

「無理なのでしょうか？　では、仕方ありません……エリス、全員殺して結構です。交渉は終了しました」

これは、即断などではない。どうでもいいという関心の無さからくる選択だ。

アルカナにとって、エルフの命はどうでもいい。だから使い道がなければ捨てる。ただそれだけだった。

アールヴは慌てて声を張り上げる。

「無理とは言っていない！　できる……妾の【状態回帰《ステイト・リカバリー》】であれば、元通りになるっ」

古代エルフ製の魔法アイテム、状態回帰のそれはアルカナの要望を満たすことができるものだ。

しかし、便利な反面代償も大きい。

「じゃが、これは妾の寿命を削る作用がある……全部を元通りというわけには」

「いえ、そちらの命はどうでもいいです」

言い淀《よど》んだら、さらりとこう言われた。

「そちらが死のうと、そんなことは問題ではありません。誘拐された人間が一人でも元に戻らなければエルフを皆殺しにするだけです。そうしてもいいのなら、まあお好きにどうぞ?」

ビスケットを口に含みながら和《なご》やかに口ずさむアルカナに、アールヴは慈悲を求めることが無意味だと悟った。

アルカナには何を言っても無駄だ。そう理解して、アールヴは地に膝をつける。

もう、気力はない。

「わ、かった……妾が、全てを元通りにしよう」

やはり、肯定することしかできなかった。

「はい、お願いしますね。では、二つ目の交渉ですが……奴隷の首輪、全てをわたくしにください」

そして、二つ目の交渉は……やはり非情なものであった。

「いくつありますか?」

「は? いや、じゃが……」

「エリス、二人くらい殺してもいいそうですよ?」

「現存するのは四百! それくらいじゃ……それ以上は、本当にないっ」

少し答えあぐねただけで機嫌を損ねる。自身の言葉一つで命が奪われる恐怖に、アールヴは頭がおかしくなりそうだった。

「なるほど。今、出せますか?」

「分かった! 分かったから、その剣は下ろしてほしいのじゃ……」

エルフの首に突きつけられた剣は、喉の薄皮を切っている。あと数センチでもズレれば死にそうであった。

慌てて【宝物殿の鍵《サンクチュアリ・ゲートリング》】から奴隷の首輪を全て放出する。

山となって積み上げられた首輪を前に、アルカナは満足気に首肯して見せた。

「素直でよろしい。エリス、もういいですよ……あ、そうだ。では、エルフにはこれをつけていただきましょう」

名案だと言わんばかりに鼻息を荒くするアルカナに、エリスが剣を収めて拍手を送っている。

「流石アルカナ。今後反乱した時の脅迫材料に使うの？　可愛い顔して、容赦のないところもいい」

「えへへっ。エリスってば、褒めすぎだよぉ」

　本気で照れているアルカナ。真顔で甘やかすエリス。その茶番に、当事者であるアールヴはまったく笑えなかった。

（悪魔か……）

　思わず青ざめるアールヴだが、命令を断るとより酷くなる。そのため、大人しく……エルフたちに奴隷の首輪をつけるよう、促すのであった。

「あ、待ってください。男性と大人はつけなくて結構です。女性の子供エルフだけ、奴隷の首輪はつけてください」

　それから、付け足されたように告げられる悪魔の宣告。

「力の弱い女の子だけで結構です。この子たちはわたくしの手元に置きますので。もし何かわたくしたちに不都合なことをあなたたちがしたら、どうなるか……よく考えて行動したらよろしいのではないでしょうか？」

　大人のエルフではない。子供の、しかも女の子だけでいい。

　もしも人間側に不都合なことをこちらがすれば、捉えられた少女たちがどうなるか……想像もしたくないと、アールヴは弱々しく首肯した。

「まあ、女の子たちを切り捨てると言うのなら、どうぞ反乱していただいて結構です。その代わり、わたくしたちもそれなりに対応させていただくということで」

　あからさまな脅迫。愚かと侮っていた人間は、しかし想像以上に狡猾《こうかつ》だった。

　アールヴは最早何も言えない。

　全ては、人間に手を出したばっかりに——否、一人の人間を敵にしたばっかりに、こうなったのだ。

　もしも彼がいなければ、戦局は大きく変わっていただろう。

　もしも彼がいなければ、ここまで圧倒的に負けることはなかっただろう。

（クソ！　何も……何も、妾にはできない）

彼……つまり、加賀見太陽を敵にしたことが、エルフ族の敗因なのだと、アールヴは今更ながらに後悔していた。

「さて、それでは最後に一つ命令を致しましょう」

そうして紡がれたのは、今までと同じ交渉ではなく――命令。

「エルフ国の住民は、全てフレイヤ王国に来てもらいます。これよりエルフの特区を作りますので、そちらの方に住んでください。わたくしたち、人間の支配下で生活してもらいます」

無慈悲な命令に、アールヴは最悪が現実になったことを知った。

「なんじゃと!?　人間に管理されて生きよと言うのかっ？　それではまるで、家畜ではないか」

国が、国として機能しなくなる。民衆が、当たり前の自由を享受できなくなる。すべて、人間側の思うままにエルフが支配される。

考えたくもない現実にアールヴはよろめいていた。

「エルフが作り上げた文化も、思想も、生活も……全てを捨てよと？」

「はい。実質、エルフ国はフレイヤ王国の属国となります。全て人間のルールの下に生きてもらいます」

クスクスと笑うアルカナは、まるで悪戯《いたずら》を思いついた子供のように楽しそうだった。

「家畜なんてとんでもありません。わたくしたちにとって都合の良い存在であれば、普通に暮らしても構いませんよ？　まあ、不要と判断したら廃棄するだけなので、あなたたちの意思次第ですが」

あらかじめ人質をとった上での、外堀が埋められた命令である。アルカナの意にそぐわない行動をエルフがしたら、その仕打ちは首輪をつけられた女児エルフに向かうのだ。

逆らえない。言いなりになるしかない。そんな生活に自由などない。

（家畜、というよりは奴隷か……）

いずれにしても身分は最悪である。だが、断ることはできないのだ。

何故ならこれは命令なのだから。

（いや、しかしこちらを有用と思わせることができれば、あまり酷い扱いもしないはず）

そう信じることしかできなかった。そこでふと彼女は思い出す。

自国の奴隷エルフと呼ばれていた、下流階級のエルフたちのことを。

彼らを、アールヴは大切に扱おうと思ったことがなかった。今逆の立場となって、アールヴはその苦しみを理解できた。

（因果応報なのか？　なんとも、最悪じゃな……）

奴隷という、あまりにも力の弱い身分では……相手の慈悲を祈ることしかできない。

選択権などアールヴにはないのだ。因果応報を感じて、アールヴは目を閉じる。諦めが抵抗の意思を削いでいた。

「……民衆に酷いことをしないと約束してくれるなら、その条件を呑もう」

「もちろんです。わたくしは、誰かさんたちと違って力弱き者には優しいのですよ？　従ってさえくれるなら、ですが」

苦渋の思いで頷いたアールヴに、アルカナは優しく笑いかける。

その笑顔は弱者に向ける哀れみの笑顔であった。今まで自分が、人間に向けていた笑顔とそっくりで……アールヴは、改めて敗北したことを理解する。

もうどうにもならない。彼女は絶望に拳を握りこむことしかできなかった。

膝をついて、呆然とするアールヴ。

「では、わたくしからのお話は終了です。次に、あなたの処遇についてですが……それは、あの方に任せたいと思います」

そんな時、アルカナが話を打ち切った。

「エリス。シリウスに頼んで、彼を連れてきてください」

「分かった。少し待って」

それからエリスがどこかに行ったかと思えば、すぐに戻ってきた。

彼女は控えていたシリウスに空間移動魔法をお願いして、アルフヘイムに残る彼を連れてきてもらったのである。

「……来たのじゃな」

エリスの隣にいたのは、アールヴが先程まで戦っていた相手だった。

「ここにいたのか」

その人物の名は、加賀見太陽である。


もしもの話をしよう。

もしも、加賀見太陽がいなければ。

人間という種族に属する、規格外の化け物がいなければ。

今回の戦いは間違いなくエルフが勝っていただろう。

加賀見太陽がいたせいでアールヴの想定は崩れることになったのだ。

加賀見太陽がいなければ、ヘズやシリウスがここまで力をつけることはなかった。太陽と出会う前であれば、ヘズはトリアが、シリウスはアールヴが抑えることが可能なはずであった。

加賀見太陽がいなければ、アルカナの暗殺だって問題なかった。アリエルに加えて空間魔法使いのシルトがいれば、エリスなど敵にもならなかったはずだ。

加賀見太陽がいなければ、スカルなどの実力者でフレイヤ王国を混乱に陥らせることは可能だった。

加賀見太陽がいなければ、アールヴが制御可能な戦争だったのだ。

しかし加賀見太陽がいたせいで……全てが、狂った。

敗北。それも、完膚なきまでの敗北だ。人間側の被害はほとんどないと言っていい。対して、エルフ側の被害は甚大《じんだい》だ。

アルフヘイムは荒れ果て、バベルの塔は崩れ、一部の実力者は大怪我を負い、最終的には人間側に逆らえなくなるという始末。

唯一の救いは民衆に被害が出なかったことだけ。

（こんなこと、しなければ良かったのか……）

あまりにも悲惨な結果にアールヴは戦争をしかけたことを後悔していた。この罪はあまりにも大きい。種族全体を貶めた自らを、アールヴは殺したくなった。

エルフの誇りを守るためならば。

人質となっている民衆の命など無視して、暴れてしまえばいい。アルカナを殺すことができたなら、一矢報いたと言ってもいいだろう。

そうすれば確実に死ぬことにはなるが、それで胸を張ることはできるのだ。

（じゃが……まだっ）

まだ、死ねない。

女王として、まだ死ぬわけにはいかない。

現状、エルフの中で最も頭が回るのはアールヴだ。彼女がいなくなったら、エルフという種族そのものが落ちぶれる可能性がある。

後継も残念ながらいない。長命なエルフであるが故に、後継を育てるのを怠っていた。これもまたエルフ特有の驕りが生んだ失敗だったのだとアールヴは後悔する。

（死ぬわけには、いかない）

エルフを統《す》べる者として、この命を落とすのは許されない。

感情では死にたかったのだが、理性がそう言っていたのだ。故に、アールヴは選択する。

「…………」

無言の加賀見太陽を見上げて、彼女は深く息をついた。

そして、地面に膝をつけた状態から、今度は手もつけて四つん這いとなり、彼女は頭を下げるのである。

「どうか、命だけは……助けて、ください」

それは、土下座であった。

傲慢なエルフ族の女王は、自らの種族を守るために……屈辱的な姿を晒してまで命乞《いのちご》いをしたのだ。

誇りの為に命を捨てることは女王としてできなかったのである。

「……甘えんなよ。お前は俺の身内を傷つけたんだ……その命でもって、償《つぐな》え」

だが、太陽は許す気さない。

死ねと、そう言っているのだ。

それでも、アールヴはプライドを捨てて懇願する。

「妾の命は、もう少し待ってほしい……せめて、この戦争の処理が終わるまで。エルフが安定して生活できるようになるまでじゃっ。どうか……どうか、お願いします」

「都合が良すぎるだろ。お前らが勝手に俺たちに喧嘩を売っておきながら、負けたら許せだ？　お前らは、俺たち人間をどうしようとしていた？」

もしもエルフが勝っていれば、逆に人間の立場は弱くなっていただろう。虫のいい話だ。

「それでも、どうかご慈悲を。命だけは……」

「ふざけるな」

太陽は吐き捨てるように刺々しい声を放つ。

「ゼータが記憶を失った。ミュラが傷つけられた。何人もの人間が、お前らのせいで人生を狂わされた……それを全て見逃せと？　許せるわけ、あると思うか？」

「許すことは、できないじゃろう。妾だって、逆の立場なら許せない……でも、ここで死ぬわけにはいかないのじゃ。まだ、やることがある……だから、どうかっ」

震える声で許しを乞《こ》うアールヴ。

「魔法人形《ゴーレム》にされた人間は全て元通りにする。そなたの魔法人形《ゴーレム》も、記憶をしっかりと戻す……怪我をしている者も回復させる。なんでもする……だから、どうか妾に民衆を守らせてほしい。苦しむのは、妾だけにさせてくれっ」

懇願は、心からの言葉とともに。

女王として民衆を守りたいのだというその意思は、まさしく本物だった。

「全面的に降伏するっ。妾の身であれば、どうしてくれても構わない。だから、罪なき民衆を……守らせて、ほしい」

己の身を捨てて、土下座までして……アールヴは慈悲を求めていた。

そんな彼女に、加賀見太陽は――

「お前の意思なんてどうでもいい。後悔の中で死ね」

――やはり、聞く耳を持たず。

ゆっくりと振り上げられた拳に、アールヴはうなだれることしかできなかった。

「死、か」

全てを悟り、だが抵抗はできず。

後悔の中で、彼女は死を受け入れようとした。

そんな時――彼女の身をかばうように……とある魔法人形《ゴーレム》が、間に入ってきた。

「ご主人様……？」

「ゼータ、か」

破れたメイド服をまとうそれは、ゼータ型の魔法人形《ゴーレム》だった。

「そのような顔を、しないでくださいませ」

彼女はまっすぐに太陽を見つめている。

「ゼータのために怒ってくれるのは嬉しいです。でも、無理をしないでください。ゼータは、そのようなご主人様を見ていると、胸が痛くなってしまいますので」

ゼータは太陽の心情を理解しているようだ。

彼は平和な国で生まれ育った。殺すという行為に慣れているわけがない。

そのあたり、無理をしているとゼータに見抜かれていたのだ。

「それに、この方を今殺しては、ゼータの記憶を戻せなくなってしまいます、感情的にならないでくださいませ」

平坦な声で紡がれた言葉に、太陽はこめかみを押さえる。

「……ああ、そうだな。今殺したらダメなんだな」

立ちふさがれて、そこでようやく冷静さを取り戻した。

「ごめん、ちょっと、どうかしてた」

素直に謝って、深呼吸する。

ゼータと顔を向かい合わせている今、先程までの激情が嘘のように消えていた。

軽く笑いかけると、ゼータもまた表情を少し緩めてくれる。

「いえ、ご主人様が無能であるのは理解しております。記憶はありませんが、知識として残っておりますので、ご心配なく」

「そこは心配してないんだよなぁ……むしろ要らない記憶だから消えたままでもいいんだけど」

「いいえ。ゼータは、ご主人様と過ごした日々を思い出したいのです。たぶん、ゼータは……ご主人様のことが、大好きだったはずなので。その記憶を、思い出させてください」

「お前は……やっぱり、ゼータだな」

いつもより素直すぎるその態度に、太陽は毒気を抜かれる。殺意にまみれていた感情が溶けていくのを感じた。

「お前、本当は俺のこと大好きだろ」

からかうようにそう言ってみると、この時のゼータは素直に頷いてくれた。

「はい。ゼータは、ご主人様が大好きです……そうだったはずです。だから、先程のような顔はおやめください。憎悪などお捨てください。くだらないことで、ゼータの大好きなご主人様を穢されたくありません」

そっと、ゼータは太陽の頬をつねる。同時に強張っていた顔が緩んでしまい、思わず太陽は苦笑した。

「殺すなって、言いたいのか？」

「いいえ。怒ったご主人様は好きではないと、言っているだけです。ゼータは、いつもの……『おっぱい』とかなんとか言っているご主人様の方が好きですよ？」

「そうか……そんなこと言われると、殺せなくなるな」

拳を下ろして太陽はゼータの頭を撫でる。

「セクハラです」

「とか言って、本当は嬉しいくせに。いいかげんにおっぱい触らせろよ」

「……考えておきます」

ゼータの言葉に、太陽の殺意は削がれて。

「ああもうっ。分かったよ。殺さない。でも、だからって許すわけじゃない」

そう言って、太陽は近くに山積みとなっている奴隷の首輪を一つ手に取った。

今まで自らの首についていた首輪を、アールヴの足元に放り投げる。

「つけろ」

そして一言、厳命するのだった。

「首輪をつけて、誠意を示せ」

「誠意……」

言われて、今まで押し黙っていたアールヴは、首輪を拾い上げる。頭の良い彼女は太陽の意図を理解できていた。

エルフの王族である彼女に奴隷の首輪など無意味だ。王族の権限を持っている以上、外そうと思えばいつでも外せる。命令に背くことなどいつでも可能だ。

だからこそ、太陽はつけろと言っているのである。

「お前が、お前自身に命令しろ。人間に害を与えないと、自分で自分を縛れ……それがもしも破られたら、俺は今度こそエルフを滅ぼす。そのことを肝に銘じておけ」

全ては、アールヴの態度によってエルフの生存は決まる。そのことを分からせる意味で、太陽は奴隷の首輪を装着させることにしたのだ。

これが、太陽の慈悲。

命を取らない代わりの罰である。

「……感謝、する」

アールヴはそう言って素直に奴隷の首輪をつけた。命までは取らないという慈悲に、彼女は伏して礼を述べた。

「本当に、ありがとう」

「…………」

その言葉に太陽は何も答えない。無言で背を向けて、その場を立ち去って行く。


こうしてエルフの女王は奴隷となった。

だが、この行為こそがエルフにとっても最良だったと言っていいだろう。今まで幾つも間違いを重ねたアールヴは、しかしここでようやく正解に辿りつくことができたのだ。

加賀見太陽と相対してするべきことは戦いではない。

地に伏し、頭を垂れ、慈悲を求めることのみが、唯一の正解なのである。

それほどまでに彼は最強であり、畏怖すべき存在なのだから。

## 十八話　終戦と、これからの異世界生活

エルフと人間の戦いは、人間側の圧倒的な勝利で幕を閉じた。

エルフにとっての不幸中の幸いは、民衆の犠牲がなかったことのみ。境遇や立場などは最悪なものとなる。

アルフヘイムという地は捨てられ、自由はなくなり、人間の属国としてエルフはこれからを生きていかねばならなくなった。

今までエルフが築いてきた全てがなくなる。エルフはこれから人間より下位の身分になるのだ。

「トリア、シルト……今代のエルフはもう終わりじゃ」

荒れ果てたアルフヘイム跡地を見渡しながら、アールヴは側近の二人にこんなことを言う。

「エルフの誇る魔法アイテムや神具は全て、人間側に譲渡することになった。戦力的に、エルフはもう人間に逆らうこともできん。人質もとられたしのう……尻尾を振って、その慈悲に乞うこと。それのみが、これからの妾の仕事となるじゃろう」

憔悴《しょうすい》しきった彼女に、二人は無言で跪く。

「こんな、情けない妾じゃが……二人には最後の命令をしたいのじゃ。聞いてくれるか？」

「仰せのままに、陛下。この身は、既にあなたの為に捧げています」

「陛下……なんなりと、ご命令を。僕にできることなら、なんだってやりますから」

忠誠の言葉を返す二人にアールヴは疲れた顔で微笑んだ。

「満身創痍《まんしんそうい》のところ、申し訳ないのじゃ。そなたらの命を守れたこと……それもまた、妾の功績として称えられて良いじゃろう」

本来なら人間側が殺そうとしてもおかしくない

ほどの実力者二人は、アールヴの懇願《こんがん》によってなんとかその命を守ることができた。その代償としてあらゆるものを失ったが、それでも彼女は大切なものを守りきったらしい。

「そなたら二人が、エルフの光じゃ。これからのエルフを、よろしく頼む」

そう言って、アールヴは深く頭を下げた。命令のはずなのに、懇願にも似た彼女の言葉に二人は強く頷く。

「お任せを」

「……あなたが、そう望むのなら」

そして二人は立ち上がる。アールヴの命令を実行するべく、即座に動き始めたのだ。

後にはアールヴ一人が残る。

「頼んだのじゃ……」

遠い目をして、アールヴは空を見上げた。

「すまんな、先代。また、負けたのじゃ……エルフの悲願、妾では果たすことができなかった」

言葉は、今は亡きアールヴの父親に向けて。

アールヴが人間に戦争を仕掛けたのは、実はエルフの悲願があったからである。

エルフはかつて、種族戦争でたった一人の人間に敗北した。そのせいで屈辱の日々を過ごしていた。

その人間はエルフの統治者となり、エルフの美女を奴隷にしてハーレムを築き上げたとのこと。

それから、ハーレムとなったエルフ以外の古代エルフは、ほとんどが殺された——というのが、エルフが受けた過去の屈辱である。

現代のエルフは古代のエルフより力がない。古代エルフ製魔法アイテムを複製できないほどに、力や技が廃れている。

それは何故かと言うと、現代のエルフのほとんどが……かつてエルフを奴隷とした人間の子孫だからである。

つまり、人間の血が混じったのだ。エルフという種族は魔法に愛されていたのだが、それが穢れることによって単純に魔法能力が低下してしまったのである。

　中には運良く殺戮を免れた純潔のエルフもいたので、全てに人間の血が混じっているわけではない。王族に始まり、一部の貴族などといったエルフが強いのは、単純にエルフの血が濃いからだったりする。

　だが、一人の人間によってエルフが弱体化したことは真実だ。

　そのハーレムの主が死んだ後、外敵から襲われることを危惧した先代によって『アルフヘイム』という国が生まれた。

　力があったというのに、隠れ住むようになったのはこんな歴史があったからである。

　アールヴが人間に戦いをけしかけたのは、かつての屈辱を晴らしてエルフの誇りを取り戻すためだったのだ。

「まあ、返り討ちにあったわけじゃが……」

　力なく笑い、肩を落とすアールヴ。

「せめて、これ以上エルフが落ちぶれないように……それが、妾のやるべきことじゃな」

　そう呟いて、アールヴはまた交渉のために人間の許へ向かうのだった。

　その首に、奴隷の首輪をつけたままに。


　場所は変わって、人間界にて。

「あー……なんか久しぶりの気分だ」

　加賀見太陽は自らの屋敷に戻っていた。エルフの国に行ってから数日しか経っていないというのに、屋敷に懐かしさを覚えているようである。

「やっぱりここが落ち着くな。そう思うだろ、ゼータ？」

「はい、そうですね。ご主人様がいなければもっと落ち着けるかとも思いますが」

　隣には見慣れた魔法人形《ゴーレム》が佇んでいる。

　記憶もきちんと戻っていた。ゼータはもう、完璧にゼータである。彼女はおろしたてのメイド服を着てちょっと機嫌が良いようだった。

「それ、似合ってるぞ」

「当然です。ゼータは可愛いですから」

無表情ながら喜んでいる彼女を眺めて、太陽は苦笑する。

「ってか、お前人間時代の身体にも戻れただろうに……なんでまだ人形の姿なんだよ」

人間に戻れたであろうゼータは、どうしてかなおも魔法人形《ゴーレム》のままだ。

アールヴの手によって、戻ろうと思えば戻れたはずなのに。

「……ゼータは、今が気に入っておりますので」

太陽の言葉に、ゼータは少し視線を逸らしながらそんなことを言うのだった。

「それに、魂が人間の身体に戻ってしまったら、ご主人様との記憶もなくなってしまいますから」

古代エルフ製魔法アイテム、【状態回帰《ステイト・リカバリー》】は身体の状態を時間的に巻き戻す。故に、ゼータが人間だった頃の肉体に魂を戻したら、記憶もまた巻き戻ってしまうのだ。

それがイヤだったゼータは、魔法人形《ゴーレム》時代の記憶を回帰させるだけで、それ以上のことは断ったのである。

「あと……こっちの顔の方が可愛いです。一応、肉体は保管していただきました。いつでも元に戻れる状態ではありますが、今のところその予定はありません」

少なくとも、太陽の生きているうちは。

ゼータは人形でもいいと思っているようだ。

「ふーん。ま、お前の好きにやるといいよ。ゼータがどうなったって、ゼータはゼータだ。俺の愛するゼータだからな、心配するな」

「…………別に、心配はしてません。そんなの、知ってますので」

ふいっと今度は身体ごとそっぽを向くゼータ。太陽はそんな彼女に小さく笑いながら、息をつくのだった。

「さて……着替え遅いな、あいつ」

それから太陽は、ふと彼女のことを思う。

ハーフエルフで、そのくせ妙に懐いてくれて、最後は命を張って頑張ってくれた。

あと、将来のハーレム要員にして、お嫁さん候補でもある。

その少女は、今――

「た、太陽くん？　似合ってる、かなぁ？」

――メイド服を着て太陽の前に出てきた。

着替え終わった彼女はくるくると回ってメイド服を確かめている。

「こ、こんなに高い服着たの初めてだよっ。どうかな？　ボク、変じゃない？」

灰色にくすんだ髪の毛に、栄養失調気味の肌。青紫色の唇に、白濁色の瞳の少女は……見た目不健康そうだが、表情はやけに明るかった。

「ああ、変じゃない。むしろ似合ってる……これでもう少し大人だったらたぶん土下座して求婚してるくらいだな」

メイド服のハーフエルフ――ミュラを見て太陽は大きく頷く。

「ゼータもそう思うだろ？」

「似合ってはいますが、着付けがなっていません。後で指導いたします」

隣のゼータは不満そうだが、ともあれ。

「これからはメイドとして、よろしくなミュラ。分からないことはなんでも聞いてくれ。ゼータに」

太陽は、歓迎していた。

ミュラというハーフエルフをメイドとして屋敷に招いたのである。

行くあてのなかった彼女を、太陽は身内としてそばに置くことに決めたのだ。

「この屋敷でしっかり育ってくれよ。栄養たくさん取って、できればおっぱいも大きくしてくれ。なんていったって、俺のお嫁さん候補なんだからな！」

「え？　な、なんかそう言われると、恥ずかしいなぁ……」

「大丈夫です。ご主人様の戯言ですので、聞く耳を持つ必要はありませんから」

はにかむミュラの頭を太陽はゆっくりと撫でる。

「まあ、とりあえず楽にしてくれ……お前が、普通の幸せを味わってくれると、俺も嬉しいよ」

今まで苦労ばかりだったであろうミュラの人生。

これからは少しでも取り戻してほしかった。

「うん！　よろしくお願いしますっ」

そして、ミュラは笑顔を返してくれる。

エルフの国にいた頃より晴れやかな表情だ。

「ああ……よろしくな」

そんな彼女を見て太陽は満足気に笑う。

これからのミュラの、幸せを願って……。

# エピローグ　加賀見太陽のこれから

「さあ、待ちに待ったこの日がやって来た！　ゼータ、ミュラ、準備はいいかっ」

太陽邸にて、加賀見太陽はゼータとミュラに声をかける。

エルフ国との戦争が終わってからもう一カ月が経っていた。

太陽もゼータもすっかり元の日常を取り戻し、ミュラも新たな生活に慣れてきた頃である。

「王城に報酬をもらいに行くぞ！」

太陽が元気良く声を張り上げる。そう、今日はアルカナから報酬を受け取るために、王城に行く日なのだ。

「大きな声を出さないでくださいませ。耳が汚れます」

「う、うん。準備はできてるけど……ボク、本当にもらってもいいのかな？　何もしてないのに」

エルフ国アルフヘイムとの戦争で、太陽はもちろんだがゼータもミュラも大きな貢献を果たしたとアルカナは認識しているとのこと。一緒に招待されているのである。

「いいんじゃないか？　くれるものはもらっとけ。とりあえず早く行こう！」

やけに落ち着きのない太陽は二人を急《せ》かすように出発を促している。この中の誰よりも報酬を楽しみにしているようだ。

そんな彼にゼータは冷たい視線を向けていた。

「……そんなに、女性の胸を触るのが楽しみだったのですか？」

彼女は主のことを理解している。アルカナが太陽におっぱいハーレムの約束を結んでいたことも、それを太陽が心待ちにしてたことも覚えていたのだ。

「べ、べべべ別に楽しみじゃないし？　ほら、報酬にわくわくしてるだけだし？　た、たかがおっぱいくらいで、興奮するほどの子供じゃねーし？」

そう言う割には視線が泳いでいる。もちろん強がりだった。太陽はこの日が来るのを指折り数えて待っていたのである。

「太陽くんはエッチだねー。ま、年頃の男の子だし仕方ないことだと思うけど」

「……子供が上から目線で何言ってんだよ。背伸びすんな」

やれやれと肩をすくめるミュラを軽く小突いて、それから一行は出発する。

目指すは王城。そこで約束の報酬をもらうのだ。多数の美女の、おっぱいを――童貞歴イコール年齢の彼が、いよいよ女性の体を知る第一歩となるのである。

（お、落ち着け……シミュレーションはすんでいる。もう大丈夫、大丈夫だからっ）

荒れる鼓動を強引に押さえつけて、太陽は王城へと向かうのであった。

フレイヤ王国、王城の謁見の間には既に先客がいた。

「む、太陽殿ではないか。貴君も来ていたのか」

「あれ、ヘズさん。どうしてこんなところに？」

狂戦士こと、ヘズである。王城で会ったのは初めてだ。

「なに、野暮用《やぼよう》だ。ちょっと武装強化のために資金を頂こうと思ってな」

「あー、なるほど。俺と同じように報酬受け取りに来たわけですね」

納得がいって頷く太陽。一方のヘズは好戦的な笑顔を太陽に向けていた。

「某もそろそろ強くなってきた。また、近い内に太陽殿との再戦を挑ませてもらっても構わないか？」

相変わらずの戦闘狂思考に、太陽は思わず笑った。

「ヘズさんは本当に頭おかしいですね。いいですよ、いつでも遠慮なく」

「頭がおかしい化け物の貴君に言われたくないがな。その胸、お借りさせていただく」

エルフとの対決で共闘してから、ヘズとのやり取りも少し打ち解けた感じがしていた。太陽からしてみればヘズはすごい人なので、こうやって仲良くなれて良かったと喜んでいたりする。

（せっかくの異世界生活、楽しく戦うのも悪くない）

二度目の生を、彼は彼で楽しんでいたのだ。

「ちょっとちょっと！　アタクシを無視して、何二人の世界に入っているのよん？」

と、ここで二人目の先客が口をはさんでくる。

太陽はあからさまにイヤな顔をするが、無視するわけにもいかなくて結局そちらを振り向いた。

「……わざと無視してたんだよ。お前の座ってる椅子、どう見てもエルフだからあまり触れなくなかったんだ」

「やーね！　太陽きゅんってば、顔も態度も失礼だわん」

「顔は関係ないだろっ……で、そのエルフ何？　目が明らかに死んでて、もう声を上げることすらできなくなってるみたいなんですけど」

視線の先にいたのは召喚術師のシリウスだ。筋肉で覆われたお尻の下には、四つん這いになって椅子役を務めるエルフが一人。

彼の名はグラキエル。シリウスに捕まり、あまつさえ奴隷の首輪をつけられ……シリウスのセクハラによって心を壊した可哀想なエルフである。

彼はもう抵抗する気力すらないらしく、ひたすら椅子になりきっていた。

「アタクシのペットよ？　どう、可愛いでしょ？　最近反応がなくて面白くないけど、座り心地が最高なのよん」

「……えっと、あれだ。頑張れよ、エルフ。俺はお前を応援してる」

一応、太陽はグラキエルと戦ったことがあるのだが、すっかり記憶からなくなっているようだった。

「うふふ。帰ったらまた散歩に行きましょうねん？」

どうやら、お尻をすりすりしてくるシリウスのせいでグラキエルの自我は崩壊しているようだった。性癖は人それぞれだよなと太陽は理解を放棄して、シリウスとグラキエルについては考えることをやめた。

「ってか、王女様遅いな……俺たちが来てるのはとっくに伝わってるはずなのに」

一通り挨拶《あいさつ》をすませて、しかし未だ見えないアルカナに太陽は首を傾げた。

現在、謁見の間には太陽とゼータ、ミュラにへズ、シリウスとそのペット以外に誰もいない。アルカナも、その側近であるエリスもいなかった。いつ出てくるのか。というか、早くおっぱい触らせろよと太陽がそわそわして待つこと暫く。

「――っ、来た」

ガチャリと扉が開いて、中に入ってきたのはアルカナとエリス――と、どうしてかロープでぐるぐる巻きにされたクズのニエルドであった。

「太陽様……」

入室してきたアルカナは今にも泣きそうな目で太陽を見る。

「ご、ごめんなさい……」

それから突然、手と足を地面につけて。

「お父様が……お父様のせいで！　た、太陽様に用意していた、美女たちがぁ」

土下座。

そう、アルカナと……それからエリスが、太陽に向けて深く土下座してきたのだ。

「え？　な、何？　どういうこと？」

当然、状況が理解できなくて太陽は戸惑うばかり。一方のアルカナはとうとう泣き出したので、説明も全く足りてなかった。

「う、うぅ……！」

「アルカナ、落ち着いて。こちらから説明するから」

　そこで、補足するようにエリスが現状の説明を続けてくれた。

「アルカナは、貴殿との約束を果たすために多数の美女を用意していた。エルフに誘拐されていた女性たちも無事救出できたし、その回復も終わっている。文句の付けどころのない美女を十人、アルカナはしっかり用意していた」

　だが、とエリスもまた申し訳なさそうに言葉を紡ぐ。

「油断、していた……この身もついさっきまで気付けなかった。だが、もう手遅れだった」

　何か、イヤな予感がする。太陽は不穏な空気を感じたが、エリスの言葉を遮ることはできなかった。

「気付いた時にはすでに、そこのクズが手を出した後だった……要するに、貴殿のために用意していた美女たちは、みんなクズ王が手籠めにしてしまったということ」

　太陽のハーレム用に揃えていた美女たちは、アルカナとエリスが目を離した隙に、クズ王がキズモノにしてしまった。

　もっと的確に表現すると、クズ王の愛人にされた、と。

　つまり、太陽が触れるはずだったおっぱいは……既に、クズ王の手によってあれこれされている、ということらしかった。

「――――」

　瞬間、太陽は膝をついた。

　楽しみにしていたおっぱいハーレムの夢が、ガラスのように砕けていく幻視を見て……彼は絶望した。

「本当に、ごめんなさいっ！」

「こちらも、謝罪する」

　アルカナとエリスは深く頭を下げていた。その土下座からは紛れもない謝意が伝わってくる。

　だが、こんなことをしでかした当の本人――クズ野郎ことニエルドは、悪びれたそぶりを見せていなかった。

「え～？　先に手出しちゃっただけじゃん？　太陽ちゃん、二番目だけどおっぱいは減るものじゃないし、許してちょ？」

ひらきなおっているのか、本心から悪いと思っていないのか。

ともあれ分かっていることは一つ。

それは、クズがクズであるということだった。

「だ、黙れ！　俺のプライドが許せないんだよ……お前の後なんて死んでもイヤだ！　ふざけんなよ、俺は初めてなんだぞ!?　相手だって初めての初々《ういうい》しい人がいいに決まってるだろ!!」

「うっわ、もしかして処女信仰？　そういう童貞思考があるから、君は童貞なんだってどうして理解できないわけ？」

クズ王に太陽の気持ちは分からない。

バカにするように笑っているその顔に、太陽はいよいよ爆発しそうだった。

「――殺す」

もしかしたら、エルフの女王であるアールヴ・アルフヘイムに向けたものと同等の殺意が、現在クズ王には向けられている。

この事実にアルカナの顔色が目に見えて悪くなった。

「ごめんなさいごめんなさい本当にごめんなさい！　ほら、お父様も謝って！　心の底から、太陽様に頭を下げて！　言っておくけど、太陽様にはもう奴隷の首輪がついてないんだからね!?　お父様が怒らせたら、この国が崩壊する可能性もあるんだよ!!　お願いだから、誠心誠意謝って！」

怒鳴るアルカナに、クズ王はニヤニヤと笑いながら顎をしゃくらせて。

「ごめんちゃい」

小バカにしたような謝罪を見せるのだった。

「ぬぁあああああああ!!　殺す、この王様絶対に許さない！　八つ裂きにしてやる!!」

「あああああああ待ってください！　ここでは怒らないでください!!　殺すのは構いませんけ

ど、せめてどこか遠くで……だ、誰か太陽様を止めてぇええええ‼」

途端に場内は騒然とする。

暴れかけている太陽、必死になだめようとするアルカナとエリス、傍観を決め込むヘズとシリウスはさておき、あたふたとするミュラは役に立ちそうになかった。

「おっと、俺はこの辺で失礼するぜ！　太陽ちゃん、女の子たち美味しかったぞ？　ごちそうさま」

「黙れ、クズ野郎！　俺のおっぱいだったんだぞ⁉　お前は許さん……絶対にだ‼」

混乱に乗じて拘束を解き、逃げるクズ王。

その後を追いかけようとする太陽だが、ここで彼の前を彼女が阻んだ。

「ご主人様、どうか落ち着いてくださいませ」

ゼータである。太陽の魔法人形《ゴーレム》は、主人が怒っていようとも動じないままに。

「ゼータ！　そこをどいてくれ……あいつを、殺させてくれっ」

涙目で叫ぶ太陽へ、彼女はいつも通り平坦な声を一言。

「ゼータので良ければ、触ってもいいですよ？」

どうぞと、胸を示して彼女はその場に佇んでいた。

「ご主人様は今回とても頑張ったとゼータも思っております。ご褒美はきちんとあるべきです。なので、どうぞゼータの胸をお触りください。どこぞの知らない人のより、ゼータの方が良いかと思われます……いかがでしょうか？」

イヤイヤながらではない。命令だからでもない。むしろ、太陽のためならそれくらい構わないという態度に、太陽の怒りは急速に萎《しぼ》んでいった。

「い、いいのか？」

「はい、遠慮なさらず。むしろ気を遣わないでくれる方が、ゼータも嬉しいです」

それから、小さくゼータは笑ってくれた。

無表情が常だった彼女がこうして笑顔を見せるようになっている。それどころか太陽に体も許すようになった。

そのことを嬉しく思うのと同時に、どこぞの知らない美女よりも、確かにゼータのおっぱいを触る方が何倍も良い気がしてきた太陽。

「わ、分かった。じゃあ、その……人目もあるし、屋敷でよろしく頼む」

「この場で触っても良いのですよ?」

「いや、それはちょっと、恥ずかしいし」

「へたれですね。でも、そんなご主人様も悪くありません」

からかうような言葉に太陽はいよいよ苦笑するのだった。クズ王への怒りはもうない。むしろ、ゼータの胸が触れることになってラッキーとさえ思えてくる。

「あ! だったら、アルカナのも……コホン。わたくしのも、是非とも触ってください」

加えて、アルカナからも嬉しい提案が飛んできた。

「そうだ、エリスのも一緒に触ってください! ねえ、エリスもいいよね?」

「……アルカナの命令なら、構わない」

アルカナとエリス。二人のおっぱいも触っていいとのことで、太陽はとても喜んでいた。

「ま、マジかよっ。よっしゃ!」

一時はどうなるかと思ったが、夢のおっぱいハーレムも実現できそうだった。ゼータ、アルカナ、エリスの三人の胸が触れるとなって太陽は完璧に機嫌を直す。

「……そっか。奴隷の首輪がなくても、おっぱい触らせてあげたら太陽様って言うこと聞くんだ」

「うん。彼は童貞だから……アルカナ、あんまり怖がらなくてもいい。所詮は童貞、ちょっとエッチなことさせてあげれば、なんでも言うこと聞くと思う」

「そうかも。怖がらなくても、いいみたいだね……良かったぁ」

陰でこそこそ何か喋ってるアルカナとエリスに、だが太陽は気付いていない。おっぱいを触ることで頭がいっぱいになっていたのだ。

「ねえねえ、太陽くん？　ボクのは？　ボクのも触ってもいいよ？」

「子供には興味ないからいいよ。もう少し大きくなってからな」

「こ、子供じゃないから！　ボク、これでも三十二歳だよ!?　確かにエルフは成長が遅いけど、君よりは長生きしてるんだから！」

「なん……だと。ミュラが、俺より年上だとっ？」

ありえない真実に太陽は驚いていたが、それはさておき。

「ふぅ……良かったです。これで、一件落着ですね」

アルカナの方もどうにか落ち着いてくれたようだ。父親のせいで太陽を怒らせたことを気に病んでいたらしいが、ゼータのおかげで太陽はもう怒っていない。

深く安堵したアルカナは、笑顔を浮かべて仕切り直しをするのだった。

「それでは、これよりエルフ国侵攻の報酬を差し上げます。その後に、太陽様の屋敷にて……その、懇親会をする、ということでいいですね？」

「うん。ゼータと、王女様と、エリスさんな。ミュラはいいや」

「ボクはいいの!?　なんで、太陽くんのお姉さんなのにっ」

夢のおっぱいも、もう間近である。

（ここまで来るのに色々あったなぁ……）

太陽は胸を躍らせて、異世界での記憶を振り返った。地球では体験できないようなことをたくさんして、それからこんな美女たちとお近づきになれて。

あまつさえ、いよいよおっぱいさえも触れるようになったのだ。

（童貞卒業も不可能じゃない……それどころか、ハーレムだって！）

着実に前進している。最初は女の子一人とすら喋れなかったのに、今ではこうなっているのだ。

いつかきっと、ハーレムの夢だって実現できる。

そう思って、太陽はこれからの異世界生活も頑張ろうと決意するのだった——。

# あとがき

八神鏡《やがみかがみ》と申します。本作、いかがだったでしょうか？

まだ読んでない方がここを読んでる場合を想定して、本作を簡単に説明したいと思います。

本作は、最強の童貞が童貞を卒業しようと頑張って、やっぱり童貞で終わるお話となっております！

タイトルについてなのですが、「異世界でチート無双して～」となっており、とても長いですよね。全部書くのめんどくさいです。

書籍化決定した当初は変更するつもりだったのですが、担当編集様と話し合ってこのままでいくことに決めました。いわく、「勢い重視でいきましょう！」とのことです。

そう言われてみると、確かに勢いだけはありそうな気がします。長いままでいかせてもらいました。

ここからは謝辞です。

読んでくださった皆さま、本当にありがとうございます。

本作は「小説家になろう」で連載しているのですが、そこでも読んでくださる皆さまがいてくれたおかげでこうして書籍化することができました。

私一人の力ではここまでこれなかったと思います。ありがとうございます。

イラストを担当してくださった、風華チルヲ様。素敵なイラスト、ありがとうございます。お前こんな顔だったのか……と、作者なのですが私も楽しんでおりました。

特にゼータが私は好きです。こんなメイドを侍らせているとか、太陽が羨ましくて仕方ありません。くっそ……むかつくので、「小説家になろう」で続いている本編では七難八苦を与えております。ざまぁ。

表紙についても、面白い構図にしていただき感謝しかありません。ゼータが無表情で太陽の頭を掴んでいるあたりが、正妻感出てて好きです。あと、無駄にはしゃいでるアルカナも最高ですね！　素敵なイラスト、嬉しかったです。

お二人の担当編集様。お忙しい中、ありがとうございました。自分の作品について誰かと話し合ったのは初めてで、とても楽しかったです。貴重な体験ができました。あと、お電話口でもごもごしてて申し訳ありません。日本語をうまく使いこなせるように努力します。

サポートしてくださった皆さま。お世話になっております。そしてありがとうございます……色々と相談に乗ってくださり、助かりました。末永く付き合っていただけるよう、精進してまいります。

その他、この本の制作に携わってくれた皆さまにも、深く感謝申し上げます。こうして一冊の本になったことを、心より嬉しく思います。

そして、最後にもう一度。

あとがきまで読んでくださった読者様本当にありがとうございます。本作は「小説家になろう」にて物語を連載しております。気が向いたら、ぜひ遊びに来てください！

あとがきは以上となります。ありがとうございました。

# 異世界でチート無双してハーレム作りたいのに強すぎてみんな怖がるんですけど

2017年4月30日　第1刷発行

著者　八《や》神《がみ》鏡《かがみ》

イラスト　風華チルヲ

本書の内容は、小説投稿サイト「小説家になろう」(http://ncode.syosetu.com/)に掲載された同名作品を加筆修正して再構成したものです。

発行人　石原正康

発行元　株式会社 幻冬舎コミックス
〒151-0051　東京都渋谷区千駄ヶ谷4-9-7
電話 03(5411)6431(編集)

発売元　株式会社 幻冬舎
〒151-0051　東京都渋谷区千駄ヶ谷4-9-7
電話 03(5411)6222(営業)
振替　00120-8-767643

デザイン　土井敦史 (天華堂noNPolicy)

本文フォーマットデザイン　山田知子 (chicols)

製版　株式会社 二葉企画

印刷・製本所　大日本印刷株式会社


ISBN978-4-344-83982-3 C0093 Printed in Japan
幻冬舎コミックスホームページ http://www.gentosha-comics.net